DANIELA PIZZAGALLI

*

La SIGNORA *della* PITTURA

Vita di Sofonisba Anguissola,
gentildonna e artista nel Rinascimento

Rizzoli

ISBN 88-17-99509-6

Prima edizione: novembre 2003

La Signora della pittura

a Roberto

Palermo, 12 luglio 1624

Anton Van Dyck, giovane ma emergente talento della pittura fiamminga, arrivato a Palermo su invito del viceré, chiede udienza a una pittrice ultranovantenne dalla fama leggendaria, Sofonisba Anguissola.

Dopo l'incontro, guarda il ritrattino che ha schizzato davanti a lei, e annota sul foglio, in italiano: «Avendo ancora la memoria et il cervello prontissimo (...) mi diede preziosi avvertimenti (...) come ancora raccontò una parte della sua vita».

Capitolo I

CREMONA

1532-1559

Un affettuoso ritratto di famiglia. Al centro la figura del padre, che guarda fuori del quadro, quasi in un cenno d'intesa a chi sta al cavalletto. È un gentiluomo sui sessant'anni, seduto tra due dei suoi figli, una ragazzina e un bambino, ciascuno dei quali cerca di attirare la sua attenzione.

Il viso è incorniciato da corti capelli brizzolati e da una barba diffusa, che dissimula un accenno di doppio mento; la fronte alta e stempiata, le palpebre indolenti, la bocca piccola, appena socchiusa, il naso nobile e sottile gli conferiscono distinzione.

La sua posizione non è statica, perché la gamba destra, un po' discosta, sembra sul punto di muoversi: una posa scultorea che riecheggia quella del michelangiolesco Giuliano de' Medici, nella Sacrestia Nuova. Una leggera torsione del tronco consente all'uomo di circondare con il braccio sinistro, in atteggiamento protettivo, le spalle del figlio maschio, sui sette-otto anni, mentre col braccio destro si protende per farsi afferrare la mano da lui, che gli sta fieramente ritto accanto, con lo spadino alla cintura, e alza la testa in cerca di approvazione.

In questo modo volta le spalle alla figlia, alla sua destra in una posa di precoce civetteria, come per conquistarsi uno spazio contendendolo all'erede maschio grazie alla sua sbocciante femminilità. Non bisogna farsi ingannare dagli occhi modestamente abbassati della ragazzina, all'incirca dodicenne: con consapevole seduzione la sua mano destra alza la gonna, scoprendo l'orlo della sottoveste scarlatta, mentre la sinistra preme sul seno acerbo un mazzolino di fiori.

Il gruppo familiare è ambientato in uno spazio simbolico. Tre tronchi d'albero lo delimitano, di cui uno spezzato, con un virgulto anch'esso spezzato: un'allusione, forse, a un figlio morto, o solamente alla caducità delle vicende umane.

Sullo sfondo si apre, incorniciato dai panneggi di una tenda, un paesaggio azzurrato, in stile fiammingo, con boschi e picchi dominati da rocche turrite. Nella parte inferiore il grande quadro, alto più di un metro e mezzo e largo quasi altrettanto, non è terminato, se non nel petulante cagnolino a destra, al piede del bambino.

L'incompiutezza penalizza in parte l'abbigliamento, ma solo relativamente alle calzature, perché per il resto questo quadro rappresenta una tavola esemplare del costume aristocratico del Cinquecento.

Baldassarre Castiglione nel suo *Cortegiano*, punto di riferimento per lo stile della classe egemone, aveva messo bene in evidenza la funzione ideologica del vestire, consigliando che il nobile dovesse «tra se stesso deliberare ciò che vuol apparire, e di quella sorte che desidera essere stimato, della medesima vestirsi, e far che gli abiti lo aiutino ad esser tenuto per tale, anche da quelli che non l'odano parlare».

Che cosa desidera mostrare di sé il compiaciuto gentiluomo del ritratto?

La scelta di vestire di nero già indica uno stile di vita

sobrio, adatto all'età matura e a un ruolo pubblico nell'amministrazione cittadina, oltre a una religiosità di stretta aderenza ai canoni del Concilio di Trento.

La moda della seconda metà del Cinquecento, soprattutto quella maschile, tende a cancellare i colori vistosi in favore della dignitosa austerità del nero, veicolo di valori spirituali fortemente sostenuti dalla morale controriformistica. Se dapprima erano stati i protestanti a prendere le distanze, con la semplicità degli abiti scuri, dai rutilanti costumi dell'edonismo rinascimentale, il potere imperiale asburgico, rappresentato da Carlo V che si era investito del ruolo di difensore del cattolicesimo, aveva imposto colori penitenziali in tutta l'area del suo dominio, cioè la Spagna, gran parte dell'Italia, le Fiandre, l'Austria e la Boemia.

Coerentemente, nel ritratto anche la foggia dell'abito è severa: del farsetto del gentiluomo si scorgono le maniche lunghe e strette che lasciano solo intravedere il polsino della camicia; sopra indossa un mantello abbottonato davanti e chiuso fino al collo, i cui panneggi, morbidi attorno alle gambe, nascondono i calzoni. Rimane quindi il dubbio sulla forma adottata dal gentiluomo per questo indumento chiave, che veicola l'altra anima della nuova moda, quella marziale.

Infatti era duplice il filone dell'influenza spagnola sull'abbigliamento. Oltre alla simbologia liturgica si era sviluppata nel vestire una tendenza militaresca, essendosi il potere imperiale imposto in Europa attraverso le sue armate, che avevano diffuso un nuovo modello di virilità basato sulla forza fisica e l'aggressività e rappresentato in questo ritratto di famiglia dalla figura del bambino.

In contrasto con il solenne riserbo del padre, esponente di una nobiltà di toga, il figlio sfoggia un esuberante completo di un bel rosso acceso, perfetta interpretazione, in miniatura, della nobiltà di spada.

Il farsetto rigido e attillato come una corazza e soprattutto i calzoni corti, derivati direttamente dalle tenute dei soldati, suggeriscono l'equivalenza tra mascolinità e virtù bellica. I calzoni, più o meno sbuffanti e portati al ginocchio o anche più su, sopra calze aderenti, erano corredati dalla «braghetta», una conchiglia rigida di forma fallica che copriva l'apertura tra le due calze attaccate al farsetto, sporgendo esplicitamente tra le falde in un brutale richiamo sessuale, da soldataccio. Allo stesso codice militaresco adottato anche dai civili, e addirittura dai bambini, si rapportano l'uso della spada alla cintura e il taglio corto dei capelli, necessario in realtà solo a chi usava abitualmente l'elmo.

Come il fratellino, anche la bambina indossa il suo abito più elegante, di cui sono visibili i tre elementi sovrapposti. La veste azzurra, in tessuto damascato, ha un corpetto ricamato aperto sul davanti, da cui spunta il colletto bianco della camicia, orlato di pizzo; dalle corte maniche a sbuffo del corpetto escono le maniche rosse, lunghe e strette, della sottoveste, l'indumento che si portava tra la camicia e la veste, di cui si vede anche il lembo inferiore perché la bambina solleva la gonna. I capelli sono pettinati all'indietro, soffici, con la scriminatura in mezzo, e una treccia punteggiata di fiorellini circonda la testa.

Grazie alla precisa descrizione di questo quadro fatta da Giorgio Vasari possiamo dare un nome ai personaggi raffigurati: «Si vede ritratto da Sofonisba Anguissola il signor Amilcare suo padre, che ha da un lato una figliola di lui, sua sorella, chiamata Minerva, che in pittura e in lettere fu rara, e dall'altro Asdrubale, figliolo del medesimo e loro fratello; e sono tanto ben fatti, che pare che respirino e siano vivissimi».

L'uomo è dunque il cremonese Amilcare Anguissola. Nel 1558, probabile anno di datazione del quadro, Amilcare vantava già una famiglia numerosa: oltre al maschio Asdrubale, aveva sei figlie femmine e l'unica raffigurata, Minerva – erroneamente definita pittrice dal Vasari – sta in rappresentanza delle sorelle, le cui virtù sono collettivamente simboleggiate nel mazzolino che stringe al cuore.

Anche se il padre, con la torsione del busto verso il figlio maschio, indica una predilezione di natura dinastica, non si deve temere che nella famiglia Anguissola l'importanza delle femmine fosse sottovalutata: anzi, i due uomini passeranno tutta la vita all'ombra del prestigio di Sofonisba – la prima donna italiana a conquistare fama internazionale con la pittura – e in parte anche delle sorelle, avviate sulla sua scia.

Amilcare era figlio naturale del nobile Annibale Anguissola, appartenente al ramo cremonese di una cospicua famiglia di origine piacentina, il quale, non avendo avuto eredi dalla moglie, l'aveva legittimato. Come unico figlio maschio, Amilcare era tenuto a continuare la stirpe, perciò la sterilità di un suo primo matrimonio con la nobildonna Bianca Pallavicini era stata motivo di annullamento e nel 1531, già sui trentacinque anni, Amilcare si era risposato con una giovane orfana appartenente a una delle famiglie cremonesi più in vista, Bianca Ponzoni, la quale dopo la morte prematura di entrambi i genitori – il conte Pietro Martire e Lucia Mainoldi – era stata allevata dallo zio Ponzino Ponzoni.

Era stato lui a combinare le nozze con Amilcare che,

pur essendo di rango meno elevato e di sostanze modeste, era un personaggio abbastanza in vista in città, impegnato in vari settori di pubblica utilità e apprezzato per i vasti interessi culturali.

Moderato di natura, e di posizione sociale intermedia, quindi atto a muoversi trasversalmente tra i ceti, faceva parte del gruppo dirigente che in tutto il ducato di Milano cercava di pilotare al meglio la propria realtà locale nella fase di passaggio alla signoria straniera.

L'ultimo duca Sforza, Francesco II, aveva tentato di rivendicare una certa autonomia dalla pesante tutela di Carlo V, ma ne era uscito sconfitto, dovendo poi accettare l'insediamento di spagnoli nel governo. Sposato alla nipote dell'imperatore asburgico, non le aveva dato figli perché infermo e impotente, quasi a simboleggiare nel fisico la situazione senza sbocco del suo vacillante Stato.

Quando venne a morte, nel 1535, attorno al trono di Milano si scatenò una ridda di pretendenti. Il più agguerrito era il re di Francia Enrico II, che patrocinava gli antichi diritti ereditari del duca d'Orléans, discendente di Valentina Visconti.

Carlo V da parte sua, poiché il territorio di Milano faceva parte del Sacro Romano Impero, si fece subito riconoscere il diritto, estinta la dinastia regnante, di riappropriarsi del feudo, ma non assunse ufficialmente il potere, non volendo aprire un ulteriore contenzioso con la Francia, l'eterna nemica; a dimostrazione della sua buona volontà, firmando il 18 settembre 1544 la pace di Crépy, promise in sposa al duca d'Orléans la propria nipote, vedova dello Sforza, alla quale assegnò Milano in dote.

Ma il duca d'Orléans morì prima del matrimonio e

Carlo V si ritenne libero di avocare il ducato alla Corona, pur se lo stesso suo figlio, Filippo, lo sconsigliava, scrivendogli che Milano era sempre «stato causa di tutte le guerre passate e degli spargimenti di sangue e delle spese che si sono verificate nel regno di Spagna», aggiungendo: «Dicono che se Vostra Maestà volesse tenerlo per sé o affidarlo a me, sarebbe odioso e sospettoso ai principi d'Italia e darebbe occasione, per timore della grandezza di Vostra Maestà, di unirsi contro di Lei, come si è già visto per esperienza che hanno fatto altre volte».

L'imperatore riteneva però inopportuno designare duca un italiano, sia perché si sarebbero scatenate rivalità destabilizzanti tra i vari Stati della penisola, sia perché Milano, antemurale dei possedimenti imperiali dell'Italia meridionale e collegamento con i possedimenti tedeschi, era di fondamentale importanza strategica per gli Asburgo. Quindi nel 1546 Carlo V destinò il ducato di Milano a suo figlio Filippo, anche se la decisione non fu resa ufficiale che nel 1550 e la presa di potere avvenne in concreto soltanto nel 1556, quando l'imperatore abdicò.

Rinunciando agli ideali universalistici che si erano dimostrati irrealizzabili, scelse di eliminare lui stesso l'ostacolo rappresentato dal suo immenso dominio, che da quasi quarant'anni alimentava la guerra in Europa. Lo suddivise tra suo figlio e suo fratello: a Filippo assegnò la Spagna, con i relativi possedimenti americani e italiani, e le Fiandre, e a Ferdinando, nominato suo successore nel Sacro Romano Impero, andarono gli atavici domini austriaci, boemi e ungheresi.

Durante questa fase di transizione, lo Stato di Milano venne amministrato da una schiera di governatori, con l'ausilio dei vari organi locali attivi in ogni città del ducato. Il passaggio dagli Sforza alla Spagna non aveva provocato traumi da un punto di vista organizzativo, in quanto il potere degli Asburgo garantiva a ogni singolo dominio la propria integrità istituzionale.

Dopo la capitale, Cremona era per ricchezza e popolazione la seconda città del ducato, come attestava nel 1573 Luis de Requesens, governatore di Milano, a Filippo II. Situata in posizione strategica nel cuore della pianura padana, era una terra in cui si trovava «l'abbondanza di ogni cosa al vivere umano necessaria, e più di grano oltre il bisogno degli abitanti» nonché un gran fervore di traffici «per la comodità del fiume navigabile».

A Cremona il pilastro della vita politica cittadina era rappresentato dal Consiglio generale dei Decurioni, nel quale sedevano i centocinquanta membri delle famiglie più in vista, cui toccava prendere le principali decisioni soprattutto in materia di fisco e di annona, e i «Deputati del mese» estratti a turno tra di loro, cui era affidata l'ordinaria amministrazione.

A essi si affiancavano il podestà – che presiedeva le riunioni del Consiglio e giudicava le cause civili e criminali – il castellano, di nomina regia, che presidiava la città, e il referendario, responsabile in materia di tributi.

L'aspetto di Cremona nel Cinquecento è descritto da uno dei suoi artisti più poliedrici e influenti, Antonio Campi, architetto, pittore, scultore e anche scrittore, nella sua opera *Cremona fedelissima città*, del 1585. La pianta da lui disegnata mostra una città compatta, dalle solide mura, densa di chiese e di vasti palazzi.

La fitta raggiera delle vie convergeva verso la Platea

Major, ad ampio sviluppo rettangolare, perimetrata da monumentali edifici religiosi e civili. Di eccezionale splendore la facciata del Duomo, di fondazione romanica ma all'inizio del Cinquecento ricoperta quasi interamente di candido marmo, dove il prezioso ricamo delle loggette, delle bifore e del rosone veniva ancor più slanciato dall'eleganza verticale del protiro e dallo svettare del Torrazzo, la più alta torre campanaria italiana, con i suoi 112 metri e 492 scalini.

Accanto alla cattedrale un altro gioiello d'architettura romanica, il maestoso Battistero, geometrico ed elegante. Per conferire una struttura unitaria alla superba sequela di monumenti fu progettato il portico della Bertazzola, secondo un programma urbanistico portato avanti dall'aristocrazia e dal clero che, abbattendo muri e rovine che ingombravano la piazza, mirava a trasformarla in uno spazio aulico-sacrale, strappandola alle funzioni del commercio minuto e alle tradizionali manifestazioni popolari, che ostacolavano la circolazione e involgarivano lo stile cittadino.

Sul lato opposto alla dispiegata magnificenza degli edifici religiosi, campeggiavano i palazzi del potere civile: il Palazzo comunale, in parte romanico e in parte gotico, ma rimodernato nel Cinquecento secondo il progetto del più noto architetto locale, Bernardino De Lera, e il Palazzo dei Capitani del popolo, slanciato dagli archi acuti e dalle trifore. Vi si radunavano i capi delle quattro porte della città, con i loro militi, ed era anche sede del Collegio dei Giureconsulti e per questo chiamato ironicamente dal popolo «stanza dei lupi».

Ai lati minori della piazza fervevano i «mercatelli» di generi alimentari, le cui bancarelle arrivavano ad accalcarsi a ridosso del Duomo e del Battistero.

Tutto quello che riguardava il cibo era tenuto a Cremona nella massima considerazione. Dagli inventari notarili dell'epoca, il dettagliatissimo elenco di quanto si trovava nelle cucine fa pensare che queste fossero i locali più forniti delle case. Le massaie avevano a disposizione un arsenale di utensili altamente specializzato, e batterie di pentole, tegami e padelle per ogni tipo di vivande: ad esempio, erano previsti «chiereghini» dal diametro diversificato a seconda del numero di uova che vi andavano cotte.

Ma il cuore della cucina pulsava attorno alla preparazione del pane e della pasta, protagonisti della mensa in quel centro cerealicolo, con ampie madie che fungevano da tabernacoli, fornite di piani d'appoggio per impastare, di scompartimenti riservati alle diverse fasi della lavorazione, e di stipi per riporre ogni tipo di attrezzo, dai panieri ai bussoloni dove si teneva la farina, dalle sessole – i cucchiaioni rettangolari a impugnatura corta – ai buratti per setacciare, dalle gramole con cui battere l'impasto ai mattarelli, dai taglieri alle rondelle d'ottone per tagliare la pasta che si sagomava in forme tradizionali, come i «malfatti» e i tortelli «marubini», oppure serviva a confezionare le rinomatissime torte, di solito salate, farcite secondo l'estro di carne, verdure o pesce. La più raffinata delle torte era la tartara, dagli ingredienti tanto dispendiosi che le leggi suntuarie non permettevano nei banchetti, se era servita una tartara, altri tipi di torte.

Dalle specialità della gastronomia cremonese si comprende che la maggior parte della ricchezza globale – all'incirca i quattro quinti – veniva dall'agricoltura.

Il resto era rappresentato dall'artigianato, soprattutto nel settore tessile: la punta di diamante era la produzione di fustagno, che veniva in gran parte esportato, non solo verso i paesi confinanti come i ducati di Parma e Mantova, ma anche a Napoli, Venezia, fino ad Anversa. I mercanti cremonesi occupavano posizioni importanti in tutta Europa; nel 1542, ad esempio, Gian Carlo Affaitati venne in soccorso alla governatrice di Anversa, Maria d'Ungheria, impossibilitata a pagare il soldo delle truppe chiamate a difesa del centro urbano.

Di questa attiva comunità Amilcare Anguissola era un membro apprezzato. Faceva parte del Consiglio dei Decurioni ed ebbe occasione di svolgere missioni di carattere diplomatico-militare che lo misero in contatto con importanti personaggi dell'amministrazione centrale, sia spagnoli che italiani.

Nel 1532 fu inviato nel Mantovano insieme all'ambasciatore imperiale a reperire granaglie per l'esercito, e nel 1536 il castellano di Cremona, Pietro Antonio Gargano, nipote del governatore di Milano Marino Caracciolo, lo inviò a Milano per comunicare allo zio «alcuni loro bisogni», specificando: «Il detto messer Amilcare essere mio amicissimo e molto uomo dabbene».

Abile nelle transazioni diplomatiche, Amilcare non lo era altrettanto in quelle economiche, e fece sempre fatica a garantire il benessere familiare. Come proprietà disponeva soltanto della casa in cui viveva con la famiglia, «in vicinia San Giorgio», e di un orto nei pressi di San Sigismondo, e i suoi tentativi di arricchirsi con il commercio furono fallimentari. Iscritto alla Matricola Mercatorum Civitatis Cremonae, si mise a trafficare sia da solo che con lo zio della moglie, il ricchissimo Ponzino Ponzoni, o con altri soci e parenti; investì in latticini, in supporti pergamenacei, in una bottega di «aromatario», avviò speculazioni immobiliari e su rendite pubbliche, ma sempre con scarso successo.

Non era insolito che i nobili praticassero attività mercantili. In tutto lo Stato di Milano l'aristocrazia era più cittadina che feudale, di conseguenza legata ad attività commerciali e finanziarie, più che alle rendite fondiarie; molti nobili erano poi dediti alle arti liberali, come giuristi e amministratori pubblici.

L'elevato tasso di urbanizzazione, attorno al venticinque per cento del totale della popolazione, che superava il milione di anime, con una densità superiore ai settanta abitanti per chilometro quadrato, faceva del ducato di Milano un caso pressoché unico in Europa; ciò nonostante il ritmo stesso di tutta l'economia dipendeva, in linea con i tempi, dal ciclo agrario e dalla buona tenuta del contado.

Alla metà del Cinquecento, in conseguenza dell'occupazione spagnola, questa consuetudine mercantile dell'aristocrazia si scontrò con la progressiva chiusura oligarchica e la rifeudalizzazione, che marcarono l'intera società italiana, creando incompatibilità tra nobiltà ed esercizio di attività economiche.

Essersi imparentato con i potenti Ponzoni non apportò sostanziali miglioramenti alla situazione economica di Amilcare, perché dalla famiglia della moglie non gli giunsero aiuti significativi: anzi, nel 1533 doveva ancora ricevere la maggior parte della dote di Bianca e ci sarebbero voluti più di trent'anni per ottenere l'intero versamento.

Piuttosto sprovveduto nelle cose pratiche, l'Anguissola metteva al primo posto gli interessi culturali, incoraggiato dal clima cittadino, fervido negli studi e nelle arti. La cultura a Cremona era allora all'avanguardia, perfino più vivace che a Milano, un po' adagiata sui fasti trascorsi.

Amilcare si occupava attivamente delle due benemerite istituzioni che rappresentavano il motore della cultura artistica cittadina, la Fabbrica del Duomo e quella dell'altro grande polo religioso, l'abbazia di San Sigismondo. I fabbricieri erano dediti a studi umanistici, sensibili e aggiornati nelle scelte di committenza, e le due fabbriche erano vere e proprie antologie della pittura cremonese, apprezzata in quel periodo ben oltre i confini locali.

Dello stesso vivace impulso godeva anche un'altra arte, quella musicale, per l'eccellenza non solo di musici e cantori, ma anche di costruttori di strumenti. Come suonatore di viola, ad esempio, il giovane cremonese Monteverdi si sarebbe fatto apprezzare a Milano, e da lì avrebbe preso la via per Mantova e per la sua fulgida carriera.

Il più importante circolo umanistico di Cremona faceva capo a Marco Gerolamo Vida, che era stato un protetto dei grandi papi medicei: Leone X, ammiratore del suo poemetto in latino sul gioco degli scacchi, gli aveva suggerito di comporre un poema epico sulla vita di Gesù, opera che fu poi dedicata al cugino e successore, Clemente VII, che nominò il Vida vescovo di Alba. Ma il Vida risiedeva quasi sempre, soprattutto dopo l'invasione francese del Piemonte, nella sua città natale, che gli tributava un vero culto: Cremona si gloriava di lui per la fama raggiunta con la sua *Cristiade*, come Mantova di Virgilio.

Della sua cerchia faceva parte Amilcare Anguissola, che il vescovo prendeva benevolmente in giro in una lettera in latino del 13 settembre 1542, tracciando di lui uno spiritoso ritratto che integra e completa quello dipinto dalla figlia: «Caro Amilcare, tu dici di aver sempre voluto imitare, nella tua vita, Marco

Porcio Catone, per quanto può avvenire in una città come la nostra, che non è libera.

«Leggendo la tua gentilissima lettera mi sono molto meravigliato che tu pensi di doverti scusare perché sei partito da qui senza salutarmi, come ti sembra che la nostra amicizia richiedesse; a tua giustificazione adduci l'improvviso arrivo di una lettera di tua moglie, donna autoritaria, simile a un editto, severa e perentoria, con la quale ti richiamava a sé, stupita del tuo ritardo e piena d'ira.

«Qui, Anguissola, vedi due fatti che discordano dall'indole e dalle abitudini di Catone, cioè l'essere sottomesso ai comandi della moglie e non essere libero nei rapporti con gli amici.

«Ma io penso che tu abbia voluto scherzare con me, per intrecciare alla serietà l'umorismo, e temperare la gravità con la dolcezza, cosa che sappiamo faceva lo stesso Catone che tu imiti, come certamente sei tu, giocondissimo e soavissimo in tutta la tua vita».

Il confronto tra la personalità di Amilcare tratteggiata dal Vida e il ritratto eseguito dalla figlia suggerisce nuove prospettive all'interpretazione del personaggio.

L'identificazione, di stampo umanistico, dell'Anguissola con il rigoroso Catone il Censore trova una conferma nella foggia castigata dell'abito, che assume così anche un connotato culturale.

Inoltre si delinea una nuova chiave di lettura per quel suo girarsi verso il figlio maschio: non addita soltanto il continuatore della stirpe, ma rivela un inconscio desiderio di fare comunella contro la preponderanza femminile della famiglia. Infatti l'accenno alla sudditanza nei confronti della moglie, emersa dalla lettera del Vida, trasforma il ruolo giocato da Bianca Ponzoni, una figura del tutto trascurata dai biografi della celebre figlia.

Diventa plausibile pensare che, pur non avendo portato una dote proporzionata alla rilevanza della sua famiglia e alle aspettative di Amilcare, Bianca facesse valere attraverso una forte personalità la superiorità del suo rango: forse grazie alle sue altolocate conoscenze il marito ottenne quegli incarichi di rilievo che abbiamo citato e che effettivamente prendono l'avvio dopo il matrimonio. E non è escluso che la promozione del talento artistico delle figlie, costante vanto di Amilcare, fosse esito di un'intuizione di lei, che aveva poi ceduto il ruolo del pigmalione al marito, perché come uomo aveva più facile accesso alla sfera dei potenti.

Del resto i tempi erano maturi per un riconoscimento dei talenti femminili, un tema lanciato dal vademecum dell'aristocrazia rinascimentale, il *Cortegiano*, raccolto come motivo letterario da una nutrita schiera di trattatisti e riverberato in tutta Europa.

«Le donne son venute in eccellenza / di ciascun'arte ove hanno posto cura» cantava l'Ariosto, esortando: «Non restate però, donne, a cui giova / il bene oprar, di seguir vostra via».

Non si trattava soltanto di un ideale poetico, ma di una realtà operante, a cominciare dalle corti, dove si misero in luce dame che divennero fari di cultura, come la musa stessa del Castiglione, Elisabetta Gonzaga, e Isabella d'Este, Caterina Cornaro, Margherita di Navarra, sorella del re di Francia Francesco I, Margherita d'Asburgo, sorella di Carlo V.

Questi illustri modelli avevano propiziato una fioritura di talenti femminili, soprattutto in campo letterario: in Italia le poetesse più note furono Vittoria Colonna e Veronica Gambara, ma non ci fu città che non si gloriasse di qualche letterata locale. Tranne rare eccezioni, come Gaspara Stampa, appartenevano alla nobiltà, perché erano le famiglie socialmente elevate a poter dedicare attenzione e mezzi all'istruzione delle donne.

In Lombardia furono pubblicate diverse opere sull'argomento. Nel 1545 apparvero il *Breve trattato dell'eccellenza delle donne* del filosofo Vincenzo Maggi e addirittura un'*Esortazione agli uomini perché non si lascino superare dalle donne* di Ortensio Lando, secondo il quale il progredire delle donne coincideva con una decadenza maschile, causata da vizi e frivolezze: «Ho dunque ragione di temere che le donne (colpa degli imbastarditi costumi) gli tolgano la corona e lo scettro dalle mani».

A Cremona proprio l'illustre amico di Amilcare Anguissola, il Vida, dimostrava la sua fiducia nelle capacità intellettuali delle donne divulgando la fama di un cenacolo femminile che faceva capo a Partenia Gallerati, figlia di un nobile giurisperito e umanista il quale si era personalmente occupato dell'educazione della figlia. Questa, come scrisse il Vida in una sua orazione, era «assai erudita nelle lettere greche e latine, in grado di esprimersi e scrivere, sia in versi che in prosa, su qualunque argomento in modo non solo fluente e dotto, ma anche elegante e appropriato, con ammirazione di coloro che ascoltano e leggono».

Consapevole di far parte di un manipolo femminile all'avanguardia e desiderosa di infoltirlo e renderlo sempre più agguerrito, Partenia intrecciò rapporti epistolari in latino con altre donne animate dalla stessa ricerca di affermazione: «Dobbiamo osare elevarci da terra» scriveva ad esempio alla piemontese Ginevra Scatileia «e, con le virtù che sin qui gli uomini hanno rivendicato a sé soli, volare in faccia a loro. Una sola cosa resta in cui dobbiamo mettere tutto il nostro impegno e cioè che persistiamo, e che anche tu, che hai già tanti meriti, inciti, esorti, incalzi e istruisca le tue compatriote in modo che possiamo essere pari agli uomini anche per numero».

L'esempio di Agostino Gallerati, padre di Partenia, e l'incoraggiamento del Vida dovettero essere di sprone ad Amilcare Anguissola, per il quale, padre di sei figlie, era giocoforza impegnarsi al massimo nella valorizzazione delle qualità femminili.

Inseguendo l'obiettivo dell'erede maschio, Amilcare e Bianca misero al mondo cinque femmine di seguito e dopo l'agognato arrivo del maschio, un'ultima femmina. Purtroppo di questa figliolanza non si conoscono le date di nascita, e si può procedere solo per deduzioni.

Sulla data delle loro nozze non sussistono dubbi: un documento notarile del 1563, relativo ad annosissime inadempienze sulla dote, le fa risalire a trentadue anni prima, cioè al 1531. Poiché lo scopo di quel matrimonio, il secondo per Amilcare, era una pronta procreazione, è probabile che la primogenita nascesse già nel 1532.

La scelta del nome Sofonisba deriva senza dubbio da una tradizione familiare, in omaggio alla saga cartaginese dei Barca, gli accaniti oppositori dell'imperialismo romano: uno spunto libertario non estraneo agli ambienti umanistici lombardi dell'epoca, che pur sottomettendosi di buon grado alla conquista spagnola covavano utopistici ideali repubblicani.

Annibale si chiamava il nonno Anguissola, Amilcare il padre, e per il nascituro era già stato decretato il nome di Asdrubale. Essendo nata una bambina, ripiegarono sul nome dell'eroica figlia di Asdrubale, suicida per non cadere preda dei romani vittoriosi. Rinverdita dalla tragedia del Trissino del 1524, la fama di Sofonisba era già diffusa in ambito umanistico con caratteristiche che al coraggio abbinavano l'eccellenza artistica; infatti il Boccaccio, nella sua opera sulle donne celebri, l'aveva definita: «nelle lettere e nella musica esercitatissima».

Alla prima figlia ne seguirono altre quattro, probabilmente a intervalli regolari e ravvicinati, salvo l'interruzione dovuta a qualche gravidanza sfortunata. Non esistendo ancora l'obbligo di riportare le nascite nei registri parrocchiali, istituiti alla chiusura del Concilio di Trento nel 1563, non rimangono documenti anagrafici a determinare le date.

La seconda figlia, molto vicina d'età a Sofonisba, insieme alla quale fu educata, venne chiamata Elena, come la sorella di Amilcare, che a sua volta aveva preso il nome della moglie legittima di Annibale, con la quale i figliastri erano in ottimi rapporti.

La terza prese il nome dalla nonna materna, Lucia Mainoldi, da tempo scomparsa. Per la quarta e la quinta figlia Amilcare si sbizzarrì pescando nomi da erudito, forse su consiglio del Vida: prima Minerva e poi Europa.

Nel 1551, a vent'anni dal matrimonio dei genitori, nacque Asdrubale, e qui la data è documentata. La sesta femmina, nata poco dopo, forse nell'incauto tentativo di controbilanciare con un secondo maschio la prevalenza femminile, fu chiamata Anna Maria.

Per un patrizio di scarse fortune economiche come Amilcare, le figlie femmine costituivano un problema non indifferente. Per trovare loro un marito era necessario racimolare una dote proporzionata al rango della famiglia: le alternative erano il convento oppure le nozze con un appartenente alla cerchia familiare che fosse disposto ad accettare una dote inferiore a quella prevista dagli statuti cittadini.

Ma precocemente le ragazze Anguissola mostrarono una spiccata inclinazione artistica che sarebbe stata la dote più importante. Fu Sofonisba, per ragioni di età e di intraprendenza personale, a mostrare la via.

La sua passione per la pittura iniziò forse dagli occhi prima ancora che dalla mano, perché è probabile che fin da piccola abbia avuto occasione di accompagnare il padre in qualche visita a San Sigismondo. Come commissario della fabbrica, ad Amilcare competeva il reclutamento degli artisti, e la figlia poté vedere all'opera una squadra particolarmente qualificata, perché i cremonesi non badavano a spese per quel tempio eretto in memoria della stagione più splendida del ducato, quella sforzesca. Il maestoso complesso abbaziale fuori le mura era stato edificato a fine Quattrocento su una cappella preesistente, in cui erano state celebrate le nozze fra Bianca Maria Visconti e Francesco Sforza, iniziatori della dinastia.

A partire dal terzo decennio del Cinquecento si era avviata la fastosa decorazione degli interni, in uno stile che segnava il passaggio dall'armonia del Rinascimento all'opulenza del Manierismo: erano stati chiamati Camillo Boccaccino, i fratelli Campi, Giulio e Antonio, e poi un altro Campi, Bernardino, che dopo l'apprendistato presso Giulio Campi era stato a Mantova nella bottega di un allievo di Giulio Romano, ed era tornato a Cremona nel 1546, dopo la morte del Boccaccino.

Fu probabilmente lo spettacolo di quello scrigno d'arte che si arricchiva giornalmente davanti ai suoi occhi a suscitare l'entusiasmo di Sofonisba e a eccitare la sua fantasia spingendola all'emulazione: voleva dipingere.

Prendendo atto del talento della figlia e della sua irrefrenabile vocazione, Amilcare e Bianca – poiché la citata lettera del Vida fa capire che in casa Anguissola la moglie era parte integrante nelle scelte familiari – arrivarono a una decisione sorprendente: Sofonisba sarebbe andata a scuola di pittura.

Il suo eccezionale percorso umano e artistico prese quindi avvio soltanto grazie a una scelta incredibilmente controcorrente da parte dei genitori, motivata in parte da concrete preoccupazioni di ordine economico, che consigliavano di avviare le figlie verso attività se non remunerative in senso stretto – impensabili per una gentildonna – quanto meno idonee ad attrarre illustri protezioni; in parte dall'effervescente clima culturale cremonese, molto aperto al nuovo mito dell'eccellenza femminile.

Fare di Sofonisba una pittrice era un atto estremamente innovativo anche rispetto a questo mito delle donne artiste, il cui campo d'azione era in sostanza limitato alla letteratura e la cui produzione si rivolgeva all'apprezzamento di un'élite intellettuale, quasi mai alla pubblicazione. Le stesse ambizioni della lodatissima Partenia Gallerati non ebbero sbocchi, perché dovette sottostare alle convenzioni sociali che la destinavano a essere sposa e madre senza potersi dedicare alla scrittura: morì poco più che quarantenne, nel 1572, senza aver pubblicato nulla.

Sofonisba conobbe certamente Partenia, sua parente acquisita in quanto moglie di un Mainoldi, e maggiore di lei di pochi anni: l'esempio di quella gloria locale dalle ali tarpate non fu certo incoraggiante. E non dovette essere particolarmente lusingata l'Anguissola, quando il Vida volle accomunarla alla Gallerati definendole «le due più celebri donzelle nostre concittadine, entrambe insigni per virtù ed entrambe di buona famiglia».

Se perfino per le letterate non si poteva parlare di realizzazione professionale, il mondo della pittura era praticamente precluso alle donne, con l'eccezione di qualche figlia d'arte: svolgendosi l'istruzione femminile esclusivamente tra le pareti domestiche o nei conventi, erano soltanto le figlie dei pittori a poter essere addestrate a domicilio.

Un'opzione senza precedenti come quella di far studiare pittura alla figlia rendeva delicatissima la scelta di un maestro. Innanzi tutto era escluso che una ragazzina frequentasse una bottega d'arte seguendo il tirocinio dei suoi coetanei maschi, impegnati dal mattino alla sera in mestieri pesanti e alloggiati in un unico stanzone nello stesso luogo di lavoro. Bisognava trovare un insegnante disposto ad accogliere in casa l'allieva, anzi le allieve, poiché fu deciso che la secondogenita Elena si unisse a Sofonisba, dato che la presenza di una sola fanciulla nello studio di un pittore avrebbe potuto suscitare maldicenze.

La bottega più importante di Cremona apparteneva ai fratelli Giulio e Antonio Campi, ma era da scartare in quanto troppo affollata e occupata in opere pittoriche grandiose, come affreschi e pale d'altare, impraticabili per le donne, sia perché comportavano sforzi fisici come issarsi su impalcature per dipingere, sia perché la complessità delle composizioni richiedeva studi ritenuti incompatibili con la sensibilità femminile, come la geometria, la prospettiva, e soprattutto l'anatomia.

Dopo i fratelli Campi, il più in auge a Cremona era l'altro Campi, Bernardino, anch'egli membro dell'équipe di pittori che lavoravano a San Sigismondo e quindi conosciuto e apprezzato sia da Amilcare che dalla figlia: era la persona giusta per avventurarsi in quell'incognito cammino.

La sua giovane età suggeriva che fosse disponibile ad accettare una sfida tanto anticipatrice e stimolante: nel 1546, quando fu avvicinato dall'Anguissola con quella proposta che al primo momento dovette sembrargli sconcertante, aveva solo ventiquattro anni, nonostante fosse già molto noto. Reduce da Mantova, dove si era formato nell'ambiente di Giulio Romano, era soprattutto alla sua fama di ritrattista che doveva la preferenza accordatagli da Amilcare, il quale aveva individuato in quel genere pittorico lo sbocco più adatto alle figlie, che non avrebbero mai avuto una bottega, ma avrebbero messo a frutto il loro talento nell'ambiente aristocratico che frequentavano, in cui la corsa al ritratto aveva assunto i contorni di una vera mania.

Non c'era famiglia di una certa importanza che non allestisse una propria galleria artistica, dove i ritratti occupavano un posto rilevante saturando molteplici interessi, non solo relativi alle memorie familiari: si collezionavano immagini di personaggi illustri, antichi e moderni, per avere davanti agli occhi, a scopo di edificazione, insigni modelli di vita. A questo motivo culturale di tipo umanistico si aggiungeva anche una curiosità scientifica, perché il ritratto era visto come un campo di prova nell'imitazione della natura e nell'indagine psicologica dell'animo umano.

La celebrità alla quale assurse Sofonisba fu quindi propiziata dall'incontro di molti elementi favorevoli: la risonanza più che locale della pittura cremonese, l'accresciuta attenzione per l'arte al femminile, l'affermarsi del genere ritrattistico. L'arco di tempo nel quale questi tre elementi tennero la scena è relativamente breve, infatti gli ultimi decenni del Cinquecento furono caratterizzati da un progressivo ripiegamento culturale derivante dall'omologazione imposta dalla Controriforma e dal dominio spagnolo. Così il caso di Sofonisba rimarrà isolato, e nel resto della sua vita lunghissima e avventurosa la pittrice non conoscerà imitatrici né rivali; in un certo senso non le sarà concesso di invecchiare, perché l'immaginazione collettiva la vedrà sempre come l'*enfant prodige* della pittura.

Del suo apprendistato parla l'umanista cremonese Alessandro Lamo, amico di Asdrubale Anguissola e quindi depositario di informazioni di prima mano: «In questo anno, che fu il 1546, Bernardino Campi insegnò il disegno a Sofonisba et Helena figliole veramente degne del signor Amilcare Angussuola e della signora Bianca Ponzona» scrive nel suo *Discorso intorno alla scultura e alla pittura*, pubblicato nel 1584: «Crescendo in Sofonisba et in Helena l'ingegno nell'arte et insieme il desiderio di apprenderla compitamente, e volendo il padre grandir cotale loro nobile volontà, allogò ambedue in casa di Bernardino, sperando con la nobiltà e col valore delle sue figliole di far nobile e pregiata in questa città la professione della Pittura; il che gli successe. (...) Bernardino dunque con modo piacevole, introducendole nell'arte, e talvolta riprendendole senza biasimarle, e talvolta senza segno d'adulazione lodandole, se le fece tanto affezionare che durarono tre anni in casa sua; tanta dilettazione pigliando dalla moglie di Bernardino, quanta dall'eccellenza dell'arte che apprendevano».

Dalle parole del Lamo non bisogna dedurre che le sorelle Anguissola si fossero trasferite a casa Campi: vivendo a Cremona, non aveva senso che lasciassero la dimora paterna. L'autore intende precisare che le lezioni si svolgevano a casa del Campi, e non nella bottega sottostante insieme agli apprendisti. La specifica indicazione della presenza della moglie del pittore garantisce la reputazione delle sorelle, che avevano rispettivamente quattordici e dodici-tredici anni, e le distingue come allieve private, alle quali veniva impartita una formazione adatta alle applicazioni proprie del loro rango.

È lo stesso Bernardino Campi a illustrare il suo metodo didattico: «A qualunque elevato ingegno che vuole imparare l'Arte della Pittura» scrive nel *Parere sopra la pittura* «prima fa bisogno imparare a copiare ogni sorta di disegni, facendo però sempre scelta dei più eccellenti».

Alle sue allieve forniva personalmente i modelli da copiare, poiché come tutti i pittori collezionava disegni dei maestri più quotati; il Lamo riferisce ad esempio come il Campi si fosse accaparrato alcuni disegni del Boccaccino «non guardando a spesa alcuna per averli».

Di comune accordo tra il maestro e la famiglia era stato convenuto che le allieve sarebbero state istruite soltanto nella pittura «al naturale», cioè dal vero, e non nell'«invenzione». Più professionale e sicuramente più prestigioso in quanto originale e creativo, l'addestramento all'invenzione richiedeva però le cognizioni molto approfondite e complesse di un vero tirocinio da bottega e anche studi scientifici e anatomici disdicevoli per le fanciulle.

Nonostante questa limitazione, se le sorelle Anguissola avessero voluto avventurarsi al di fuori dei ritratti e delle osservazioni dal vero, la pratica di copiare i modelli altrui avrebbe consentito loro di riprodurre con perizia qualsiasi soggetto.

Per tre anni Sofonisba ed Elena, forse accompagnate dalla vecchia domestica che apparirà in diversi quadri, si recarono quotidianamente a casa del maestro: il clima delle lezioni, a detta del Lamo, era piacevolissimo, e nacque un'amicizia anche con la moglie, la sorella e i genitori di lui, che probabilmente assistevano le ragazze quando il pittore era impegnato altrove.

Questa gradevole consuetudine ebbe termine nel 1549, quando il Campi si trasferì a Milano, chiamato a ritrarre Ippolita Gonzaga, figlia del governatore e anima della vita culturale della capitale, che lo lanciò come ritrattista alla moda.

In quell'anno tutto il ducato si preparava al massimo sfoggio, per solennizzare la visita del ventiduenne principe ereditario Filippo, già designato, seppure non ufficialmente, duca di Milano. Il suo itinerario, che avrebbe toccato anche Cremona, aveva come meta la città tedesca di Augusta, dov'era riunita la Dieta, che stava affannosamente cercando un punto d'incontro tra protestanti e cattolici. Era stato stabilito per lui un percorso propagandistico attraverso l'Italia per mostrarlo ai sudditi. La rappresentazione del potere assolveva nell'età dell'assolutismo a una funzione pedagogico-celebrativa, mirando a fornire un'immagine quasi liturgica di splendore dinastico che legittimasse di fronte ai popoli il mandato divino dei sovrani.

Salito sulla galera reale a Barcellona, Filippo sbarcò a Genova, poi si diresse a Milano e passò da Cremona alla fine di gennaio. L'orchestrazione del consenso cittadino ebbe tra i suoi artefici Antonio Campi, che con il fratello Giulio fu tra gli artisti chiamati ad allestire le macchine trionfali.

Nella sua opera *Cremona fedelissima città* il Campi racconta che il comitato d'accoglienza era composto da duecento cavalieri tutti vestiti di rosso, dai berretti agli stivali, bardati con corazze guarnite d'oro, e accompagnati da musici anch'essi addobbati in rosso sgargiante.

Il corteo seguì lo stesso itinerario degli ingressi trionfali del padre di Filippo, Carlo V, che era passato da Cremona nel 1541 e nel '43: la cronaca tramandata dal Campi permette di ammirare via via le bellezze della città.

L'ingresso fu da porta San Michele, ornata con l'aquila bicipite e coronata da figure allegoriche. Di fronte alla porta il principe era atteso dai dodici più illustri cittadini, con giubbe e berrette di velluto nero rutilanti di gioielli e medaglie. Tra questi forse anche Amilcare, mentre le figlie avranno trovato posto su un balcone strategico, incuranti del gelo invernale, commentando la magnificenza dell'apparato e l'aspetto del principe, più nordico che spagnolo, dai capelli biondi e gli occhi chiari, col mento prognato caratteristico degli Asburgo.

Dopo aver oltrepassato la chiesa di San Nazaro, il corteo sfilò davanti ai maestosi palazzi Zaccaria, Lodi e Fodri, in prossimità della chiesa di San Prospero, dove si innalzava un elaborato arco trionfale con lo stemma imperiale. Proseguì fino a San Domenico piegando poi nella contrada delle Beccherie Vecchie, per sbucare nella Platea Major, arredata con una splendida scenografia: «Vi era una bellissima piramide e all'arco che era accanto alla Torre maggiore e a quello che era appresso al palazzo della Comunità, erano le statue di tutte le città del Ducato, fra le quali ve n'era una rappresentante Milano, che era un uomo armato con un piede sopra una nave e nella destra il timone, e una chiave in atto di presentarla al principe; e un'altra rappresentante la città di Cremona, che era una donna con un elmo in testa e la Gorgone sul petto (...) e sedeva sopra un leone avendo ai piedi la figura di un fiume con la corona regale in testa, rappresentante il Po, re dei fiumi».

Dopo una sosta devozionale in Duomo, la seconda parte del tragitto aveva come meta palazzo Trecchi – dove sarebbe stato ospitato il principe – che si trovava nella zona residenziale della Cittanova. Passato dalla Platea Major alla Platea Parva, il corteo imboccò la Strada Magistra lungo la quale erano posti altri due archi trionfali con stemmi e iscrizioni latine. Oltrepassata la Cremonella, la Strada Magistra entrava nella zona esterna alle mura del decimo secolo, perciò chiamata Cittanova, dove si erano insediati i cittadini emergenti, che fuggivano le angustie delle congestionate viuzze medioevali del centro in favore di quartieri residenziali ampi e luminosi, disegnati dalla vivacità culturale e dalla prosperità economica dei suoi abitanti.

Il corteo si sciolse quando il principe entrò a palazzo Trecchi, che come tutte le dimore patrizie circostanti presentava una facciata in cotto decorata da lussureggianti motivi ornamentali. La terra attorno a Cremona infatti produceva una pregiata qualità di argilla che si prestava all'arte fittile, tanto da meritare alla città il titolo di «Siena di Lombardia».

Partito da Cremona Bernardino Campi, Amilcare scelse un nuovo maestro per completare l'addestramento delle figlie, reclutandolo ancora tra gli artisti che operavano a San Sigismondo: Bernardino Gatti detto il Sojaro, vicino al clima del manierismo parmigiano. Secondo il Lamo però, che pure era un estimatore del Gatti, le sorelle Anguissola erano ormai «poco bisognevoli» di essere ulteriormente ammaestrate nella pittura.

Se il Lamo diplomaticamente esaltava l'abilità di entrambe, in realtà era la carriera di Sofonisba a decollare, dato che solo lei era annoverata dal Vida, nel 1550, «inter egregios pictores nostri temporis», e l'umanista cremonese Giovanni Musonio nel 1551, nel suo poemetto *Apollo Italicus*, che riservava largo spazio alle donne, definiva Sofonisba «Italiae columen».

Questi concordi elogi testimoniano che già erano in circolazione opere di Sofonisba di cui si parlava molto; a numerosi ritratti fa riferimento anche un saggio di Francesco Baldinucci pubblicato nel 1681, *Notizia dei professori del disegno da Cimabue in qua*: «Dei cavalieri e delle dame che la casa di lei frequentavano, facea per diletto e regalava ritratti nei quali veniva reputata insuperabile. Il nome suo andò quindi spargendosi gloriosamente per le bocche di tutti destando il desiderio di qualche sua opera».

Il decoro non consentiva a una gentildonna di fare la pittrice di mestiere, dunque Amilcare, favorendo la diffusione dei quadri della figlia negli ambienti più altolocati, non si aspettava vantaggi pecuniari, ma li considerava moneta di scambio per protezione e favori.

Alle pareti domestiche erano invece destinati i ritratti dei familiari, che Sofonisba metteva in posa sperimentando le sue crescenti abilità tecniche nel dipingere dal vero. Quello che a tutt'oggi sembra il primo in ordine cronologico è il ritratto della sorella Elena in abito monacale, celebrazione di un evento familiare che sicuramente ebbe per la pittrice forti ripercussioni emotive.

La sorella più vicina d'età, con la quale si era avviata alla pittura, nel 1551 abbandonò la casa paterna per entrare in convento. Nello stesso anno nasceva l'agognato erede maschio, quindi le attenzioni dei genitori erano concentrate sul nuovo arrivato, mentre per Sofonisba si apriva un vuoto affettivo non risarcibile.

In ogni famiglia, tra la numerosa figliolanza c'era sempre qualcuno che prendeva i voti, più o meno docilmente. Nel caso di Elena, si può immaginare che non avendo vissuto bene l'imposizione a condividere il percorso formativo della sorella maggiore, una volta terminato l'apprendistato avesse rivendicato l'autonomia delle proprie scelte. Lo farebbe pensare il suo ingresso in un monastero non cremonese, quello delle domenicane di San Vincenzo a Mantova, quasi tendesse ad allontanarsi dalla sfera familiare.

Eppure il suo nuovo nome, suor Minerva, frutto di una scelta anomala perché di impronta umanistica e non devozionale, rivela il persistere di un legame, per il richiamo non solo al nome della sorella minore, ma a un comune modello femminile orientato alle doti intellettuali.

Il presunto ritratto di Elena è già un piccolo capolavoro, tanto che fu attribuito al pennello di Tiziano prima che venissero alla luce, nel corso di un restauro, la data e la firma di Sofonisba, appena diciannovenne ma emancipata nelle sue scelte stilistiche, che la portavano a integrare il realismo dell'osservazione «dal naturale» assimilato durante l'apprendistato, con intuizioni psicologiche di ascendenza leonardesca indizio delle sue personali inclinazioni, estranee alle auliche idealizzazioni manieristiche dei suoi maestri.

Questa adesione di Sofonisba ai modelli lombardi, mutuati a loro volta dagli studi di Leonardo sul rapporto tra fisionomia e stato d'animo, nel ritratto di Elena si fa più intima per il rapporto affettuoso tra pittrice e modella, il cui sorriso ispirato esprime la serenità trovata nella nuova vita. La novizia, fasciata di bianco, sbuca dallo sfondo nero come se avanzasse da un corridoio buio e si ferma, avvolta in un raggio di luce, alzando un attimo lo sguardo dal libriccino di preghiere che ha tra le mani, prima di sottrarsi per sempre alla vita in comune e proseguire il suo cammino al riparo del chiostro.

Non è certo se Elena fra le mura del monastero abbia messo a frutto la sua arte: esiste però un ritratto di monaca domenicana che reca una firma «Sophonisba Angusola» quasi sicuramente apocrifa, che si potrebbe invece attribuire a suor Minerva, in veste di ritrattista di una consorella.

Poiché i familiari si recavano a Mantova a visitare Elena con una certa regolarità, Amilcare trovò modo di introdurre Sofonisba alla corte dei Gonzaga. Fece da tramite probabilmente il pittore Fermo Ghisoni, un aiuto di Giulio Romano aderente al manierismo parmense e quindi vicino a Bernardino Gatti, il secondo maestro delle sorelle Anguissola, che aveva potuto parlargli di quel promettente talento femminile.

L'ipotesi è suggerita dall'inventario della galleria gonzaghesca, dove figurano due opere di Sofonisba, oggi disperse. La prima, un «ritratto di messer Fermo», potrebbe riferirsi appunto al Ghisoni, attivo in quel periodo presso i Gonzaga; l'altra è un «ritratto di Madama Margherita vecchia», cioè della duchessa vedova Margherita Paleologa, madre del duca Guglielmo, il cui rapporto con le giovani Anguissola è testimoniato anche da una lettera che le indirizzò Amilcare il 1° febbraio 1556: «Dopo ch'io ho sempre udita santamente nominare Vostra Eccellenza e poi conosciutala di presenza con ogni sorte di riverenza che dalla bassezza mia possa venire, io l'ho come suo fedelissimo servitore sopra ogni altra Eccellentissima Signoria debitamente riverita. Da questa mia disposizione assicurato, ho pigliato animo (...) di ringraziarla senza fine delle virtuosissime dimostrazioni (...) di Vostra Eccellenza continuamente fatte a suor Minerva e Sofonisba sue sviscerate serve e mie figliole».

Poiché la duchessa Margherita aveva espresso il desiderio di essere ritratta, Sofonisba ebbe diverse occasioni di frequentare la corte di Mantova. Durante le sedute di posa conobbe la nuora della duchessa, Eleonora d'Austria, e le promise un suo quadro.

Amilcare trasformò l'invio del dono in un'operazione promozionale, accompagnandolo con una lettera in cui rivendicava il ruolo di amministratore e depositario dei talenti familiari, e approfittando dell'occasione per lanciare la nascente vocazione artistica della quinta figlia, Europa, che doveva avere allora circa undici anni: «Avendo io difeso e assicurato il presente quadretto dipinto da Sofonisba sua buona serva e mia figliola, dalla voglia di molti che con istanza m'hanno pregato di volerglielo dare» scriveva con ostentazione alla duchessa Margherita il 12 marzo 1557 «però l'ho confidentemente voluto indirizzare a Vostra Eccellentissima Signoria, che si degnerà farlo consegnare alla sua Signora Eleonora, di mia volontà promessole dalla mia carissima figliola nel tempo che si ritrovava in quella sua città, favorita dall'umanissima bontà di Vostra Eccellentissima Signoria alla quale (...) con tutta la mia famiglia bacio le onorandissime mani, e quella che più umilmente le fa riverenza è l'Europa, la quale ogni dì prega per la Vostra Eccellentissima Signoria e le orazioni sue tengo che saranno in questa sua età accette al Signore Iddio, il quale fin d'ora ci dimostra ch'ella abbia a superare di virtù e di bontà ogni altra mia figliola».

Quella di Mantova non era l'unica corte presso cui Amilcare brigava per trovare una sistemazione adatta al talento della figlia.

Contemporaneamente, aveva mosso le sue pedine anche su Ferrara, attraverso il cremonese Gerolamo Somenza, senescalco del duca Ercole II d'Este, che riuscì a farsi regalare ben due ritratti dipinti da Sofonisba, forse promettendo in cambio una presentazione a corte.

La mossa non diede sul momento dei risultati; in seguito Amilcare decise di inviare direttamente al duca d'Este uno dei richiestissimi autoritratti della figlia. La voga delle donne artiste si adattava meravigliosamente alle esigenze decorative di una galleria d'arte: se una collezione di ritratti celebri comunicava visivamente i punti di riferimento della cultura umanistica, inserire dei volti femminili – oltre a testimoniare larghezza di vedute – permetteva di interrompere l'uniformità delle gravi fattezze virili con oasi di grazia.

Nella lettera di accompagnamento al quadro, destinato alla terzogenita del duca, la colta Lucrezia, l'Anguissola non mancava di rimarcare il tempo trascorso dal precedente contatto: «Sono molti anni passati» scriveva il 17 marzo 1556 «da che furono portati da Messer Gerolamo Somenza due ritratti fatti per mano di una mia figliola nominata Sofonisba, i quali intesi poi che erano stati veduti da Vostra Illustrissima et Eccellentissima Signoria e dalle illustrissime sue figliole e molto piaciutigli, e particolarmente all'Eccellentissima Signora Madama Lucrezia; onde avendo poi la suddetta mia figliola fatto un ritratto della effigie sua stessa mediante lo specchio, et essendo venuto a Ferrara un nostro gentiluomo, De Fogliati, pare che parlando con l'Illustrissima Signora Madama Lucrezia sopra tali soggetti di pittura e ritratti, a Sua Eccellenza sarebbe piaciuto avere un simile ritratto della mia figliola (...) perciò, ritenuto insino ad ora dalla infima mia bassezza, non ho avuto ardire di eseguire quanto era stato deliberato da me e da detta mia figliola, dubitandomi di esser tenuto troppo audace nel cospetto di un tanto principe, com'è l'Eccellenza Vostra; per il che, dopo molti dubbiosi pensieri, col giudizioso parere di alcuni assicurato della umanità di Vostra Eccellenza, mi sono finalmente deliberato mandare la presente pittura e ritratto di essa mia figlia nelle mani di Vostra Eccellenza, non tanto perché lo veda, quanto perché si degni di farlo poi dare alla Signora sua figliola in nome della mia, alla quale non ho permesso che l'abbia presentato alla suddetta Eccellentissima Madama Lucrezia, dubitando di farla incorrere nell'atto della presunzione, quando avesse fatto ciò senza saputa di Vostra Eccellenza, la quale so che insieme con essa sua figliola scorgeranno forse molti errori in detta pittura, ragionevolmente cagionati dall'età e qualità dell'operatrice; non di meno ho ardire di certificarli che dalla vera e naturale sua similitudine a questo dipinto non esiste differenza se non quella che suole essere dalla viva alla figurata effigie, umilmente supplicando Vostra Eccellenza di perdonarmi l'audace modo da me usato nel mandare questo tal debolissimo dono come nello scrivere queste mie inettissime lettere, reverentemente baciandogli le eccellentissime mani».

L'autoritratto in questione potrebbe essere quello di piccolissimo formato – diciassette per dodici centimetri – conservato a Vienna, dove fu recato in dono dal cardinale d'Este all'imperatore Rodolfo d'Asburgo nei primi anni del Seicento.

Sofonisba si è raffigurata a mezzo busto, non in posizione frontale ma leggermente girata, con il braccio piegato a mostrare un libriccino aperto che tiene in mano, sul quale è tracciata l'iscrizione «Sophonisba Angussola virgo se ipsam fecit 1554».

Le dimensioni ridotte limitano la scena all'essenziale, concentrando l'attenzione sul volto della pittrice, sul quale la luce piomba come una rivelazione. Lo sguardo dei suoi occhi enormi, sgranati, sprigiona la forza di un'intuizione: rappresentando un'alternativa alla millenaria omologazione dei destini femminili, Sofonisba sapeva che ogni donna avrebbe visto rispecchiata in lei una parte delle proprie fantasie.

Le proiezioni soggettive, che moltiplicano all'infinito le possibili interpretazioni di un'opera d'arte, fanno superare d'un balzo la distanza tra l'osservatore e l'artista, ma per costruire un più durevole ponte è necessario integrarle con l'oggettività delle rilevazioni scientifiche e dell'indagine storica. Soprattutto in una produzione come quella di Sofonisba, in gran parte non firmata, è l'analisi della tecnica pittorica ad accertare la credibilità di possibili attribuzioni. Le pennellate frante e leggere, la predilezione per i toni scuri, contrastati dal bianco, vivacizzati da piccoli tocchi di rosso, sono altrettanti indizi sui quali puntare per ricomporre almeno in parte il suo catalogo disperso.

Ugualmente importanti le coordinate storiche, per orientarsi sulla mappa concettuale della pittrice, che negli autoritratti si presenta come un modello di donna «virtuosa» nel senso umanistico del termine: qui il piccolo libro che tiene in mano adombra la sua cultura letteraria, di giovane intellettuale non incline alla civetteria.

La rappresentazione di questa idea viene sviluppata in frammenti narrativi rintracciabili innanzi tutto nei tratti infantili del viso: molto accentuati e tondi gli occhi, piccoli e capricciosi il naso e la bocca. Ventiduenne, Sofonisba esasperava i caratteri giovanili per raccontare la sua dedizione precoce all'arte; così come valorizzava la sobrietà del suo stile di vita nella semplicissima pettinatura dalla lunga treccia raccolta attorno alla testa e nell'austerità dell'abito scuro, non ravvivato da gioielli ma soltanto dal lieve pizzo candido del colletto e dei polsini della camicia. Utilizzando i dettagli in funzione contemporaneamente estetica e simbolica, il naturalismo di Sofonisba mirava a un livello profondo di verità.

Dopo il 1550 la pittrice, concluso l'apprendistato, forse collaborò con il maestro Bernardino Gatti. È stato notato da Giulio Bora che nell'affresco della *Moltiplicazione dei pani e dei pesci* del refettorio di San Pietro a Cremona, incominciato nel 1549 e datato 1552, parecchie figure sembrano colte dal vero, diversamente dalle abitudini del Sojaro; si potrebbero quindi ipotizzare interventi di Sofonisba nell'elaborazione di disegni «dal naturale» trasposti poi dal Gatti nell'affresco.

L'attività del suo maestro presso gli enti religiosi e quella del padre come fabbriciere della cattedrale e di San Sigismondo rendevano costante il contatto tra Sofonisba e l'ambiente ecclesiastico, che incoraggiava gli interessi artistici. Da sempre la Chiesa, custode del patrimonio dell'età classica, era protagonista dell'evoluzione culturale, e a partire dal terzo decennio del Cinquecento, minacciata dalla bufera della Riforma protestante, puntava sul rinnovamento intellettuale oltre che spirituale per tornare a imporre la sua supremazia.

Essendo ancora lontano dalla conclusione il Concilio di Trento, che avrebbe dovuto fornire sicure e inattaccabili direttive per ricondurre in porto il maggior numero possibile di pecorelle perdute, il gregge dei fedeli viveva momenti di diffidenza e ansietà, come dimostra una lettera di Amilcare, scritta a un cugino durante la quaresima del 1539, in cui per definire il pericolo letale dell'eresia protestante si serviva di una metafora di triste attualità per i tempi, quella della peste: «Un modo di predicare fatto questa quaresima da alcuni traditori e indiavolati frati ha contaminato l'anima di molti in città, che certamente si può dire che hanno peggio che peste seminato; se Dio in questo travaglio non aiuta questa città io stimo che aumentano questa malignità peggio che non fu nell'anno del '28, nel quale mediante una grave pestilenza morirono più di un terzo delle persone».

All'ortodossia conformista professata da Amilcare aderiva probabilmente anche il resto della famiglia, al riparo dagli sbandamenti che turbavano la sensibilità collettiva, come ci conferma la tipologia degli ecclesiastici ritratti da Sofonisba. Che fosse Amilcare stesso a designare i soggetti è provato dalla scritta «Sophonisba Anguissola pinxit iussu patris», che compare più di una volta nei suoi quadri, ad esempio nel ritratto, datato 1555, di un domenicano, al cui ordine era affidata la gestione del Tribunale dell'Inquisizione.

L'immagine proposta dalla giovane pittrice è rassicurante: il religioso – di cui non si conosce il nome – pur fregiandosi di un'inquietante barba nera esibisce un benevolo sorriso, e non è intento a stilare atti d'accusa contro gli eretici, ma è un astronomo al suo tavolo da lavoro, che alza lo sguardo dall'oroscopo che sta tracciando, tenendo in mano la sfera armillare. Il piano del tavolo è inclinato verso lo spettatore, in modo da permettere la lettura delle scritte sul foglio, oggi peraltro indecifrabili.

Dimostrandosi già capace di creare da una posa una scena di vita, grazie all'uso narrativo dei particolari, Sofonisba in questo quadro passa alla fase matura della sua arte. Con autentico virtuosismo, ad esempio, copre con un lembo della mantella la parte superiore del medaglione che scende sul petto del frate, per poi far baluginare la metà scoperta con un raffinato effetto luministico alla fiamminga, che attesta la vasta articolazione dei suoi modelli di riferimento. A Cremona, che per gli scambi continui con i porti del Nord era chiamata l'«Anversa del Po», non le erano mancate le occasioni di ammirare opere fiamminghe.

Dell'anno successivo è il ritratto di un altro religioso, il canonico lateranense Ippolito Chizzola, un bresciano giunto a predicare a Cremona ed evidentemente gradito al diffidente Amilcare, la cui approvazione è testimoniata dall'iscrizione: «Sophonisba Angussola Virgo coram Amilcare patrem pinxit MDLVI».

Il Chizzola era celebre per le sue ardenti prediche antiereticali, ispirate da un tormentato percorso personale che lo aveva portato ad avvicinarsi alle dottrine riformate per ritornare infine all'ortodossia dopo essere stato processato dall'Inquisizione e aver fatto un'abiura pubblica e reiterata. Ormai pienamente reintegrato e anzi utilizzato come strumento di conversione, costituiva un clamoroso esempio della crisi di coscienza che la contestazione protestante aveva suscitato in larghi strati del clero, anche in Italia. La stessa potente congregazione dei canonici lateranensi, politicamente legata all'impero – il Chizzola in particolare mantenne stretti rapporti con il governatore di Milano Ferrante Gonzaga e la sua famiglia – venne spesso permeata da infiltrazioni riformate.

In questo dipinto Sofonisba, confermando la raggiunta maturità artistica, dimostra di saper modulare i registri espressivi secondo le esigenze della sua ispirazione: sensibile all'intimo dramma del personaggio, rinuncia ai particolari descrittivi che aveva profuso nel ritratto dell'astronomo domenicano. Fasciando il busto con la cappa nera che nasconde spalle e braccia, la pittrice fa convergere la luce sull'ascetico viso del canonico, cercando di trasmettere l'intensa spiritualità da lei percepita nelle prediche del Chizzola. Questa rappresentazione psicologica è affidata alla essenziale geometria dei lineamenti: la striscia orizzontale della fronte stempiata e la nobile verticalità del naso si incrociano all'altezza dei penetranti occhi grigio-cerulei, carichi di forza di volontà, che catturano lo spettatore.

Lo stile esperto e disinvolto conquistato alla metà degli anni Cinquanta permette a Sofonisba di proporre diverse varianti dei suoi disputatissimi autoritratti, nei quali si compiace di immortalarsi in situazioni esemplari, che allargano la visuale sui suoi gusti e i suoi interessi.

Due di questi, ad esempio, colgono la pittrice al cavalletto, intenta a ritoccare una Madonna con Bambino: non una scelta casuale, dato che in entrambi gli autoritratti il dipinto a cui sta lavorando è identico in ogni dettaglio.

Innanzi tutto Sofonisba vuole dimostrare la propria versatilità, non limitata all'ambito del ritratto; ma poiché i soggetti «d'invenzione» richiedevano una formazione diversa dalla pittura «dal naturale» alla quale la giovane Anguissola era stata indirizzata, non possedendo gli strumenti tecnici per ideare personalmente una composizione, doveva limitarsi a copiare originali altrui. Qui il modello non è stato identificato, ma lo stile manierista e le figure allungate, vicine alla scuola parmigiana, suggeriscono un affettuoso omaggio al maestro Bernardino Gatti, oltre che una dichiarazione dei suoi gusti in fatto d'arte, orientati al classico nella forma, e nei soggetti alla sfera dei sentimenti più teneri e familiari.

Pur dando per scontato che Sofonisba attribuisse un significato particolare al dipinto posto sul suo cavalletto, è chiaro che il fulcro dei due autoritratti – diversi quasi soltanto nelle dimensioni: uno alto più di mezzo metro, l'altro venti centimetri – è nell'immagine dell'artista.

Il viso paffutello dagli occhioni spalancati, incorniciato dalla treccia intorno alla testa, esprime nella sua grazia ancora infantile la genuinità di Sofonisba, che impugna il pennello con il godimento del gioco: lo si capisce anche dalla tavolozza appoggiata al cavalletto, picchiettata di tanti colori vivaci.

L'abbigliamento come sempre è semplice, da virtuosa. Nel quadro più piccolo indossa una veste color prugna dall'alto colletto aperto, di foggia «alla veneziana», rischiarato dalle trine spumose della camicia; dalle eleganti sovramaniche arricciate alla spalla si comprende che si tratta di un abito di una certa importanza, forse il più bello del modesto guardaroba della pittrice, che dunque lo protegge con un grembiule bianco: uno di quei suoi dettagli dal duplice significato estetico e simbolico, perché oltre a costituire una contrastante macchia chiara, sembra rappresentare un orgoglioso distintivo del mestiere, quasi a voler smentire il dilettantismo a cui l'obbligava la sua posizione sociale.

Può essere che il padre non apprezzasse una simile presa di posizione: nell'altra versione l'abito è più sobrio e non richiede il riparo dello scossale.

Lo spunto per gli autoritratti al cavalletto venne forse a Sofonisba da una collega poco maggiore di lei, la fiamminga Catharina, figlia del pittore Jan Van Hemessen, che si era immortalata in quella posa nel 1548. Attraverso copie e incisioni, il dipinto dovette circolare velocemente, perché il nuovo mito femminile della virtuosa intellettuale e artista riscuoteva un vigoroso interesse.

Aver raccolto l'esempio di Catharina non sminuisce Sofonisba: la Van Hemessen, come figlia d'arte, non costituiva un precedente, mentre l'esplicita adesione di una gentildonna a un fenomeno culturale collettivo apriva nuove vie all'emancipazione femminile.

Con la stessa consapevolezza s'immetteva nella scia di altre virtuose europee contemporanee – fra cui ancora la Van Hemessen – raffigurandosi nell'atto di suonare la spinetta: anche quest'altro autoritratto risale al fervido periodo tra il 1555 e il 1557. L'abbigliamento e la posizione sono molto simili al più grande degli autoritratti al cavalletto, come identico è lo sguardo che lancia allo spettatore, alzando la testa dal suo strumento: è lo sguardo trascinante di chi si sente l'incarnazione di un simbolo. Lo conferma lo strumento che sta suonando, non destinato – come quelli a corda, vanto degli artigiani cremonesi – agli svaghi mondani, ma adatto a una studiosa, perché connotato in senso moralistico: non per nulla la spinetta era chiamata anche «virginale».

Come una vera artista, Sofonisba non finiva mai di imparare: da un altro autoritratto di quegli anni apprendiamo che si era applicata anche alla tecnica della miniatura. La sua immagine appare infatti su un cartoncino di otto centimetri, con in mano una vistosa rotella color bronzo, al centro della quale campeggia un anagramma del nome di suo padre, ACEILMR, forse una trovata dello stesso Amilcare, probabile ispiratore della nuova specializzazione della figlia.

Un dipinto così minuscolo richiede una tecnica in punta di pennello che non si può improvvisare: a farle da maestro fu probabilmente Giulio Clovio, celebre miniatore croato che nella seconda metà degli anni Cinquanta soggiornava presso i Farnese tra Parma e Piacenza, città che gli Anguissola, per i loro contatti con il ramo originario della famiglia, ebbero occasione di visitare.

A testimoniare questo rapporto rimane un bel ritratto che Sofonisba fece al Clovio, forse per ricambiare le cortesie ricevute. Amilcare, interessato al funzionale formato della miniatura, un settore in grande espansione nel campo del ritratto, riuscì a ottenere che il maestro impartisse a sua figlia alcune lezioni forse facendo leva sulla soddisfazione che gli aveva procurato un'altra allieva, la tedesca Lavinia Terlincks, divenuta miniatrice alla corte di Enrico VIII d'Inghilterra.

Non a caso, infatti, nel ritratto l'anziano artista, seduto a un tavolo, mostra una miniatura che tiene in mano, raffigurante l'antica allieva: un nuovo tassello della glorificazione dell'arte femminile che Sofonisba si prefiggeva. L'identificazione è avvalorata dall'inventario dei beni del Clovio, tra i quali figura uno scatolino tondo con il ritratto di Lavinia.

È confermato almeno un soggiorno di Sofonisba a Piacenza, grazie a uno dei suoi più celebri estimatori, Giorgio Vasari: «In Piacenza vi sono di mano di Sofonisba, in casa del signor arcidiacono della chiesa maggiore, due quadri bellissimi. In uno è ritratto esso signore, e nell'altro Sofonisba: entrambe le figure non hanno se non a favellare».

È ancora il Vasari a descrivere uno dei capolavori di Sofonisba di quegli anni: «Ritrasse tre sue sorelle in atto di giocare a scacchi, e con esse una vecchia donna di casa, con tanta diligenza e prontezza che paiono vive, e che non manchi loro altro che la parola».

Il soggetto del quadro nacque forse dalla frequentazione con il Vida, il cui poemetto *Scacchia ludus*, di grande successo, aveva favorito la fortuna iconografica del tema: vi si era cimentato anche Giulio Campi.

Sofonisba nel 1555 lo prese a pretesto per un ritratto collettivo che riunisce i motivi centrali della sua formazione artistica e umana: la celebrazione degli affetti familiari e dell'eccellenza femminile. L'emblematica scacchiera sta prima di tutto a significare che anche i momenti di svago, a casa Anguissola, si trasformavano in occasioni per esercitare l'intelligenza; e non è una forzatura aggiungervi (seguendo un suggerimento di Valerio Guazzoni) un'allusione alla conquista di un primato femminile, se teniamo conto che nel gioco degli scacchi – che un'antica tradizione vedeva come una battaglia di amazzoni – sono le regine a esercitare un ruolo decisivo, come lo stesso Vida aveva evidenziato nel finale del suo poemetto.

La scena è ambientata in un giardino, ma si tratta di uno spazio simbolico simile a quello del ritratto del padre con Minerva e Asdrubale, essendo anch'esso delimitato dall'allegorica quercia con polloni, mentre sullo sfondo appare il roccioso e azzurrato paesaggio alla fiamminga, sognante evasione della pittrice dall'uniforme piattezza della Bassa padana.

Cogliamo due delle sorelle Anguissola nel pieno della partita: sono Lucia e Minerva, allora rispettivamente sui quindici e tredici anni. Lucia muove soddisfatta una pedina mentre Minerva, in svantaggio, alza la mano quasi a difendersi con la sua abilità retorica, dato che era la letterata fra le sorelle; in mezzo a loro spunta la testolina sorridente di Europa, all'incirca decenne, troppo piccola per seguire la dinamica delle mosse. Sulla destra, si sporge per osservare meglio la scena, un po' interdetta, un'anziana domestica. Le quattro figure presentano un intero campionario di atteggiamenti e posture: Lucia è di tre quarti, Europa di fronte, Minerva di profilo, la fantesca di sbieco.

L'enorme sforzo ideativo e compositivo del quadro colpì anche il Baldinucci: «Sofonisba volle passare dai ritratti ai componimenti e storie». Questa rappresentazione di genere è la più complessa «invenzione» tentata dalla pittrice, a testimonianza delle sue aspirazioni giovanili, che la direzione presa in seguito dalla sua carriera impedì di coronare.

In un gioco stilistico a lei molto congeniale, il racconto di Sofonisba si sviluppa accostando elementi contrastanti: alla ricercata eleganza delle fanciulle, che sfoggiano abiti di broccato dai colori brillanti, preziose collane e ghirlande di perle sui capelli, fanno da contrappunto i modesti panni della serva, e alla contrapposizione di censo e di rango si aggiunge quella dell'età, tra l'infanzia, la giovinezza e la vecchiaia. Articolata anche la gamma delle espressioni: il divertimento di Europa, la serietà delle sorelle maggiori e la perplessità della serva. È stato osservato da Mina Gregori che nel ridotto spazio familiare del quadro si condensano decenni di sperimentazioni lombarde sulla scia delle osservazioni fisiognomiche leonardesche, arrivate fino a Sofonisba attraverso le colte sollecitazioni del suo ambiente.

Alla pittrice interessava riprodurre l'effetto dei «moti dell'animo» sui tratti del volto, cogliendo ad esempio l'attimo in cui una risata trasforma i lineamenti, come avviene per Europa nella *Partita a scacchi.* Dedicò a questo tipo di esperimenti una nutrita serie di disegni, fra cui quello – noto attraverso un'incisione di Jacob Bos – di una ragazzina che deride una vecchia intenta a studiare l'abbecedario, probabilmente ancora Europa con la stessa servente.

Uno di questi schizzi giunse anche al sommo Michelangelo, grazie all'abilità con cui Amilcare faceva circolare le opere della figlia, mobilitando tutte le sue conoscenze per ottenere il viatico degli artisti più illustri.

Michelangelo aveva ottantadue anni, ma era in piena attività e rivestiva ancora un ruolo centrale nel mondo dell'arte. Quando Amilcare seppe che il Buonarroti aveva ammirato il disegno di Sofonisba, prese la penna per ringraziarlo con la ridondante retorica che aveva modo di esercitare di frequente, da quando la promozione della figlia aveva arricchito con i nomi più altisonanti la lista dei suoi corrispondenti.

«Le eccellentissime vostre virtù accompagnate con la bontà dell'animo vostro (il tutto dal Signore Iddio donatovi)» gli scriveva il 7 maggio 1557 «m'hanno fatto, da poi che vi ho udito nominare, tenere di voi quella memoria che debitamente è tenuta aversi ad un tanto e tale singolarissimo gentiluomo, e quello che con tutta la mia famiglia mi ci fa obbligatissimo è l'avere inteso l'onorata et amorevole affezione che dimostra a Sophonisba, quella mia figliola alla quale ho fatto principiare ad esercitarsi nell'onoratissima virtù del dipingere; con certificarla che più mi è grato il favore che mi viene da questa sua amorevole affezione che non mi sarebbero tutti i comodi e le ricchezze che potessero darmi grandissimi Principi; (...) per il che lo pregherò che, si come per sua innata cortesia e bontà si è degnato nei suoi ragionamenti per il passato questa mia figliola introdurre, si degni nell'avvenire alcuna volta ancora reintrodurla, promettendogli che, sapendo lei che con tale vostro onorato favore a questa virtù con ogni suo studio innalzerà tanto l'animo suo, ch'io spererei vederne uscire ottimi effetti; (...) e tanto più quando vi degniate mandarle un vostro disegno perché lei lo colorisca con olio, con obbligo di rimandarlo di propria sua mano fedelmente finito; né a tanti miei obblighi potendogli dar di meglio, per la più cara cosa ch'io abbia, gli dedico essa Sophonisba per serva e figliola.»

L'uso di dipingere su disegni di grandi maestri era diffuso, quindi la richiesta di Amilcare a Michelangelo era ardita ma non troppo inconsueta, anche perché l'artista doveva aver accumulato un'immensa quantità di disegni, e l'opera gli sarebbe comunque stata restituita. Il Buonarroti non aderì alla sollecitazione, ma suggerì invece a Sofonisba il soggetto per un altro disegno.

Questa evoluzione del rapporto tra la giovane dilettante e il più grande artista del tempo è raccontata da un amico di Michelangelo, Tommaso Cavalieri, che nel 1562 donava un disegno al granduca Cosimo I de' Medici per la sua collezione, scrivendogli: «Avendo io considerato il bellissimo progetto di Vostra Eccellenza (…), mi è parso che tra tanti eccellenti uomini ci potesse entrare una donna, e perciò, avendo io un disegno di mano di una gentildonna cremonese chiamata Sofonisba Angosciosa (*sic*), (…) credo che potrà stare a paragone di molti, perché non è solamente bello, ma ci è ancora invenzione, e questo è che, avendo il divino Michelangelo veduto un disegno di sua mano di una giovane che rideva, disse che avrebbe voluto vedere un putto che piangesse, come cosa molto più difficile, et essendole scritto, gli mandò questo, che è un ritratto di suo fratello fatto piangere studiosamente».

Il Cavalieri ignorava che la provocazione di Michelangelo non aveva preso alla sprovvista Sofonisba, la quale aveva già pronto il disegno da mandare al maestro, essendosi cimentata di sua iniziativa nel ritrarre sia l'espressione ridente che quella del pianto; infatti il bambino raffigurato, il cui volto si deforma in una smorfia perché ha messo la manina in un cesto di granchi vivi tenuto in mano da una sorella, non dimostra più di tre o quattro anni, mentre Asdrubale nel '57, anno della corrispondenza con Michelangelo, ne aveva sei.

Il disegno risaliva quindi a un paio d'anni prima, e possiamo immaginare quanto fossero compiaciuti, sia il padre che la figlia, nell'inviare immediatamente al grande maestro lo schizzo richiesto.

Michelangelo fu altrettanto tempestivo nel manifestare il suo apprezzamento, tanto che Amilcare soltanto una settimana dopo – il 15 maggio – rispondeva al Buonarroti ringraziandolo per le lodi «alle pitture» della figlia, un plurale che evidentemente comprende il secondo disegno, quello pervenuto poi al de' Medici: «Le vostre amorevolissime lettere mi sono molto più care che non mi sarebbero quelle che mi fossero scritte dal nostro Serenissimo Re: certificandolo che tra tanti obblighi ch'io ho al Signore Iddio, nel numero dei primi io pongo di vivere in un tempo (...) in cui un tanto eccellentissimo gentiluomo, sopra ogni altro virtuosissimo, veramente si degni lodare e giudicare le pitture fatte da mia figlia Sophonisba».

La premura con cui Michelangelo scrisse ad Amilcare per complimentarsi con la giovane pittrice fa pensare che il maestro riconoscesse la novità insita nello schizzo di Sofonisba: forse per la prima volta appariva disegnato l'istante preciso in cui un moto di dolore si trasmette alle fattezze del volto. Questo disegno, sottolinea Flavio Caroli, è la matrice figurativa di un'idea riprodotta poi in innumerevoli versioni circolate per tutta l'Europa, e sarà fatta propria dal Caravaggio nel suo *Ragazzo morso da un ramarro*.

La maestria con cui Sofonisba ritraeva i giovanissimi, maturata nell'ambito familiare, le valse una committenza importante. Nel 1557 dipinse il ritratto ufficiale del nuovo marchese Stampa, Massimiliano, erede di una delle più prestigiose famiglie lombarde.

Il marchese Ermes, suo padre, morto in quell'anno, era stato un appassionato collezionista; estimatore di Bernardino Campi, gli aveva commissionato diversi quadri religiosi destinati alle chiese del suo feudo, Soncino. Fu quindi senz'altro attraverso il suo primo maestro, probabilmente oberato dalle ordinazioni, che Sofonisba – la cui fama del resto era già estesa oltre i confini del ducato – fu scelta per eseguire il ritratto di Massimiliano.

La pittrice era rimasta in contatto con il Campi, alla cui fama aveva contribuito con la sua splendida riuscita. Lo conferma – come conferma l'estensione della notorietà di Sofonisba – questa lettera inviata al Campi, da Roma, dal pittore Francesco Salviati: «Messer Bernardino» gli scriveva il 28 aprile 1554 «se dalle opere che vediamo qui con meraviglia, di mano della bella pittrice cremonese, si può fare congettura dell'intelletto vostro, che le siete stato maestro (tanto più poi dal nome che v'acquistate con le pitture vostre di Milano, che fino qui si sente), dobbiamo confermarci che (...) avete col valore vostro sopra ogni altro da illustrare la vostra città nei tempi avvenire».

Dipingendo il piccolo Stampa, Sofonisba affrontava per la prima volta il ritratto ufficiale a figura intera.

È stato possibile identificare il ragazzo grazie a un'iscrizione apparsa in occasione di un rintelo del quadro, che precisa anche l'età del giovane marchese, nove anni, e la data dell'esecuzione,1557, ma non il nome dell'autore.

In passato il quadro fu attribuito al bergamasco Giovanni Battista Moroni, per la presenza di un elemento architettonico come la colonna alla quale il ragazzo appoggia il braccio, ma sembra invece innegabile l'impronta di Sofonisba nell'interpretazione psicologica affidata ai veristici dettagli che esprimono lo stato d'animo sfumato e ambivalente del ragazzo, triste per il lutto recente e nello stesso tempo inorgoglito dal rango assunto. Gli occhi spalancati, le labbra trattenute rivelano l'infantile insicurezza, la mano sinistra quasi aggrappata all'elsa della spada, simbolo della sua nuova dignità, mostra la tensione per le incombenti responsabilità, e teneramente femminile è il particolare del colletto della camicia un po' sghembo, segno di irrequietezza.

Da rilevare anche che l'Anguissola era stata poco tempo prima a Mantova – come testimonia il carteggio di Amilcare con la duchessa Gonzaga – e nella galleria ducale aveva potuto ammirare vari ritratti di Tiziano, fra cui quello di Federico Gonzaga, la cui posa, con il braccio sinistro vicino al corpo e il destro piegato, trova eco nel ritratto di Massimiliano.

Le molte richieste da cui era assediata non impedivano a Sofonisba di arricchire la galleria familiare: nello stesso anno in cui ritrasse Massimiliano Stampa dedicò alla madre, Bianca Ponzoni, un classico ritratto all'italiana, a figura assisa.

Il soggetto del quadro, firmato e datato 1557, è identificabile, oltre che dall'aria indiscutibilmente familiare del volto pienotto della gentildonna, dai gioielli indossati: la collana di perle col pendente ingemmato è la stessa portata da Minerva nella *Partita a scacchi*, e l'acconciatura di perle è quella che adorna Lucia. Per il ritratto delle sorelle, che richiedeva il massimo sfoggio di eleganza, Sofonisba era ricorsa evidentemente ai gioielli di famiglia, indossati poi anche dalla madre quando era venuto il suo turno, con l'aggiunta degli altri pezzi di un corredo non dovizioso: due anelli, orecchini con pendenti di perle e una catena d'oro come cintura.

Alla catena è appeso un accessorio curioso, il *Flohpelzchen*, cioè una pelle di zibellino – o di martora – che aveva la funzione di attrarre le pulci: accanto al fasto non sembrava stonato esibire, in quei secoli in cui l'igiene non rientrava nelle priorità quotidiane, un oggetto la cui innegabile praticità aveva in sé l'ammissione di essere infestati dai parassiti. Anzi poteva diventare uno sfoggio di lusso, perché il muso della bestiola era allacciato alla cintura con una montatura d'oro e pietre preziose.

Come motivo pittorico – di derivazione fiamminga – Sofonisba se ne serve per fornire un appiglio alla mano, consentendo un gesto disinvolto che si contrappone alla rigidità imposta dal sontuoso abito di broccato dorato quadrettato, la cui foggia rimanda a un momento di passaggio tra la moda lombarda e quella spagnola.

Tipicamente lombarda è l'ampia scollatura quadrata che scopre le spalle, appena attenuata dal bordo della camicia, elegantemente ricamato a tralci di vite; le tendenze della moda spagnola appaiono nel corpetto dell'abito, un rigido triangolo che termina a punta sul davanti, innestandosi nell'ampia gonna molto al di sotto del punto vita, appiattendo il seno e snaturando la forma del corpo. Quell'effetto era ottenuto con un corsetto a stecche, costrittivo come uno strumento di tortura, che associava l'idea della bellezza femminile a quella della sofferenza, un assurdo assioma che sotto forme diverse avrebbe sfidato i secoli.

Come sempre, Sofonisba unisce magistralmente le note naturalistiche con le sfumature psicologiche: nel viso della madre non dissimula i segni dell'età matura, come le ombre sotto agli occhi e i contorni un po' rilasciati, ma ne esalta la forte personalità attraverso lo sguardo deciso e il sorriso appena accennato, non accidentalmente leonardesco. E gioca sul contrasto tra la posizione rigida imposta dall'abito, lucido e duro come il carapace di un coleottero, e il piglio disinvolto che emana dagli unici movimenti concessi, quelli delle mani e della testa.

L'anno successivo fu il padre a essere immortalato insieme a due dei suoi figli, nel ritratto già analizzato, che proponeva una composizione non insolita per l'epoca, e molto appropriata per un uomo che aveva tanto a cuore la famiglia, come Amilcare. Il fatto che il quadro sia rimasto incompiuto fa capire che Sofonisba, oberata dal lavoro destinato all'esterno, era costretta a trascurare le opere che dovevano rimanere in casa. Oppure, se spostassimo la data di questo quadro al 1559, potrebbe essere stata la partenza di Sofonisba da Cremona a non permetterle di completare il lavoro.

Un rapporto molto intenso si era venuto a creare in quegli anni con la sorella Lucia, che dopo l'entrata di Elena in convento era la più vicina a Sofonisba, soprattutto perché aveva voluto seguire le sue orme, diventando la sua prima allieva, seguita poi dalla piccola Europa. Quasi per un fenomeno di identificazione, Lucia fu ritratta seduta alla spinetta, come appariva Sofonisba stessa in un autoritratto, vestita e pettinata in modo uguale, ma con l'inserimento della vecchia serva di casa – già presente nella *Partita a scacchi* – che con la cuffia in testa e l'abbigliamento dimesso aggiunge una nota di contrasto, arricchendo il ritratto in senso narrativo, verso il «quadro di genere» prediletto dalla pittrice. È stata avanzata anche l'ipotesi che si tratti di un autoritratto di Lucia, in gara con la sorella in una variante del modello originale.

Una certa competizione tra le sorelle è provata anche dalla partecipazione a un'impresa pittorica collettiva, la serie di ritratti di personaggi illustri che decoravano la camera da letto di Pietro Antonio Tolentino, discendente da una nobile famiglia in auge ai tempi degli Sforza.

Testimone dell'impresa è l'umanista Francesco Zava che, in una sua orazione latina dedicata alla liberalità cremonese, afferma che il Tolentino, costretto a letto da una malattia, si consolava dell'ozio forzato contemplando personaggi illustri antichi e moderni «in optimis studiis igniculos», cioè che accendessero l'amore per gli studi. Fra questi ritratti ce n'era uno dell'architetto cremonese Benedetto Ala: «Coloro che vedono questa tavola, riconoscono il distinto aspetto di Benedetto quand'era vivo e colgono il meraviglioso e quasi divino ingegno dell'artista (...) pochi sanno che si tratta di un'opera di Lucia Anguissola, sorella di Sofonisba».

Nello stesso testo lo Zava cita anche dei ritratti di pontefici opera di Europa, ma non è chiaro se appartenessero alla stessa collezione; mentre ne faceva sicuramente parte un'opera di Sofonisba, come conferma l'inventario dei dipinti appartenuti al Tolentino, tra i quali si annovera «un ritratto del Casello fatto dalla signora Sofonisba Anguissola».

Non stupisce che Sofonisba avesse ritratto il medaglista letterato Giovanni Battista Caselli, il quale a sua volta l'aveva celebrata in versi encomiastici e le aveva dedicato una medaglia in cui compare di profilo, con lo stesso abito e la stessa pettinatura adottati negli autoritratti.

Essere immortalata in una medaglia era un giusto

riconoscimento per la celebrità conquistata da Sofonisba, attestata anche dal suo biografo spagnolo, il canonico lateranense Pietro Paolo De Ribera, che inserì la pittrice in un'opera pubblicata nel 1609 a Venezia col titolo *Le Glorie Immortali dei Trionfi et Heroiche Imprese di ottocentoquarantacinque Donne Illustri antiche e moderne.*

Essendo ancora viva l'Anguissola al momento della stesura, le notizie fornite hanno la garanzia dell'autenticità – pur enfatizzate dalla retorica secentesca – in quanto avrebbero potuto facilmente essere smentite, anzi il De Ribera a volte si dimostra al corrente di circostanze che soltanto Sofonisba stessa avrebbe potuto comunicargli.

«Nobile cremonese, musica, letterata e soprattutto rarissima nella pittura, nella quale mostrò fino dai teneri anni aver naturale inclinazione, divenendo in progresso di tempo sì eccellente, che surmontò il segno d'ogni altro pittor valente de' suoi tempi, maggiormente nel ritrarre dal vivo naturale; il che rendeva ammirazione a tutta Italia. Onde tutti i Principi procacciavano d'averne qualche opera, poco o assai di sua mano, del che vi sono mille testimoni, poiché appresso molti Principi, Cardinali, in Venezia, Urbino, Ferrara et altri lati d'Italia trovansi varie sue opere, maggiormente nella natia città sua di Cremona molti ritratti fatti, sì di volontà del padre ed amici e parenti particolari, come d'altri Gentiluomini segnalati, non ad altro fine che per splendore della sua fama e valore.»

Per conoscere Sofonisba si recò appositamente a Cremona nel 1558 Annibal Caro, che stava allora a Parma al servizio dei Farnese ed era più noto come polemista che come letterato, in quanto non aveva ancora prodotto il suo capolavoro, la traduzione in versi dell'*Eneide.*

«Questa mia venuta a Cremona è stata di passaggio e solamente per visitare la casa di Vostra Signoria» scriveva ad Amilcare il 23 dicembre 1558 «ma io non mi contento di questa sola visita, che per vedere tutte le meraviglie d'essa, ne desidero ancora la dimestichezza e la conversazione. E perciò avanti che mi parta di Lombardia mi sforzerò di venire almeno un'altra volta a rivederla e goder più comodamente delle virtù delle sue onorate figliole e della signora Sofonisba specialmente. E di questo mi voglio contentare, senza volerle dare altra briga per conto mio: perché, sebbene io stimo le sue cose forse più di chiunque altro, non ardisco nondimeno di ricercarle: perché appena i Principi ne possono avere.

«Ma quando la mia buona fortuna e la cortesia di Vostra Signoria me ne facesse degno, non le posso dir altro, se non che appresso me sarebbero tenute come cose preziose. E nulla cosa desidero di più che l'effigie di lei medesima: per potere in un tempo mostrare due meraviglie insieme, l'una dell'opera, l'altra della Maestra.»

Da preghiere come questa Amilcare era addirittura assediato, quindi tendeva ad accontentare soltanto chi poteva assicurargli dei vantaggi. Ma alla fine, dopo molte schermaglie, e per intercessione del Sojaro, il Caro ricevette il sospirato autoritratto.

Nonostante si parlasse di lei in tutta Italia, e fosse reputata una delle meraviglie del suo tempo, Sofonisba aveva ormai superato da un pezzo la ventina senza essere ancora sposata: «Secondo che il signore Amilcare mi disse, fu ricercato di maritarla» testimoniò un amico di casa Anguissola, Giovanni Pietro Ala «ma quando si venne alla dote, esso mi disse che non aveva roba da darle e perciò non si fece niente».

La mancanza di dote costituiva per l'epoca un ostacolo insormontabile: era stabilita in proporzione al rango della famiglia, e una dote modesta declassava chi la offriva e chi la accettava. Eppure in seguito Amilcare riuscì a maritare due figlie, sebbene nell'ambito di amici di famiglia, disposti a transigere sulla questione della dote. Ma Sofonisba si trovava in una posizione anomala, perché era troppo celebre per potersi accontentare dei partiti che sarebbero stati alla portata delle finanze paterne. Inoltre è probabile che la sua irrinunciabile passione per la pittura sconcertasse qualche corteggiatore che a parole elogiava il suo talento ma in pratica non avrebbe accettato una moglie intenta a primeggiare.

Da parte sua, Sofonisba può essere stata indotta dall'esempio di Partenia Gallerati, piombata dopo il matrimonio nell'oblìo, a scoraggiare qualche pretendente, e si può anche avanzare l'ipotesi che il suo cuore fosse impegnato in un amore impossibile: di questo suo lato segreto vedremo in seguito gli sviluppi.

Un insoddisfatto desiderio di maternità sembra guidare la scelta dei soggetti sacri che Sofonisba dipinse in quegli anni, di cui rimangono solo due esempi, una *Madonna con Bambino* e una *Sacra Famiglia*. È probabile che praticasse abbastanza attivamente il genere devozionale da camera, cioè di dimensioni ridotte; ma la discrepanza stilistica dei suoi quadri «di invenzione», dovuta alla diversità dei modelli copiati, ostacola il riconoscimento delle opere non firmate.

Infatti non è unanime l'attribuzione di una *Madonna che allatta il Bambino*, tratta da un modello sconosciuto, ma senz'altro un «primitivo», come si deduce dal baldacchino, e da altri particolari nell'abbigliamento della Madonna.

Per avere un'idea della datazione di questo dipinto – detto dei «Dodici Schizzi» dal cognome del conte cremonese Folchino Dodici Schizzi nella cui collezione è stato reperito – si può seguire il suggerimento di Flavio Caroli, il quale ipotizza una sorta di gara ingaggiata con la sorella Lucia, che firmava e datava 1555 una propria *Madonna con Bambino* all'incirca delle stesse dimensioni, molto diversa ma anch'essa derivata da un maestro «primitivo».

Il secondo quadro devozionale del periodo cremonese, una *Sacra Famiglia*, è firmato «Sophonisba Angussola adolescens p. 1559». Può stupire che a circa ventisette anni Sofonisba si definisse adolescente: era il suo modo di fermare il tempo, non solo perché era ancora nubile, ma perché sapeva di essere diventata un personaggio grazie anche alla giovane età.

La tela, di ambientazione boschereccia, raffigura un riposo durante la fuga in Egitto. La Vergine porge dei fiori al Bambino che si gira verso di lei mentre gioca con la barba di san Giuseppe. Avere in questo caso individuato il modello in un quadro di Camillo Boccaccino – sui disegni del quale l'aveva fatta esercitare Bernardino Campi – permette di notare come la pittrice copiasse scrupolosamente anche i particolari estranei al suo stile, ad esempio gli effetti atmosferici del cielo tempestoso, tipici di una maniera veneta lontana dalla sua formazione.

Diversificare la sua produzione eseguendo quadri religiosi consentiva a Sofonisba di raggiungere un pubblico più vasto, non ristretto ai raffinati collezionisti. Prospettandosi una vita da nubile, in cui avrebbe dovuto provvedere a se stessa, era importante trovare una collocazione dignitosa: soltanto la sua arte poteva procurargliela.

Il padre intensificò le spedizioni di quadri, per ottenere qualche protezione fruttuosa. La sua frenesia di mandare in giro le opere della figlia arrivò al punto da fargli commettere l'indelicatezza di richiedere indietro opere già regalate.

È il caso dell'autoritratto che aveva mandato ad Annibal Caro, il quale si mostrò seccatissimo per lo sgarbo ricevuto: «Così si mostrano le ciliegie ai bambini, signor Amilcare, come voi avete fatto a me del ritratto della Signora vostra figliola» gli scrisse il 14 luglio 1559. «Tre volte me l'avete destinato, et alla fine ora con una vostra me l'avete mandato e ritolto. Mi direte che ve ne sono parso indegno, perché le sue cose sono da Principi; son contento; ma non per questo vi dovete pigliar giuoco di me. Io non sono mai stato ardito da domandarvelo. E quando voi medesimo m'avete scritto che l'avrei avuto, sapete quanto modestamente vi ho risposto, e che l'ho piuttosto desiderato che richiesto. Ma quando me n'aveste degnato, Messer Bernardo Gatti vi può far fede, se l'avessi conosciuto e stimato e se, oltre all'obbligo che sempre ne avrei tenuto, io l'avessi riconosciuto se non da Principe almeno più che da mio pari. E pur voi stesso avete voluto che lo meritassi, che lo sperassi e alla fine che l'avessi. E poiché l'ho avuto, non so perché abbiate rimandato per esso, se non perché poca stima facciate di me, e meno del giudizio della parola e dell'onor vostro, facendomi fuor di proposito uno smacco tale. E forse che non è stato in cospetto dei miei padroni e di tutta questa città, essendo stato veduto da molti et invidiatomi da tutti. Ma, quanto alla parte mia, io non me ne curo punto. Quanto alla vostra, pensatevi voi, che io non mi risento per altro, che non per parere un'oca. Né per questo smetterò di ammirare la virtù della vostra figliola, e voglio anche per i meriti di lei aver rispetto alla vostra imperfezione. Per risposta poi, di quanto mi scrivete, non vi dirò altro se non che vi ringrazio del vostro presente, così come l'ho ricevuto. E quanto alla volontà che dite avreste di mandarmi anche un Papato se poteste, io non mi meraviglio che così grossamente mi proferiate, poiché le vostre profferte non s'adempiono. E che i vostri doni, i quali per le mani d'una donna sono così preziosi, per le vostre, che fate professione di Gentiluomo, s'avviliscono e si riducono anche a niente.»

Se Amilcare si era ridotto a un gesto tanto sconveniente, doveva avere di mira un obiettivo altissimo: confrontando le date, è probabile che il conteso autoritratto dovesse prendere la direzione di Milano, per proseguire poi fino alla corte spagnola.

Le circostanze che rendevano possibili questi eminenti contatti erano legate alla favorevole evoluzione del quadro politico internazionale, con la conclusione della pace di Cateau-Cambrésis tra Spagna e Francia, il 18 aprile 1559.

La Spagna, vittoriosa nelle armi grazie alla prodezza di Emanuele Filiberto di Savoia a San Quintino, conservava il suo dominio sulle Fiandre e l'Italia. La Francia, che già con l'abdicazione di Carlo V si era liberata dalla minaccia dell'impero universale, riceveva in garanzia le fortezze di Metz, Toul e Verdun, che sancivano la logica delle frontiere naturali.

Logica che non era stata però applicata all'Italia, che in pratica finiva del tutto soggetta a Filippo II, in modo diretto a Milano, a Napoli e in Sicilia e indirettamente altrove, con principi a lui collegati, come Andrea Doria a Genova, i Savoia in Piemonte, i Medici in Toscana.

Eppure tutta la penisola festeggiò con entusiasmo il raggiungimento della pace, perché in essa vedeva il termine delle devastazioni subite, essendo stata in gran parte terreno di scontro. Anche Cremona si unì al tripudio generale: Antonio Campi parla di tiri d'artiglieria, falò e processioni in tutta la città.

Nella vita di Sofonisba Anguissola questa pace avrebbe avuto conseguenze determinanti.

Per consolidare l'accordo raggiunto, fu deciso che Filippo II, da poco vedovo della regina d'Inghilterra Maria Tudor, impalmasse Isabella di Valois, figlia del re di Francia Enrico II e di Caterina de' Medici. Il matrimonio sarebbe avvenuto per procura a Parigi: Filippo inviò come suo rappresentante Fernando Alvarez de Toledo, duca d'Alba, comandante in capo delle milizie spagnole in Italia, nominato nel 1555 da Carlo V vicerè di Napoli e capitano generale di Milano.

Le nozze, che si svolsero il 21 giugno 1559, furono funestate da un tragico incidente: al torneo indetto per festeggiare l'evento, Enrico II batté la testa e morì poco dopo, lasciando il trono al giovane e inesperto primogenito Francesco II.

Il mutato scenario politico indusse il duca d'Alba a trattenersi più del previsto a Parigi, dove ebbe modo di avvicinare diverse volte Isabella: accorgendosi della sua passione per la pittura, pensò di proporre a Filippo, come dama di compagnia per la regina, l'aristocratica pittrice italiana di cui tanto si parlava.

A fargli conoscere Sofonisba per fama era stato un nobile cremonese da lui incontrato a Milano, il conte Broccardo Persico, un cavaliere gerosolimitano che aveva funzioni di commissario generale dell'esercito ed era membro del Consiglio segreto di Milano, oltre a essere stato da poco nominato gentiluomo della Casa di Sua Maestà.

Broccardo, imparentato con gli Anguissola e appartenente alla cerchia dei più intimi amici di casa, aveva senz'altro progettato insieme ad Amilcare di sfruttare la propria posizione nelle alte sfere milanesi per introdurre Sofonisba alla corte del governatore. Probabilmente, però, nessuno dei due aveva pensato di poter attirare addirittura l'attenzione del re.

Invece la segnalazione del duca d'Alba volò più alto del previsto, arrivando alla corte di Madrid e riscuotendo l'approvazione di Filippo II, che voleva creare attorno alla giovanissima sposa francese un clima piacevole, in sintonia con le sue inclinazioni. È il Vasari a segnalare il ruolo svolto dal duca: «Sofonisba ha meritato che Filippo re di Spagna, avendo inteso dal signor duca d'Alba le virtù e meriti suoi, abbia mandato a chiamarla».

Il De Ribera aggiunge particolari sul modo di procedere di Filippo II: «La Maestà del Re diede ordine al Duca di Sessa, governatore dello Stato di Milano, che sopra ciò dovesse favellare al signor Amilcare, che Sofonisba servir dovesse di dama alla Maestà della Regina sua consorte, in compagnia d'altre Signore, principalmente spagnole e francesi, tutte dedicate al servizio della suddetta Regina. Inoltre il Duca ebbe ordine da Sua Maestà che, consentendo il padre che la figliola servisse alla sua corte, provvedesse di denari, vestimenti et altri recapiti necessari ad accompagnarla nel viaggio».

Di contattare Amilcare fu incaricato il conte Persico, che arrivando con quella stupefacente proposta sconvolse in un attimo l'esistenza tranquilla della famiglia. Ma non c'era tempo per esitazioni, timori e malinconie: era l'occasione della vita, e non si poteva mancarla.

L'invito in Spagna fu accettato tanto velocemente che già il 26 agosto il duca di Sessa stanziò per ordine reale la somma di 1500 scudi per il viaggio di Sofonisba. Fu ancora il Persico, secondo il De Ribera, a presiedere alla trasferta: «Il signor conte Broccardo Persico cremonese, parente stretto del signor Amilcare, residente allora in Milano come Commissario Generale dello Stato per Sua Maestà, Cavaliere di cotanta stima e reputazione come noto fu a tutto il mondo, partì di fatto a levar la Signora Sofonisba per condurla a Milano d'ordine del Duca, e procurasse tutto il bisogno per il viaggio, come prontamente fece. Arrivato dunque il conte a Cremona, condusse a Milano detta Signora in compagnia del padre, della madre et altri parenti che l'accompagnavano, dove si fermò alcuni giorni mentre si dava ordine ai recapiti per il viaggio».

Lasciando la sua città natale, forse Sofonisba si domandò fuggevolmente per quanti anni sarebbe rimasta lontana. Non poteva immaginare che non sarebbe mai più ritornata.

Capitolo II

MILANO

1559

FU BREVE IL PERIODO trascorso da Sofonisba a Milano, ma esaltante. Non sappiamo se in precedenza avesse visitato la capitale del ducato, ma arrivando invitata dal governatore ricevette un'accoglienza clamorosa: venne ospitata con la famiglia nel Palazzo ducale che sorgeva a fianco del Duomo, nel cuore pulsante della città.

Installato a Milano da pochi mesi, il duca di Sessa aveva subito cercato di guadagnarsi il consenso della popolazione organizzando per il carnevale del 1559 una serie di memorabili divertimenti.

La cronaca di quelle feste mostra l'evoluzione dei riti ludici e mondani nell'ultima fase del Rinascimento: il torneo rimaneva lo spettacolo più richiesto e popolare, ma da competizione di abilità cavalleresche si era trasformato in una macchina scenografica di strabiliante magnificenza, per celebrare metaforicamente valori feudali in via di estinzione, tenuti artificialmente in vita come sigla della preminenza culturale della classe egemone.

Il torneo si svolse come una recita a soggetto in diverse fasi, che scandivano l'intera settimana del carnevale. Raccontano le cronache che lo spettacolo prese il via il 5 febbraio, «domenica di carnevale», quando fu recitata una «supplica» sul tema dell'amor cortese, riportato in voga dall'apparato culturale neofeudale: uno «sventurato amatore» si presentò davanti alla dea Venere chiedendo giustizia «contro l'ingrata e temeraria donna» che lo respingeva. Un collegio di divinità, riconosciuta la gravità della colpa, che ostacolava l'ineluttabile trionfo di Amore, decretò la condanna della donna all'impiccagione, incaricando tre nobili cavalieri di sfidare gli eventuali difensori che si fossero presentati.

Nei giorni successivi i pubblici trombettieri bandirono la sfida per tutta la città; intanto nel cortile del palazzo del marchese di Cassano venne allestito un imponente elaboratissimo scenario mitologico, opera dello scultore imperiale Leone Leoni, lo stesso che pochi anni dopo si sarebbe costruito la stravagante e monumentale casa degli Omenoni, con sei statue colossali in pietra viva sporgenti tra le finestre del pianterreno.

Al centro del cortile fu costruito un tempio di Venere, affiancato dagli Inferi e dai Campi Elisi, attorno a cui scorreva il fiume Acheronte. Una scalinata portava alla forca, pronta per l'esecuzione. Il giovedì grasso ebbe luogo il torneo, il cui aspetto competitivo e bellicoso era stemperato da un sovrabbondante programma coreografico e musicale.

Dal tempio di Venere uscirono musici biancovestiti che attaccarono «un'eccellentissima musica di viole d'arco, tromboni, di cornetti e di voci», per introdurre la colpevole in catene, «una giovane vaga e bella vestita di vestimenta nere», che verseggiò malinconicamente sulla sua dura sorte.

I cavalieri dell'accusa si avanzarono verso i campioni che si erano accollati l'onere della difesa e incominciò «l'abbattimento», nel corso del quale via via nuovi cavalieri potevano liberamente entrare in lizza dall'una o dall'altra parte, con intervalli di musiche, canti e danze. A seconda del punteggio conseguito dalle due squadre, la prigioniera doveva salire o scendere un corrispondente numero di gradini, avvicinandosi o allontanandosi dal supplizio, in una macabra mimesi delle vere esecuzioni pubbliche, all'epoca molto spettacolari per compiacere il popolo, che accorreva in massa.

Quando la donna raggiunse la sommità, fra «lo strepito di catene e d'altri orrori e fuochi» si aprirono le porte della città di Dite: ne uscì Orfeo, che cantando invitò Caronte, sopraggiunto su una barca, a condurre la reproba all'interno della città infernale, dove si vedevano al supplizio, pungolati da rossi demoni, vari dannati celebri, ben riconoscibili dai cultori di storia e di mitologia.

Anche la condannata stava per seguire la stessa sorte, quando gli dei inviarono a volo Mercurio per intercedere presso Venere, che stava sospesa in un globo di nuvole; comparve allora un mostro, che «gettando fuoco dagli occhi dalle orecchie e dal naso e battendo l'un dente contro l'altro», inghiottì Frode e Ingratitudine che tormentavano la donna, facendo richiudere le porte infernali.

Allora dai Campi Elisi «si udì un'armonia e un amoroso concento di molti strumenti e di diversi canti» e apparvero Apollo, le nove Muse e le sette Arti liberali che portarono in salvo la donzella. Era il segnale della fine dello spettacolo: iniziava il banchetto per gli ospiti privilegiati. Furono servite nove portate, in fantasiose presentazioni, precedute ciascuna dai rituali squilli di tromba e accompagnate da esecuzioni musicali. Al termine, al suono di «organi, arpe, cimbali, tromboni, cornetti, flauti, pifferi, viole, liuti, arpicordi e voci soavi», nove paggi portarono nove castelli in miniatura sovrastati da alberi di mirto e amorini con arco e faretra; «il mirto era tutto pieno di stuzzicadenti leggiadrissimamente lavorati» a uso dei commensali. Dai castelli uscirono uccellini e conigli bianchi con sonagli al collo «che correndo per le tavole erano dalle donne pigliati».

Dopo la cena si aprirono le danze, con «molti balli alla gagliarda e spesse pavane», poi ci fu una «mascarata» offerta dal governatore, in cui comparve il dio Pan seguito da satiri, fauni, ninfe e danzatori persiani con in mano torce accese, che si esibirono tutti insieme in una sarabanda. Infine si scese in pista per il ballo della torcia, in cui erano le dame a scegliere i cavalieri porgendo loro una fiaccola. Era l'alba quando in un'ultima coreografia apparirono le Ore, la Notte, il Sonno, l'Aurora e il Sole a congedare cantando gli ospiti esausti.

Milano non aveva perso lo slancio che sotto Ludovico il Moro l'aveva resa splendida e all'avanguardia. Anche se non c'erano più artisti di primo piano, si lavorava alacremente per darle una nuova fisionomia al passo con i tempi.

La spinta propulsiva era venuta soprattutto con la nomina a governatore, nel 1546, di Ferrante Gonzaga, figlio di Isabella d'Este, la gentildonna più celebre del Rinascimento, il quale, aspirando al trono ducale, aveva adottato una politica tesa a sviluppare un ruolo autonomo dello Stato lombardo, seppure all'interno dell'impero spagnolo; obiettivo che del resto non contrastava con la visione dello stesso Carlo V, che passando da Milano nel 1541 aveva promulgato il codice delle Nuove Costituzioni mantenendo l'assetto tradizionale del governo cittadino.

L'organo principale era il Senato, coadiuvato dalle diverse magistrature. I membri di questa fascia di alta burocrazia, nominati direttamente dal sovrano, appartenevano in gran parte alla nobiltà milanese e lombarda; su quattordici senatori solo tre erano spagnoli, anche se il sovrano si riservava la nomina del governatore, del gran cancelliere e di qualche altra magistratura, complessivamente dieci delle trentasei maggiori cariche civili. Appannaggio degli spagnoli erano però quasi tutte le cariche militari.

La funzione del governatore doveva essere solo di controllo e di direzione degli uffici amministrativi, e al gran cancelliere competeva un campo ancor più ristretto, specialmente in materia di giustizia, la cui amministrazione spettava al Senato, gelosissimo delle sue prerogative: in caso di contestazione erano i suoi membri a inviare immediatamente ricorsi a Madrid, dove risiedeva il Supremo Consiglio d'Italia, incaricato di illuminare il re sui fatti della penisola.

Il vero potere risiedeva però nelle mani del castellano spagnolo, in quanto comandante delle truppe d'occupazione acquartierate nella fortezza. E proprio alla difesa della città si dovette il più rilevante intervento urbanistico di questo periodo, l'ampliamento e il completamento delle mura fortificate.

Il Gonzaga deliberò la costruzione di una nuova cinta di mura che ampliasse la città dal Naviglio al Redefossi, secondo un preciso asse di simmetria congiungente il Castello – il cui sistema difensivo sarebbe stato racchiuso in un grande recinto poligonale a forma di stella – alla porta Romana, includendo i borghi suburbani cresciuti a macchia d'olio, definendo così le linee lungo le quali Milano avrebbe dovuto espandersi. La superficie compresa all'interno delle nuove mura veniva a occupare ottocento ettari, aggiungendo un altro cerchio concentrico alla pianta della città, fitta nel nucleo antico e diradata nelle fasce più esterne, dove abbondavano orti, giardini e campi coltivati.

Per ingraziarsi l'imperatore, il Gonzaga si fece portavoce di una politica artistica celebrativa della potenza asburgica, facendo erigere, ad esempio, i grandiosi quanto effimeri apparati per gli ingressi trionfali dei reali in visita; ma curò anche importanti progetti urbanistici, come il riassetto della piazza del Duomo e del vicino Palazzo ducale, che aveva eletto a propria residenza.

Per ingrandire la piazza e creare uno spazio di rappresentanza davanti al Palazzo ducale, fece radere al suolo quanto rimaneva della vetusta cattedrale di Santa Tecla, e rese più agevole la circolazione facendo abbattere i portici sporgenti, detti «coperti», che ingombravano le anguste strade del centro. Per motivi igienici fece chiudere le maleodoranti chiaviche a cielo aperto e promosse l'imbiancatura dei muri: divenne una moda intonacare a calce le case, che prima si presentavano con il caldo colore dei mattoni a vista.

La costruzione della più ampia cinta muraria, mettendo a disposizione nuovi spazi residenziali, apriva grandi possibilità all'edilizia cittadina, anche perché il Gonzaga aveva concesso il privilegio di esproprio ai privati che presentassero progetti atti a migliorare il decoro della città.

Erano tempi favorevoli per gli spostamenti di ricchezze ed era fiorito un nuovo ceto di avventurieri della finanza, che investivano i capitali rapidamente accumulati facendosi costruire palazzi principeschi.

È quanto fece Tommaso Marino, genovese d'origine, entrato nelle grazie degli spagnoli e arricchitosi a dismisura con le pubbliche imprese e soprattutto con l'appalto del sale. Nel '57, dopo aver espropriato un groviglio di casupole che circondavano la sua abitazione presso la parrocchia di San Fedele, aveva posto la prima pietra di un grandioso palazzo, che avrebbe dovuto essere «il più bello che si trovi in cristianità», affidando il progetto al perugino Galeazzo Alessi, di derivazione michelangiolesca, che a Genova era stato il massimo artefice di un rinnovamento edilizio senza precedenti.

Il palazzo, un parallelepipedo con tre ordini architettonici sovrapposti e un tetto a terrazze, dalla mole immensa e dal disegno estremamente raffinato, avrebbe superato per dimensioni e ricchezza decorativa ogni altro palazzo milanese.

Il Marino ebbe l'idea di creare un collegamento tra il suo palazzo e la piazza del Duomo, aprendo a sue spese un largo rettilineo che avrebbe dovuto sboccare nella strada della Pescheria Vecchia, all'incirca sul percorso dell'odierna Galleria. La nuova contrada sarebbe stata fiancheggiata da una doppia serie di edifici monumentali, un progetto avveniristico che non fu mai realizzato perché disavventure finanziarie e tragedie domestiche portarono il faccendiere alla rovina.

La nuova aristocrazia di origine finanziaria, legata alle sorti economiche dell'impero asburgico, di cui il Marino era un esempio, rappresentava una spina nel fianco per l'antico patriziato, tendente a una progressiva chiusura. Avere come interlocutore un sovrano straniero aveva spinto la nobiltà a stabilire criteri netti per definirsi come gruppo sociale ben preciso, che fosse abilitato a ricoprire le cariche più importanti e a esercitare funzioni di rappresentanza, aspirazione che del resto corrispondeva all'esigenza degli spagnoli di identificare con chiarezza figure adeguate con cui confrontarsi. Questo irrigidimento, consonante alla mentalità spagnola, impermeabile a qualunque ricambio e mobilità sociale, finì per indebolire ogni spirito di iniziativa, cedendo passivamente terreno all'accresciuto potere dell'autorità ecclesiastica.

Infatti a comporre la fisionomia di Milano nella seconda metà del sedicesimo secolo concorreva un altro elemento importante, cioè il nuovo carattere che la vita religiosa e le istituzioni ecclesiastiche andavano assumendo in concomitanza con l'affermarsi della Controriforma.

In campo religioso i milanesi attraversavano una fase di confusione e turbamento, sia perché le endemiche assenze degli arcivescovi dalla propria sede favorivano l'inadempienza del clero di fronte ai compiti di istruzione e di stimolo pastorale, sia per i fermenti che provenivano dalle vicine regioni d'Oltralpe, dove si stava diffondendo il protestantesimo.

In segno di reazione a quest'inquietudine si faceva più forte l'esigenza di un rinnovamento cattolico, interpretato dai nuovi ordini religiosi nati dopo il 1530, come i barnabiti, i somaschi, le angeliche e le orsoline.

Anche i laici contribuivano ad animare la vita religiosa con iniziative cultuali e caritative, creando «luoghi pii» di assistenza verso i bisognosi, patrocinando il culto del Santissimo Sacramento mediante la devozione detta delle «Quarant'ore», istituita nel 1527, fondando nel 1536 le «Scuole della dottrina cristiana», per curare l'istruzione catechistica del popolo.

A queste iniziative si aggiunsero quelle provenienti dalla gerarchia ecclesiale. L'episcopato di Gian Angelo

Medici, a partire dal 1550, rappresentò una svolta in questo senso; quando poi divenne papa col nome di Pio IV nel 1559 – l'anno del passaggio a Milano di Sofonisba – e assegnò la diocesi ambrosiana a suo nipote Carlo Borromeo, tutta la vita cittadina fu rinnovata e plasmata dall'influenza di quella personalità carismatica.

Dal punto di vista finanziario, aprendo la pace di Cateau-Cambrésis prospettive favorevoli, Milano si accingeva a partecipare appieno a quella rinnovata fase di espansione del maturo Cinquecento, definita «l'estate di san Martino» dell'economia italiana.

Se durante l'ultimo periodo sforzesco, dopo la crisi degli anni Venti e Trenta, il governatore Antonio de Leyva affermava che «non era possibile cavar contribuzione da Milano», già poco dopo l'instaurazione del dominio spagnolo l'ambasciatore veneziano Andrea Minucci scriveva che «ogni casa era piena di botteghe e di arti, abbondantissima di ogni sorta di merci e vettovaglie, certo più che tutte le città d'Italia».

Una ricchezza portata indubbiamente dalla ripresa dell'agricoltura, ma soprattutto da quella delle manifatture, meno assoggettate al fiscalismo spagnolo e sostenute da una domanda crescente da parte dei ceti emergenti che amavano ostentare la loro ricchezza. I registri parrocchiali, che si diffusero in quel periodo secondo le normative del Concilio di Trento, attestano una rinnovata abbondanza di produttori di merci di lusso: orefici, cimatori, ricamatori, profumieri, musicisti, artisti e soprattutto armieri, tradizionale vanto della capitale del ducato, non per nulla definita da Cervantes «oficina de Vulcano».

Intorno al 1530 a Milano era iniziata la grande stagione della decorazione di armi e armature a sbalzo e cesello: racconti mitologici, grottesche, stemmi e allegorie a chiave si avviluppavano perfino sui pomi delle spade. Nascevano nuove categorie artigianali di scultori di else e finimenti, che inaugurarono una tecnica di intaglio a forte rilievo, spesso arricchito da bruniture e dorature, per produrre oggetti d'arte prestigiosi, fuori da ogni funzionalità militare.

Per Sofonisba, presa dall'eccitante incombenza di farsi un guardaroba all'altezza del suo nuovo rango, girare per le fornitissime botteghe con la madre e le sorelle fu sicuramente un'esperienza entusiasmante, e non minor entusiasmo le suscitò il contatto con l'ambiente artistico.

Milano aveva avuto il privilegio di addentrarsi nel secolo che Giorgio Vasari chiamava della «maniera moderna» grazie a Leonardo, che lo stesso Vasari considerava il fondatore del nuovo modo di dipingere, e tale impronta era diventata un connotato – e non un inserto – della scuola milanese. Tutti i pittori più importanti avevano subìto l'influenza di Leonardo, ma a un certo punto, esauritasi la stagione che aveva visto protagonisti il Bramantino e Bernardino Luini – scomparsi entrambi all'inizio degli anni Trenta – a Milano si era avvertita l'esigenza di aprirsi a diverse e più aggiornate esperienze culturali, volgendosi alle raffinatezze del nuovo linguaggio «imperiale».

Così, in occasione dell'ingresso trionfale di Carlo V a Milano, nel 1541, fu deciso di importare da Mantova Giulio Romano, il più autorevole interprete del classicismo raffaellesco dell'Italia settentrionale: il ricorso a un artista di cultura non milanese diventerà una tendenza costante.

Una sollecitazione in tal senso venne anche da Ferrante Gonzaga e dalla sua volontà di dar vita a Milano a una vera e propria corte, coadiuvato da sua figlia Ippolita la quale, sulle orme della leggendaria nonna Isabella, si circondava di artisti, musici e letterati. Attratta dalla fama di ritrattista di Bernardino Campi, il primo maestro di Sofonisba, lo aveva mandato a chiamare per farsi effigiare, e l'opera fu tanto apprezzata, per la sua «grazia e disegno» e per «certe dolcezze d'aria che rendevano meraviglia», che tutte le famiglie eminenti presero a disputarselo, per ritratti ufficiali e per affreschi mitologici nei saloni di rappresentanza.

La sua pittura raffinata inaugurava a Milano la linea «internazionale» che si contrapponeva a quella espressiva e realistica propria della pittura lombarda, coltivata dagli epigoni di Gaudenzio Ferrari e naturalmente dai leonardeschi, come Girolamo Figino, allievo dell'autorevole Francesco Melzi, che era stato fedele seguace di Leonardo nonché erede dei suoi manoscritti e disegni, da lui riportati a Milano al ritorno dalla Francia dopo la morte del maestro.

Queste carte, come modelli figurativi e fonti di dibattito teorico, avevano dato nuova vitalità alla linfa leonardesca; ne fu molto interessata anche Sofonisba, forse grazie ai suggerimenti del pittore e trattatista Gian Paolo Lomazzo, che proprio dai disegni leonardeschi teorizzò quel naturalismo, quella registrazione degli aspetti più quotidiani della realtà, così vicini all'estetica dell'Anguissola.

Sofonisba e il Lomazzo si conobbero personalmente a Milano, e il pittore la celebrò con enfasi, parlando nella sua opera *I sogni*, pubblicata nel 1563, dei «miracoli di una femmina cremonese, della quale il nome è Sofonisba, che di stupore ogni intorno per l'Europa impisce ogni gran principe e savio, col mezzo delle sue pitture, che altre non sono che ritratti, che tanto al naturale di chi li veda sono conformi e adorni dell'arte che a quelli perfettamente si conviene, che molti pittori valenti hanno giudicato quella avere il pennello levato di mano al divino Tiziano». L'iperbolico confronto rispecchiava l'apprezzamento riscosso da Sofonisba a Milano, dove la linea «cremonese» era in quel momento particolarmente in auge: infatti oltre a Bernardino Campi altri artisti della stessa provenienza, come Giulio e Antonio Campi, ricevevano prestigiose commissioni.

Anche se aveva già dato il suo assenso al trasferimento di Sofonisba, Amilcare non aveva scritto personalmente a Filippo II, forse pensando di avere ancora spazio per un ripensamento dell'ultima ora, se a Milano qualche inconveniente o imprevisto gli avesse destato timore circa la sorte della figlia.

Il 6 settembre 1559, non sappiamo dopo quanti giorni dal suo arrivo a Milano, pensò che fosse giunto il momento di indirizzarsi direttamente al re: «Il Duca di Sessa e il Conte Broccardo m'hanno fatto istanza da parte di Vostra Maestà a volergli dare Sophonisba mia primogenita per servizio della Serenissima nostra Regina, consorte sua, alla cui volontà ho io come suo devotissimo e ubbidiente vassallo e suddito, volontieri ubbidito; ancorché nell'animo mio abbia sentito estrema doglia, e ai miei dato dispiacere grandissimo per il vedersi tanto allontanare questa a loro e a me tanto carissima figliola, da me e da tutti come propria vita amata e tenuta carissima per le sue virtù e buoni costumi; eppure, quando poi penso d'averla data al maggiore e più dabbene Re del mondo, sopra gli altri cattolico e cristiano, e che la casa sua di fama e di opere sia come un monastero religioso, molto mi consolo, ringraziando il Signor

Iddio ad avermi concesso occasione in questo di servirLa, assai rincrescendomi che dalla mia vecchiezza trattenuto e dalle cure d'altre mie figliole gravato, non sia potuto venire con questa mia figliola a fare quell'ufficio con la mia persona, come da buon suddito ho sempre desiderato di poter fare; terminando per non più infastidirla, bacio i piedi e le regali sue mani, supplicando insieme con la mia famiglia l'Onnipotente Dio per il felice accrescimento dei suoi Regni e Stati».

Fatta salva la dovuta deferenza, Amilcare non si mostra servile con il re straniero, e nemmeno minimizza le virtù della figlia, che ritiene degna di stare in una corte tanto illustre. Più che la potenza di Filippo II, sembra ammirare la sua religiosità: pur essendo appena iniziato il suo regno, il figlio di Carlo V già godeva fama di austero difensore della fede. Gli auspici rivolti alla prosperità del sovrano non sono ipocrite adulazioni, perché la nobiltà lombarda aveva accettato senza troppe recriminazioni la dominazione spagnola, che garantiva autonomia interna e sicurezza di confini: dovendo essere sudditi, tanto valeva esserlo del più forte. Nonostante l'esosità fiscale, soltanto la pax asburgica poteva garantire la ripresa dell'agricoltura e la sicurezza dei commerci.

A Milano, Sofonisba non restò inoperosa: «Il Duca di Sessa, esponendole da parte di Sua Maestà la volontà che aveva di favorirla nel servizio della Regina sua consorte, soggiunse che avrebbe ricevuto come molta cortesia che restasse contenta di fargli il ritratto dal vivo» riferisce l'informatissimo De Ribera, anche se di questo ritratto non è rimasta traccia «ed ella, con assenso del padre, fece cosa segnalata; la pittura fu di cotanta eccellenza, che altro che spirito non le mancava, avanzando il valore dei primi pittori d'Italia. Alla quale fece dono il Duca di quattro pezze di broccato di vari colori e fatture, da farsi delle vesti e d'altre cose di gran pregio, le quali essendo ricche e vaghe, portolle seco a corte».

Lo spirito di emulazione verso la sorella che le era stata maestra indusse Lucia, che l'aveva accompagnata, a ritrarre a sua volta il duca di Sessa, come attesta il Vasari: «Una sorella di Sofonisba, chiamata Lucia, ha lasciato di sé non minor fama di quella di Sofonisba, mediante alcune pitture di sua mano, non meno belle e pregiate che quelle della sorella, come si può vedere (...) in un ritratto fatto da questa virtuosa vergine al duca di Sessa, da lei tanto ben contraffatto, che pare non si possa far meglio, né fare che con maggiore vivacità alcun ritratto assomigli».

Non sembra che il governatore avesse fretta di far partire Sofonisba, infatti soltanto il 14 ottobre riferì al re di aver ottenuto l'assenso della damigella e della famiglia (forse non era al corrente che da più di un mese Amilcare aveva scritto personalmente a Filippo II): «Vostra Maestà apprezzerà tanto più la buona abilità di Sofonisba quando la vedrà, che non con le mie parole; per farla breve dirò solo che i suoi genitori, amandola molto e con gran ragione, per obbedire a Vostra Maestà, dopo che da parte Vostra il conte Broccardo gli parlò, decisero di inviarla, ed ella con la stessa volontà si è fermata qui, apprestandosi a lasciare i suoi genitori, fratelli e parenti e la sua terra e il suo paese. Perciò Vostra Maestà dovrà tenerli per raccomandati e far loro mercede».

Durante il breve periodo milanese Sofonisba produsse anche degli autoritratti, che la sua imminente partenza per la Spagna rendeva più che mai ambiti.

Uno di questi reca la dicitura «Sophonisba

Anguissola Amilcaris filia cremonensis pinxit» accompagnata da una data oggi illeggibile, in passato trascritta come MDLXI, cioè 1561; data improponibile perché in quell'anno Sofonisba era già stabilita alla corte spagnola, quindi affrancata dall'autorità paterna, né avrebbe avuto senso indicare la sua provenienza di oscura provinciale. È più logico credere che la data fosse MDLIX, cioè 1559, e l'opera sia stata dipinta a Milano, dove l'attributo «cremonensis» le avrebbe dato lustro, visto il successo che arrideva agli artisti suoi concittadini.

Ma l'argomento più convincente per situare questo autoritratto al tempo del soggiorno milanese si rintraccia nell'evidente modifica dell'abbigliamento, che segnala l'accresciuta posizione sociale: pur mantenendo la semplicità che si addice a chi sta facendo carriera grazie al suo talento artistico, Sofonisba si concede uno sfoggio di eleganza: il suo abito scuro è bordato di pelliccia, e nella treccia sono inseriti dei fili di perle; la foggia è ancora italiana, con il collo rialzato e aperto davanti per mostrare i pizzi della camicia, mentre alla corte di Filippo II vigeva l'uso della gorgiera chiusa e arricciata, detta «lattuga».

Con lo stesso collo «alla veneziana» si raffigura in una miniatura che faceva da coperchio a uno scatolino di legno, un piccolo oggetto confidenziale non da esibire, ma da portare in tasca; dall'ignoto proprietario di questo pegno aveva voluto farsi ricordare come una giovane dama ingioiellata e civettuola, con un'acconciatura aureolata da ricciolini simili a quelli che appaiono nel ritratto della madre.

Il graduale mutamento iconografico da virtuosa a dama di rango che si coglie in questi due autoritratti «milanesi» rappresenta ancora la fase della crisalide: ma in una terza immagine si libera una splendida farfalla.

Il dipinto, non firmato, raffigura una giovane donna in abito di gala. Abbandonati per sempre i colli rialzati, adatti a una fanciulla che sta in famiglia, Sofonisba per immortalare il suo nuovo status di dama di corte ha scelto un sontuoso abito di broccato nero e oro con scollatura quadrata «alla lombarda», confezionato probabilmente con una delle preziose stoffe regalate dal duca di Sessa. L'identificazione della pittrice non è immediata perché la trasformazione esteriore le conferisce un aspetto più mondano e raffinato, cancellando l'aria ingenua degli autoritratti precedenti: il colorito delle guance suggerisce che a Milano Sofonisba sia stata iniziata ai segreti del belletto.

Per riconoscerla bisogna affidarsi ai ricorrenti gioielli di famiglia, come la ghirlanda di perle sui capelli, indossata altrove dalla sorella Lucia e dalla madre, e il *Flohpelzchen* attira-pulci appeso alla cintura d'oro, già apparso nel ritratto della madre, che fornisce il pretesto per un grazioso gioco della mano, segno di perizia tecnica e compositiva. Un altro inconfondibile tratto stilistico appare nei tocchi di rosso disseminati in punti strategici per armonizzare l'insieme, rappresentati dai bagliori vermigli degli anelli, degli orecchini e dei braccialetti, che si ritroveranno nei grandi ritratti da lei eseguiti alla corte spagnola.

Un autoritratto fu dipinto per il re in persona, non sappiamo se per essere inviato subito, come assaggio delle sue capacità, oppure da consegnare personalmente. La notizia si trova in un testo del 1561, *In morte della signora Irene Spilimbergo*, composto per commemorare un'emula veneta di Sofonisba, dai molteplici talenti poetici, musicali e artistici: «Essendole fatto vedere un ritratto di Sofonisba Anguisciola, fatto di sua mano e presentato al re Filippo, e sentendo meravigliose lodi di lei nell'arte della pittura, mossa da generosa emulazione s'accese tutta d'un caldo desiderio di pareggiar quella nobile e valorosa donzella, laonde con l'indirizzo del signor Tiziano si pose al colorito».

Era stato lo stesso Tiziano a mostrare quel dipinto alla Spilimbergo? E come era arrivato a Venezia? Probabilmente attraverso una copia, a meno che Amilcare Anguissola, poiché la figlia si avviava sulle orme del Vecellio come ritrattista degli Asburgo, avesse fatto pervenire l'originale al maestro per chiederne il giudizio e il viatico: in questo caso, avrebbe potuto trattarsi del quadro strappato ad Annibal Caro.

Nel cercare il possibile tramite tra Sofonisba e Tiziano, si è tentati di dare credito al titolo di «gentiluomo veneziano» tradizionalmente assegnato – senza che peraltro se ne sappiano le ragioni – a uno splendido ritratto di uomo barbuto, firmato dall'Anguissola e datato 1560.

L'anziano personaggio è seduto davanti a un tavolo ricoperto da un tappeto rosso, in prospettiva volutamente scoscesa, come altre volte, per evidenziare gli oggetti posati, in questo caso un libro e un berretto nero della foggia adottata da giuristi e senatori, allusivi quindi alla professione dell'effigiato, il cui rango è confermato dal mantello di broccato morello bordato di pelliccia. Potrebbe trattarsi di qualche eminente veneziano conosciuto dagli Anguissola a Milano, forse a sua volta in contatto con la Spilimbergo e Tiziano. Se si vuole dar fede alla datazione – peraltro molto danneggiata e quindi non inconfutabile – si può ipotizzare che la pittrice, non avendo fatto in tempo a finire il ritratto a Milano, se lo fosse portato in Spagna per poi farlo avere al destinatario in occasione di qualche ambasceria.

Ma l'immagine più curiosa del soggiorno milanese di Sofonisba raffigura il suo primo maestro, Bernardino Campi, intento a dipingere l'allieva in un quadro di dimensioni insolitamente grandi, tanto che la figura del pittore risulta più piccola rispetto a quella di lei.

Inspiegabilmente attribuito, in passato, a grandi maestri veneti, il quadro è invece riconoscibilissimo proprio per la fisionomia di Sofonisba: inconfondibile il suo viso tondo, dai lineamenti ancora infantili ma dallo sguardo intenso, incorniciato dalla semplice acconciatura con la treccia attorno alla testa. Il modello dell'abito scuro è quello con il collo aperto e rialzato ma – per quanto lascia scorgere la tela degradata – confezionato con una ricca stoffa indice dell'eleganza adottata a Milano.

Anche a proposito del pittore raffigurato non sussistono dubbi, essendo la fisionomia del Campi nota grazie a una medaglia e a un'incisione. Una volta identificati i personaggi è stata sollevata la questione se si tratti di un autoritratto di Sofonisba con il Campi, o di un autoritratto di Bernardino con l'Anguissola: in ogni caso si confermerebbe che l'allieva, arrivata a Milano, si era recata a trovare il maestro nel suo studio, e dall'incontro era nato un insolito e suggestivo omaggio reciproco.

I critici più autorevoli sono concordi sull'attribuzione a Sofonisba, convinti dalle sfumature della tecnica. Dato che aveva l'abitudine di dipingere dal vero, possiamo immaginare che avesse sistemato il suo cavalletto vicino al Campi, il quale realmente le stava facendo un ritratto di grandi dimensioni, su commissione di un illustre collezionista, forse lo stesso duca di Sessa.

Oppure si tratta di un'inedita interpretazione del

tema dell'autoritratto, che contiene un omaggio al suo maestro. La suggestiva invenzione di questo rimando speculare troverà sviluppi nella storia della pittura, da Velázquez a Magritte.

Poiché al centro del quadro giganteggia l'immagine dell'allieva, si delinea un simbolico scambio dei ruoli: il destino innalzerà Sofonisba a una posizione di primato, mentre il Campi resterà nei limiti di una risonanza locale.

Arrivò il momento della partenza. A Sofonisba era stato fornito un seguito conforme alla sua nuova posizione sociale, infatti ci informa il De Ribera che era «accompagnata da due cavalieri principali suoi parenti, da due dame e da sei servitori onorati». Uno dei due cavalieri era sicuramente Broccardo Persico, che andava a riprendere servizio presso la corte spagnola: per espresso incarico dei genitori avrebbe dovuto costantemente vegliare su di lei, un compito che non gli era affatto sgradito.

I sentimenti di Sofonisba non potevano che essere tumultuosi e contraddittori, in quella stupefacente svolta della sua vita, che scompaginava ogni prevedibile punto di riferimento. Uscire dalla tutela del padre, a ventisette anni suonati, accontentava la sua voglia di libertà, ma lo strappo dagli affetti familiari era fonte d'ansia e di malinconia.

A cavallo o in carrozza percorsero il tragitto da Milano fino al porto d'imbarco, che poteva essere Genova o Savona.

Nata e cresciuta nella Bassa padana, Sofonisba al primo impatto con il mare dovette proiettare in quella visione di sconfinata vastità tutto il suo turbamento per le incognite che l'aspettavano, ma poi prese il sopravvento il suo lato avventuroso, e si identificò nei grandi esploratori che avevano aperto rotte sconosciute navigando senza timori dietro ai loro sogni.

Non sappiamo se Sofonisba viaggiasse a bordo di una nave mercantile oppure di una galera da guerra: in entrambi i casi, i passeggeri erano alloggiati a prua e a poppa, in quartieri coperti ma privi di spazio e intimità.

Occorrevano circa otto giorni di navigazione per approdare a Barcellona. Le navi non si allontanavano troppo dalla costa, per timore dei pirati; ci si lasciava alle spalle Monaco, Nizza, Tolone, Marsiglia, attraversandone il golfo per giungere in vista della Spagna a Cadaqués. Poi, oltrepassando Rosas e Palamòs, si attraccava a Barcellona.

Nel frattempo Amilcare era rientrato a Cremona con la famiglia: il duca di Sessa gli aveva fatto sperare che il re avrebbe mostrato tangibilmente il suo favore, ma era necessario rinfrescargli la memoria e fargli capire che la rinuncia a Sofonisba era stata traumatica per tutti loro.

Scrisse quindi a Filippo il 26 novembre: «Sono alcuni dì che il Duca di Sessa e il Conte Broccardo mi dimostrarono la volontà che Vostra Reale Maestà teneva, d'avere al servizio della Serenissima Sua Regina nostra Signora, la Sofonisba mia carissima figliola, e ancorché il paterno cordoglio in me fosse e sia grandissimo, vedendomela tanto e tanto lontana da me e dalle altre mie figlie separarsi, perché in questa mia ultima età io mi godevo allegramente, e con onore divino e umano, delle rare sue virtù, da me e da lei non senza industria e fatica fatte con ogni religiosa diligenza imparare, nondimeno tanta è la naturale affezione ch'io con tutta la casa mia sempre come fedelissimi sudditi abbiamo alla felice memoria del Serenissimo Imperatore e così a Vostra Reale Maestà, ch'io volentieri mi sono contentato darla, con sicurezza che meglio non potrebbe essere collocata che all'ombra di Vostra Reale Maestà la quale, di buona fama e di cattolici effetti di religione, veramente avanza ed è superiore a qualsivoglia Re e Principe cristiano; delle quali virtuose regali qualità ho tanta consolazione, che con questo vengo ad addolcire una parte del dolore che grandemente ha sconsolato me e la casa mia per la partenza di questa mia carissima figliola, la quale crederò che a questo tempo non sarà troppo lontana da Vostra Reale Maestà, che dalle opere sue virtuose conoscerà l'ingegno dal Signor Iddio donatole.

«Umilmente supplicandola di perdonarmi l'audacia da me pigliata in scriverle queste mie, ed altre che saranno date per mano di Sofonisba direttamente a Vostra Reale Maestà, alla quale con ogni umiltà inchinevolmente bacio gli onorati piedi e virtuose sue mani, pregandole, a beneficio cristiano, lunga e felice vita».

Capitolo III

MADRID

1559-1573

Sbarcando in terra spagnola, Sofonisba e i suoi accompagnatori avevano ancora un lunghissimo viaggio davanti a loro, che compirono in più di un mese, approfittando della frescura concessa dall'inverno incipiente.

Diretti verso il cuore della penisola iberica, si avviarono in carovana, con carrozze, cavalli e carri di masserizie, lungo il cosiddetto Camino Real, attraversando i passi verdeggianti della Catalogna, dominati dal massiccio del Montserrat, poi digradanti in dolci colline fino alla fertile piana dell'Ebro; dopo una tappa a Saragozza, capitale dell'Aragona, proseguirono tra paesaggi sempre più aridi e ripidi, sulle pendici dell'altopiano della Meseta, per sboccare in Castiglia e raggiungere Guadalajara, a una cinquantina di chilometri da Madrid, dove al momento risiedeva la corte.

«Giunta a corte, fu ricevuta dalla Regina graziosamente, che la fece accompagnare negli appartamenti del palazzo già preparati.» Qui il De Ribera, per altri versi tanto informato sulle vicende di Sofonisba, prende un abbaglio: infatti Isabella di Valois non era ancora arrivata in Spagna.

Sarà stata invece la sorella del re, Giovanna, regina vedova del Portogallo, ad accogliere l'italiana, predisponendo che fosse alloggiata insieme alle dame di corte spagnole nel palazzo dell'Infantado. Giovanna d'Asburgo era stata reggente di Spagna fino al recente ritorno del re suo fratello da un lungo viaggio in Europa.

Quanto a Filippo II, il De Ribera precisa che mostrò «sommo contento» per l'arrivo di Sofonisba, e premurosamente incaricò uno dei suoi più stretti consiglieri, Diego de Cordoba, parente del duca di Sessa, di scrivere ad Amilcare annunciandogli il felice arrivo della figlia. Le lettere dell'Anguissola avevano evidentemente colpito il re, per l'amore paterno che le ispirava.

La vita e il regno di Filippo erano a una svolta. Nel '59 era tornato in Spagna dopo aver passato cinque anni in giro per l'Europa. Era partito nel '54 per sposare la regina d'Inghilterra Maria Tudor, detta Maria la Cattolica, o Maria la Sanguinaria, a seconda di come gli storici interpretano lo zelo feroce con il quale aveva imposto il ritorno dell'Inghilterra sotto l'egida della Chiesa romana.

Filippo, già vedovo di un primo matrimonio con Maria di Portogallo, che nel luglio del '45, a due anni dalle nozze, era morta dando alla luce l'erede Carlo, non ebbe fortuna nemmeno con la seconda unione, che risultò sterile, anche perché visse solo saltuariamente con la moglie: non più di quindici mesi fino al '58, quando la Tudor morì.

Dopo aver inutilmente proposto le nozze alla sorellastra della moglie defunta, Elisabetta I, gli si era prospettata l'occasione di porre il sigillo all'avvenuta pace europea sposando la figlia del re di Francia, Isabella, che in un primo tempo era stata destinata al principe Carlo, suo coetaneo. L'erede al trono di Spagna manifestava però problemi fisici e mentali che lo rendevano inadatto al matrimonio e Filippo, desideroso di assicurarsi al più presto una discendenza sana, si era sostituito al figlio.

Il suo rientro in Spagna coincideva con un momento politico favorevole, che gli permetteva di dedicarsi all'organizzazione interna del suo dominio, poiché la situazione internazionale era sotto controllo grazie alla pace di Cateau-Cambrésis e all'avvento sul trono francese del giovane cognato Francesco II al posto dell'irriducibile suocero defunto.

Nel novembre del '58 era morto anche suo padre Carlo V, il cui influsso aveva continuato ad aleggiare su di lui dal monastero in Estremadura dove si era ritirato dopo l'abdicazione, e Filippo si sentiva finalmente libero di incidere la propria impronta sul regno.

Al posto della più blasonata Toledo aveva eletto Madrid al rango di capitale: centro geografico e amministrativo di una gigantesca ragnatela, da dove avrebbe tirato le fila del suo immenso dominio, suddiviso in quattordici Consigli, al cui vertice stava il Consiglio di Stato.

Nel palazzo reale dell'Alcazar, appositamente ristrutturato, ogni Consiglio disponeva di una sala dove riunirsi in giorni e orari prestabiliti: alcuni esplicavano una funzione territoriale (Castiglia, Aragona, Italia, Fiandre, Indie), altri invece avevano una specifica giurisdizione funzionale, come l'Inquisizione.

Tra il sovrano e questa rete di Consigli operavano i segretari, che rubricavano tutta la corrispondenza e le consulte, cioè i rapporti prodotti dai Consigli, e facevano da filtro tra la Corona e il governo, esercitando una notevole influenza, perché le consulte non avevano valore esecutivo, in quanto ogni decisione finale spettava comunque al re.

Nonostante stesse ristrutturando il palazzo reale, Filippo non aveva intenzione di abitarvi stabilmente: aveva ideato una dimora più confacente all'immagine che aveva di sé, di difensore armato dei valori cattolici. A circa trenta chilometri da Madrid, ai piedi della Sierra de Guadarrama, stava sorgendo il palazzo-monastero dell'Escorial, mastodontica sintesi dell'anima religiosa e imperiale della Spagna.

Isabella di Valois, partita da Parigi il 25 novembre 1559 con un seguito di più di cento persone tra dame di corte, sarte e ricamatrici, cuochi, servi e addetti alle scuderie, arrivò a Guadalajara verso la fine di gennaio del '60, insediandosi nel palazzo dell'Infantado, dove l'attendeva il già numerosissimo personale predisposto per lei dal marito. Per il momento la sposa, che in aprile avrebbe compiuto quattordici anni ma non era ancora sviluppata, non avrebbe condiviso il talamo con il re. Il matrimonio, replica di quello per procura già avvenuto a Parigi, fu officiato dal cardinale Mendoza di Burgos nella cappella del palazzo.

Seguì un grande ballo durante il quale Sofonisba, dimostrandosi già pienamente a suo agio nell'ambiente della corte, riscosse un successo personale: «La sera dello sposalizio» racconta Girolamo Negri, ambasciatore di Mantova «avendo detto Sua Maestà che si ballasse alla gagliarda, e non essendovi alcuno che desse principio, il signor Ferrante Gonzaga fu il primo che incominciò, il quale andò a prendere quella cremonese che dipinge, che è venuta a stare con la regina, e fece la via a molti altri che ballarono dopo».

Il cavaliere di Sofonisba non era l'ex governatore di Milano, defunto nel '57, ma il figlio di Luigi Alessandro Gonzaga, che forse la pittrice aveva avuto occasione di conoscere a Mantova.

Anche un'altra fonte – un'anonima *Relazione delle nozze del re Filippo* – testimonia che a questa festa l'Anguissola si fece notare: «Terminate le danze suonarono ancora un po' e arrivò don Diego de Cordoba con la torcia e scelse donna Ana Fajardo e donna Maria d'Aragona a cui diede la torcia; questa scelse il marchese di Cenete e il Principe de la Rocha a cui passò la torcia, il principe a sua volta scelse donna Eleonora Giron, che non volle ballare, scelse quindi l'italiana e le diede la torcia; lei si recò allora dal duca dell'Infantado e diede la torcia a Sua Maestà il Re, che si inchinò profondamente al suo cospetto, scelse la Regina salendo sul palco e danzarono un poco. (...) Sua Altezza scese, lasciarono la torcia e se ne andarono a cenare in un'altra stanza, nell'appartamento della Regina».

Per nulla intimidita dalla sussiegosa etichetta spagnola, imposta da Carlo V sul modello di quella fiamminga, Sofonisba con un gesto spontaneo aveva coinvolto il compassato Filippo nel gioco delle coppie, meritandosi l'implicita approvazione del regale inchino. Forse parlando di lei e della sua intraprendenza Filippo e Isabella, nella cena a due che seguì, scoprirono di avere molti gusti in comune, come la passione per il disegno. Filippo aveva iniziato a tredici anni a riempire di disegni interi album, e anche se ormai non aveva più tempo per simili svaghi, incoraggiò senza riserve il desiderio della moglie, felicissima di aver trovato tra le sue dame la giovane italiana assunta per insegnarle a dipingere.

La corte non si fermò a lungo a Guadalajara: era tempo che la regina prendesse possesso della capitale. Il 4 febbraio i reali con i rispettivi seguiti fecero il loro ingresso nell'antica città universitaria di Alcalà de Henares, a pochi chilometri da Madrid, dove furono ricevuti con i consueti apparati del tripudio collettivo: archi trionfali, luminarie e soprattutto erudite concioni.

Il giorno dopo Isabella entrò solennemente a Madrid sotto un maestoso baldacchino, circondata dalle sue dame riccamente vestite con i suoi stessi colori: fu ricevuta all'Alcazar dal marito, che l'aveva preceduta insieme alla sorella Giovanna e a tutti i Grandi di Spagna. Poiché il palazzo era in fase di ristrutturazione, Filippo aveva fatto approntare appartamenti provvisori per la moglie e le sue dame.

Dopo qualche giorno dedicato ai più vari intrattenimenti, dagli spettacoli musicali alle corride, la carovana reale si mise nuovamente in cammino, perché Filippo, per promuovere il consenso attorno al suo regno, desiderava mostrare ai sudditi la nuova regina, che con la sua persona evocava la pace finalmente raggiunta: e «Ysabel de la paz» era infatti l'acclamazione che la folla festante tributava al suo passaggio.

Il 15 febbraio raggiunsero Toledo, l'antica capitale, arroccata su un'altura circondata dal Tago; Sofonisba era già al lavoro come insegnante della regina, se il vescovo di Limoges, cui Caterina de' Medici aveva chiesto ragguagli sulla vita della figlia in Spagna, poteva scrivere compiaciuto: «Quando Vostra Maestà mi ha mandato a fare questa piccola ricerca, ho trovato la Regina mentre passava il tempo terminando il ritratto dipinto di fronte a me in poco tempo, dato che ha del talento. È incredibile quanto rapidamente abbia appreso da una delle sue dame italiane che il Re le ha dato, è migliorata molto nella pittura (...) ecco quindi che ho preso gli schizzi che vi invio».

Aggiungeva che Isabella aveva chiesto espressamente di inviarle da Parigi «matite di tutti i colori» da commissionare al pittore di corte Jean Fouquet, il quale probabilmente era stato il suo primo maestro.

Diversamente da quanto affermava il vescovo, Sofonisba era l'unica italiana del seguito, come conferma un elenco delle dame di Isabella stilato nel 1560: dopo otto spagnole, indicate con nome e cognome preceduti dall'appellativo «dona», compare il semplice nome di Sofonisba, poi otto francesi, di cui una indicata come «madame» e le altre come «mademoiselle».

Sofonisba aveva dunque una sorta di status a sé, in aggiunta all'organico prestabilito: era però considerata a tutti gli effetti una dama di corte, come risulta dal suo trattamento economico. Dal registro degli stipendi risulta che era a ruolo per 37.500 maravedì annui, corrispondenti a 100 ducati d'oro, la stessa cifra ricevuta dalle dame francesi, mentre alle spagnole erano assegnati 27.000 maravedì annui. Il primo versamento fatto a suo nome è una tranche di 21.988 maravedì per il periodo giugno/dicembre '60. Le venivano pagate anche le «raciones» per i cavalli, per la lavanderia e la servitù; a quest'ultima voce dai registri risultano una «senora Corneille cameriera della senora Sophonisba» e «Cesar Brunel creato della Sophonisba».

La vita delle dame di corte era sottoposta a un ferreo regolamento, la cui osservanza era controllata dalla «guardamenor», una gentildonna più anziana che aveva il compito di «porre vigilanza e attenzione sulla custodia delle dame e delle altre donne presenti nel palazzo, chiudere e aprire le finestre e le porte, soprattutto l'ingresso riservato alle signore, facendo il resoconto e avvertendo sempre la prima dama di servizio della Regina di tutto ciò che viene offerto o arrivi alla loro conoscenza, (...) e procurando che la lampada sia accesa durante la notte». Inoltre, come collegiali, dovevano «mangiare tutte insieme e consumare le porzioni loro destinate, nel luogo e nell'ora a ciò destinata; non richiedendo nessuna porzione per sé né cibi a parte, a meno che non siano ammalate, né impartendo disposizione alcuna su quanto avanza a tavola. Nessuna di loro deve tenere all'interno del palazzo più di una serva, anche se dicono di volerla tenere a loro spese, per nessun motivo».

Però si fece un'eccezione per Sofonisba, forse perché la sua attività legata alla pittura rendeva necessario un inserviente particolare: infatti nel novembre del '61 ricevette un pagamento di 311 maravedì «por el entretenimento de una criada». Non è escluso che il trattamento speciale riservato all'italiana le concedesse, invece di alloggiare con le altre dame, di essere ospitata presso la prima dama d'onore della regina, che era la moglie del duca d'Alba, ispiratore della sua mirabolante carriera.

Il rango di dama di corte escludeva che assumesse ufficialmente la funzione – socialmente incompatibile – di pittrice, anche se non c'è dubbio che dovesse la sua ascesa a quel talento, come conferma Antonio Campi: «Per il suo meraviglioso ingegno fu chiamata in Spagna alla corte del cattolico re Filippo, per servire la cattolica regina Isabella alla quale Sofonisba, e per l'eccellenza della pittura e per molte altre nobilissime parti che in lei sono, fu cara fuor di modo».

Giustamente il Campi sottolinea che fra Isabella e la sua dama italiana si era creato un forte rapporto affettivo, di cui l'insegnamento artistico era solo un aspetto. L'intelligenza vivace di Sofonisba, la sua cultura, il suo incarnare un nuovo modello di donna, più autonomo e consapevole, affascinavano la regina, soprattutto per il contrasto con la rigidezza formale imperante alla corte spagnola. Anche la nazionalità della pittrice, che era italiana come la regina sua madre, dovette influenzare il sentimento dell'adolescente Isabella.

Nel dicembre del '60 la regina contrasse, anche se in forma leggera, il vaiolo: Filippo, temendo per la sua vita, dimostrò una tenera premura del tutto insolita per lui, inibito a ogni abbandono emotivo dalla severa educazione imposta dal padre.

Quando la moglie fu fuori pericolo e iniziò la convalescenza, non interruppe le affettuose visite al suo capezzale: «Il Re da parecchi giorni in qua tratta con la Regina come con donna, e molto diversamente da quello che soleva, stando con lei ogni giorno due ore almeno» riferiva stupito l'ambasciatore mantovano Girolamo Negri il 18 febbraio '61.

Durante quegli incontri Isabella mostrava al marito i suoi progressi nel disegno. Sull'esempio di Sofonisba, aveva incominciato a percepire che le attrattive di una donna non consistevano soltanto nell'ostentazione di bellezze esteriori, spesso artefatte, ma nella valorizzazione della personalità, che invece il culto della forma in vigore nelle corti tendeva ad appiattire, se non a negare.

Questo nuovo atteggiamento di Isabella era già evidente: «La Regina mostra d'aver ingegno» aggiungeva infatti il Negri «ha incominciato a dipingere, e dice la Sofonisba cremonese, che è quella che le insegna, et è molto favorita sua, che ritrae dal naturale con un carbone, in maniera che si conosce subito la persona che ha ritratta».

Nel suo metodo didattico Sofonisba non poteva andare oltre i limiti della propria competenza: insegnava l'arte del ritratto, come aveva fatto con le sue sorelline, delle cui abilità riceveva a volte saggi da Cremona.

Era sbocciato appieno il talento dell'adolescente

Europa che, secondo il Vasari, già faceva «molti ritratti di gentiluomini in Cremona che sono naturali e belli affatto, e uno ne mandò in Spagna della signora Bianca sua madre, che piacque sommamente a Sofonisba, e a chiunque lo vide di quella corte».

Sarà stata Isabella stessa a far circolare a corte il quadro che la dama le aveva mostrato. Ricevendo quel pegno dai suoi lontani affetti, Sofonisba lo aveva senz'altro portato alla regina, magari col pretesto dell'intento didattico, per illustrarne i fattori tecnici, ma anche per confidare la sua nostalgia di casa, che non poteva non essere condivisa dalla regale allieva.

Con Isabella, Sofonisba non parlava soltanto di pittura: ogni aspetto della vita quotidiana attraversava i loro discorsi. E poiché una delle attività più coinvolgenti dei quartieri femminili era la glorificazione dei riti mondani attraverso il forbito linguaggio dell'apparenza, è chiaro che gran parte del tempo era occupata attorno ai vestiti.

Dato il rapporto confidenziale che c'era tra loro, è probabile che Sofonisba avesse sciorinato davanti alla regina il contenuto dei suoi bauli: Isabella fu attratta dai bagliori di un ceruleo broccato d'argento, probabilmente una delle pezze milanesi regalate dal duca di Sessa, che la pittrice teneva in serbo per un'occasione speciale. Innamorandosene immediatamente, la regina volle la stoffa per sé, ma poiché sapeva che era di grande valore tenne a indennizzare Sofonisba, come risulta dal registro delle spese, in data 20 luglio '61: «Darete alla signora Sofonisba, dama, trecento scudi in panno o in seta o nella mercanzia che ella chiederà (...) in ragione di una pezza di tessuto d'argento e seta azzurra che Sua Maestà ricevette dalla suddetta signora Sofonisba».

Non conosciamo il suo stato d'animo nel dover

cedere la stoffa, ma è certo che la pittrice non poteva negarla, tanto più che aveva appena ricevuto una cospicua rendita per la sua famiglia, sancita da un decreto reale del 1° luglio 1561.

Il duca di Sessa, annunciando a Filippo II l'assenso paterno al trasferimento di Sofonisba, aveva già raccomandato di elargire all'Anguissola un generoso risarcimento, e fu probabilmente lui stesso a segnalare che con la morte di una precedente beneficiaria si era resa vacante una rendita di 200 ducati annui sul dazio del vino di Cremona, che avrebbe potuto essere assegnata a Sofonisba e incassata dal padre a suo nome, come aiuto economico alla famiglia.

La somma corrispondeva al doppio dello stipendio annuo della pittrice e quindi permetteva una certa agiatezza anche a una famiglia numerosa come gli Anguissola.

Sofonisba era costantemente al fianco di Isabella: «La Regina trascorre la maggior parte del suo tempo a dipingere, traendone grande diletto, quindi penso che entro un anno sarà brava come la sua insegnante, che è tra le migliori del mondo» scriveva la prima dama francese, madame de Vineux, a Caterina de' Medici. In questa lettera, del 30 settembre 1561, per la prima volta si parla di un'opera compiuta dall'Anguissola alla corte di Spagna: «Ella ha fatto il ritratto della Regina, che il Nunzio che è qui ha inviato al Papa, che le rassomiglia meglio di quanto io ne abbia mai veduti. Penso che ne faranno fare uno da inviarvi, cosa che desidero molto per la gioia che ne potreste ricevere».

Il Nunzio a cui allude la dama era Ottaviano Reverta, vescovo di Terracina, che avendo a lungo soggiornato nello Stato di Milano conosceva la fama e l'opera di Sofonisba.

Anche il De Ribera cita il ritratto di Isabella: «Volle la Regina che le facesse il suo ritratto del naturale, come fece con tutta quella eccellenza desiderabile, di che rimase quella Maestà sopramodo soddisfatta, et il Re parimenti, essendo cosa quasi soprannaturale».

Poiché Isabella era già stata ritratta dai pittori ufficiali, è chiaro che il desiderio di posare per Sofonisba nasceva dalla convinzione che, dato il loro rapporto tanto stretto e profondo, l'italiana avrebbe colto meglio di chiunque altro la sua vera personalità.

Sia il biografo che la dama francese parlano di un solo ritratto, ma l'accenno della de Vineux testimonia che la consuetudine prevedeva la realizzazione di diversi esemplari, come in effetti avvenne.

Giorgio Vasari assicura che il ritratto inviato a Roma era una copia eseguita appositamente per il papa, appoggiando la veridicità delle sue affermazioni all'inconfutabile testimonianza di una lettera della stessa Sofonisba al pontefice milanese Pio IV.

«Costei essendo stata condotta (...) al servizio della Regina di Spagna dove si trova al presente con buonissima provvigione e molto onorata, ha fatto assai ritratti e pitture che sono cosa meravigliosa. Dalla fama delle quali opere mosso papa Pio IV, fece sapere a Sofonisba che desiderava avere il ritratto della detta Serenissima Regina di Spagna. Avendolo ella fatto con tutta quella diligenza che maggiore le fu possibile, glielo mandò a presentare a Roma, scrivendo a Sua Santità una lettera di questo preciso tenore: «Dal reverendissimo Nunzio di Vostra Santità intesi ch'Ella desiderava un ritratto di mia mano della Maestà della Regina mia signora. E come che io accettassi questa impresa in singolare grazia e favore, avendo a servire alla Beatitudine Vostra, ne domandai licenza a Sua Maestà, la quale se ne contentò molto volentieri, riconoscendo in ciò la paterna affezione che Vostra Santità le dimostra. Et io con l'occasione di questo cavaliere glielo mando.»

La scelta del latore non era casuale: il cavaliere in questione era Broccardo Persico, diretto a Roma non soltanto per impegni diplomatici, ma per impetrare dal papa la dispensa dal voto di celibato cui lo vincolava la sua appartenenza all'ordine dei Cavalieri di Gerusalemme. La motivazione della richiesta era il desiderio di sposare Sofonisba.

È l'ambasciatore mantovano Girolamo Negri a sollevare il velo su questo amore travagliato e nascosto, scrivendo due mesi dopo al duca Guglielmo Gonzaga le ultime notizie sulla missione diplomatica che il Persico stava svolgendo tra Roma e Madrid: «Il conte ancor che dica di portare gran cose, e mostri d'avere a trattare importantissimi negozi, non sta molto allegro, et insomma non pare andare molto volentieri in questa legazione (...) e poiché sono in questo proposito, non voglio tralasciare di dire quello che mi è stato detto (...) che il Papa gli ha detto apertamente che lo vuol far cardinale, ma che esso non se ne cura, e che la grazia che vorrebbe dal Papa è di potersi maritare, perché essendo innamorato morto della Sofonisba pittrice, si vorrebbe maritare con lei in ogni modo».

Anche se il pettegolo ambasciatore non lo precisa, possiamo credere che il sentimento di Broccardo fosse ricambiato, perché senza l'assenso di Sofonisba il conte non si sarebbe spinto a chiedere la dispensa papale, un passo inconsueto e difficoltoso, che avrebbe suscitato infinite maldicenze.

Di circa dieci anni maggiore della pittrice, alla quale era imparentato alla lontana, Broccardo la conosceva da sempre, ma non sappiamo quando il sentimento tra loro si era fatto appassionato. È plausibile che ad avvicinarli avesse contribuito il lungo viaggio compiuto insieme verso la Spagna, consentendo approcci informali impensabili nel sorvegliato ambiente cremonese; ma il prolungato zitellaggio di Sofonisba potrebbe a questo punto essere attribuito a una speranza da tempo accolta nel suo cuore, che l'amato riuscisse prima o poi a condurla all'altare.

Questa circostanza accresceva evidentemente il desiderio della pittrice di guadagnarsi la benevolenza papale, rendendosi meritevole di un favore speciale. Così nella lettera trascritta dal Vasari, del 16 settembre 1561, Sofonisba illustrava al pontefice il segreto del suo stile pittorico, che consisteva nel trasmettere attraverso le sembianze le qualità interiori dei personaggi ritratti: «E se in questo avrò soddisfatto al desiderio di Vostra Santità, io ne riceverò infinita consolazione, non tralasciando però di dirle che se col pennello si potesse rappresentare agli occhi di Vostra Beatitudine le bellezze dell'animo di questa Serenissima Regina, non potrebbe vedere cosa più meravigliosa. Ma in quelle parti, le quali con l'arte si sono potute figurare, non ho mancato di usare tutta quella diligenza che ho saputo maggiore, per rappresentare alla Santità Vostra il vero».

Sempre dal Vasari sappiamo che il 15 ottobre Pio IV, «essendogli parso il ritratto bellissimo e meraviglioso» le rispose, accompagnando la lettera «con doni degni delle molte virtù di Sofonisba»: «Abbiamo ricevuto il ritratto della Serenissima Regina di Spagna, nostra carissima figliola, che ci avete mandato, e ci è stato gratissimo, sia per la persona che ci rappresenta, la quale noi amiamo paternamente, oltre ai rispetti per la buona religione et altre bellissime parti dell'animo suo, e sia anche per essere fatto di mano vostra molto bene e diligentemente. Ve ne ringraziamo, certificandovi che lo terremo fra le nostre cose più care, commendando questa vostra virtù, la quale, ancorché sia meravigliosa, intendiamo però che è la più piccola tra molte che sono in voi».

A esaltare presso il papa le straordinarie qualità di Sofonisba aveva pensato Broccardo Persico, nella speranza di convincerlo a concedere la dispensa permettendogli di sposare la preziosa fanciulla. Ma non raggiunse lo scopo, e così anche i magnifici doni che le recò da parte del papa (secondo il De Ribera, «corone d'agate gioiate et altre cose di gran devozione e valore») non alleviarono lo sconforto degli innamorati delusi.

Si può pensare che i due non seppellissero del tutto le speranze, dato che Sofonisba, pur «corteggiata da molti cavalieri spagnoli e italiani», come attesta il De Ribera, non prese in considerazione nessun partito, malgrado stesse avvicinandosi alla trentina.

Per compensare le tensioni nella sfera del privato, a Sofonisba non mancavano le occasioni di immergersi nel lavoro. Non firmò nessuno dei ritratti dipinti alla corte spagnola, perché il suo rango non lo consentiva, ma nonostante i passati equivoci sulle attribuzioni, oggi un buon numero di quadri è stato ricondotto alla sua mano.

Per familiarizzarsi con lo stile della ritrattistica ufficiale si documentò nelle gallerie delle residenze reali, soprattutto in quella del palazzo del Pardo – a una quindicina di chilometri da Madrid – dov'era raccolta una parte dei ritratti provenienti dai Paesi Bassi e dal periodo inglese di Filippo II, e in quella dell'Alcazar dove il re, nelle stanze del Tesoro della Corona, stava ammassando un'immensa collezione. Qui Sofonisba ebbe la possibilità di studiare le opere dei grandi maestri europei del Rinascimento e soprattutto di Tiziano. Alla corte poté inoltre osservare direttamente i pittori ufficiali all'opera.

Il primato indiscusso andava al fiammingo Anthonis Mor, che aveva seguito Filippo in ogni spostamento: era stato lui a dettare le proporzioni e gli schemi della ritrattistica adottati poi in tutto il secolo. La sua sensibilità sofisticata e arcaicizzante armonizzava felicemente con il formalismo ieratico del cerimoniale fiammingo introdotto alla corte, e con la moda austera e innaturale che dissimulava i corpi in gusci preziosi.

La prima generazione dei ritrattisti spagnoli era cresciuta alla sua scuola, guardando però anche alla varietà cromatica e alla luminosità di Tiziano. Tra loro il più accreditato era Alonso Sanchez Coello, che pur seguendo lo stile aulico del maestro nel dignitoso incorporeo distacco impresso alle figure, traeva dalle proprie origini ispano-portoghesi un realismo impietoso, che non dissimulava nulla delle irregolari fattezze asburgiche.

Non siamo informati dei rapporti tra Sofonisba e i pittori ufficiali, ma è da escludersi una rivalità dichiarata, perché la loro disparità sociale li situava in mondi diversi. Ci fu anzi qualche forma di collaborazione, testimoniata da un documento trovato da Orietta Pinessi, in cui viene registrato un addebito a favore del pittore di corte Jooris van der Straaten – il cui nome era tradotto come Jorge de la Rua – per aver fornito dei colori a Sofonisba.

Si possono individuare le tracce di almeno tre varianti del ritratto della regina, che siglò il debutto dell'italiana come insolita pittrice «privata» della famiglia reale. Uno dei ritratti a figura intera rimase a corte, ed è noto grazie a una copia eseguita da Rubens. In questo quadro Isabella per la prima volta veste in nero, secondo la moda spagnola, e la pittrice ha saputo sfruttare con intelligenza questo particolare. La snellezza del corpo adolescente, leggermente voltato per far risaltare la sottigliezza della vita, è valorizzata dalla foggia attillata dell'abito e dal superbo contrasto tra il velluto nero e le maniche purpuree. Inconfondibile, quasi una firma di Sofonisba, l'aggraziato movimento delle mani che giocano con la testolina della martora attira-pulci, il *Flohpelzchen*, infrangendo il rigido schema del ritratto di corte.

L'altro ritratto a figura intera, quello eseguito per il papa, probabilmente non era una replica esatta del primo, ma sullo sfondo aveva un'ampia tenda, così almeno si può dedurre da un'ulteriore copia forse dipinta da Sofonisba stessa molto più tardi per Marcantonio Colonna, viceré di Sicilia, nel cui palazzo di famiglia è stata rinvenuta.

Una versione ridotta, nel formato di tre quarti, realizzata per la sorella del re, Giovanna, figura in un inventario della galleria delle Descalzas Reales, il convento delle clarisse dove dimorava la principessa: «Un ritratto a mezzo busto di Sua Maestà la Regina Isabella, che in una mano tiene una testa di martora e nell'altra il cordone che la lega».

Gli stessi spagnoli decretarono un grande successo al primo ritratto ufficiale di Sofonisba, come risulta dal giudizio di Argote de Molina che nel 1582, pur equivocando sulla provenienza della pittrice, esaltava «il ritratto di donna Ysabel Regina di Spagna (...) di mano di Sofonisba, dama che portò dalla Francia, eccellentissima nel ritrarre, sopra tutti i pittori di questa età».

Confrontando l'opera di Sofonisba con quelle di Mor e di Sanchez Coello, che prima di lei avevano effigiato Isabella, si nota che i pittori ufficiali si erano trovati a disagio con quell'adolescente dinamica e brillante, tanto diversa dalle impettite dame asburgiche.

Mor l'aveva immortalata al suo arrivo in Spagna, nel '60, addobbata sfarzosamente alla francese: un ritratto splendido ma inespressivo.

Sanchez Coello la dipinse a Toledo – il cui turrito profilo si staglia nel vano della finestra – con indosso ancora un abito di foggia francese. Rispetto a Mor, lo spagnolo avvicina la figura concentrando l'attenzione su Isabella, nella classica posizione diagonale, con in mano un fazzoletto. L'accesa combinazione coloristica dell'abito non impedisce di notare una certa grossolanità di lineamenti, riprodotti con implacabile verismo.

Sofonisba dà un'impostazione completamente diversa: spalanca la scena, mettendo Isabella di lato e lasciando apparire uno sprazzo di cielo dietro tende drappeggiate. Il particolare del *Flohpelzchen* – espediente da lei più volte adottato – consente un moto istantaneo che fa trasparire la personalità vivace della giovane regina. Come aveva scritto al papa, Sofonisba si preoccupava di far emergere l'animo di chi posava per lei: per questo, pur centrando la somiglianza, tendeva a idealizzare i lineamenti – diversamente dall'intransigente Sanchez Coello – trasmettendo, nell'accenno di un sorriso, la grazia interiore.

Soltanto Sofonisba, non facendosi condizionare dagli schemi vigenti, aveva saputo soddisfare Isabella: lo prova l'ordine perentorio che giunse in seguito ad Alonso Sanchez Coello di fare un nuovo ritratto alla regina copiando il volto dal quadro dell'italiana. E il pittore ubbidì: nel 1564 risulta un pagamento a suo nome per un ritratto di Sua Maestà «de que hizo el rostro de Sofonisba».

Sul suo secondo cimento pittorico è Sofonisba stessa a fornire ragguagli, in una lunga lettera inviata a Bernardino Campi il 21 ottobre 1561: «Nei giorni passati ebbi una lettera di Vostra Signoria la quale mi fu molto carissima, per intendere della sua salute, e così della sua consorte, la quale amo come sorella carissima, non vivendo contenta fino a tanto che con gli effetti le faccia vedere ch'io l'amo; et altre lettere ho scritto a Vostra Signoria, né mai ho avuto risposta niuna, né manco ho ricevuto lettere vostre se non questa, che mi fu data da quel gentiluomo del Secchi.

«Del ritratto del Re che Vostra Signoria mi domanda, non posso al presente servirlo, come sarebbe mio desiderio, perché non mi ritrovo ritratto niuno di Sua Maestà, e io sto al presente occupata a fare il ritratto della Serenissima Principessa sorella del Re nostro Signore per il Papa, e sono pochi giorni che gli mandai quello della Regina nostra Signora. Sicché, mio carissimo Signor Bernardino e maestro, voi vedete se io mi occupo in dipingere; senza contare che la Regina vuol gran parte del tempo per lei per dipingere, di maniera che quasi non può aver pazienza che io dipinga, per non levarsi a lei la comodità. Con tutto ciò io non lascerò di far ogni potere per servirvi conforme all'obbligo che tengo, così in questo ritratto, come in ogni altra occasione che mi si possa presentare.

«Gli bacio la mano, così alla sua carissima e onoratissima consorte da me molto amata, e alla sua madre Signora Barbara, e a sua sorella Signora Francesca, e a suo padre Signor Pietro».

L'affettuoso elenco che chiude la lettera non solo

rivela l'amicizia che si era creata con la famiglia del maestro durante l'apprendistato, rinverdita in occasione degli incontri milanesi, ma esprime il calore della personalità di Sofonisba, estroversa, socievole, a suo agio con persone di tutte le età.

Nell'accenno alle restrizioni della sua libertà d'azione emerge il rovescio della medaglia della predilezione regale: Isabella era pur sempre un'adolescente, e tanto incapricciata della pittura da requisire la sua insegnante senza lasciarle il tempo di dipingere a sua volta. Si può intuire da parte della regina anche uno scatto di gelosia, nel vedersi carpire la pittrice dalla cognata Giovanna, che prima del suo arrivo era la dama più importante della corte spagnola.

Giovanna d'Asburgo era la figura femminile più vicina a Filippo: non solo era stata reggente del regno durante la sua lunga assenza, ma aveva contribuito ad allevare il nipote Carlo, che non aveva mai conosciuto la madre; quasi una compensazione del forzato abbandono, a soli tre mesi e senza più rivederlo, del proprio figlio Sebastiano, che come erede al trono del Portogallo non aveva potuto seguirla nel suo ritorno in Spagna dopo la vedovanza.

Ricca di interessi artistici, letterari e musicali, Giovanna li coltivava in disparte, perché la sua severa religiosità la portava a rifuggire le mondanità della corte.

La vita ascetica scelta da Carlo V dopo l'abdicazione sembrava costituire per i figli un modello ineluttabile: come Filippo con l'Escorial, anche Giovanna aveva fatto costruire, proprio vicino all'Alcazar, un maestoso convento, Las Descalzas Reales, che abitava come un palazzo, offrendo alle gentildonne e ai bambini della corte un rifugio dalla soffocante etichetta, un'occasione di istruzione e anche piacevoli intrattenimenti, spettacoli teatrali e concerti, da cui era escluso il pubblico maschile.

La richiesta di essere ritratta dall'italiana dimostra che Giovanna la sentiva in sintonia con i propri valori, apprezzandone la cultura e le doti di intelligenza e di comunicativa, che portavano una ventata d'aria fresca nel clima affettato, pomposo e ipocrita della corte.

A sua volta la pittrice stimava la sorella del re, che aveva saputo reggere un immenso Stato e ora si era ritirata dalla scena per dedicarsi allo studio e alla preghiera: in ricordo di lei, fece per sé una copia del ritratto, che poi finì a Broccardo Persico, comparendo nell'inventario dei suoi beni.

Questo ritratto ufficiale di Giovanna d'Austria, oggi assegnato a Sofonisba, fu in passato attribuito a Tiziano e a Sanchez Coello, ma la mano della cremonese si rivela in molti particolari, come l'impostazione della figura, simile a quella della regina Isabella, e lo sprazzo di cielo sullo sfondo.

Anche se lo spunto è ripreso dal ritratto dipinto da Mor nel '51, da cui Sofonisba ricalca anche il particolare del ventaglio nella mano, è tutta sua la trovata di inserire nel quadro una figura infantile, eco delle opere cremonesi.

La bambina, una delle piccole aristocratiche che Giovanna indirizzava alla vita religiosa nel convento delle Descalzas Reales, tiene in mano le tre rose simboleggianti i tre voti della vita monastica. Attraverso il gioco di contrasti, ricorrente nel suo codice stilistico, la pittrice esprime l'austera spiritualità di Giovanna senza ricorrere, come aveva fatto Mor, a un'espressione arcigna: è la variopinta figuretta della bambina bionda, vestita di velluto verde scuro con maniche gialle, a far risaltare la sobrietà della principessa, il cui abito nero è ravvivato soltanto da un cammeo bianco con la testa dell'imperatore suo padre.

La finissima intuizione di Sofonisba può aver attribuito alla figura infantile un ulteriore richiamo psicologico: l'immagine di Giovanna come custode e guida dei bambini della corte adombra la sua ricerca di espiazione per l'abbandono del figlio.

Dopo i ritratti della regina e della principessa, per completare la triade regale a Sofonisba non mancava che di immortalare il re in persona.

Sul momento dell'esecuzione il De Ribera si confonde, affermando che la pittrice subito dopo il ritratto di Isabella fece quello di Filippo, «che riuscì con non meno eccellenza. E poiché in quella stagione vacò una pensione nello stato di Milano di duecento scudi l'anno, Sua Maestà ne fè dono alla Signora Sofonisba». Le date non corrispondono, perché la pensione fu assegnata nel luglio del '61, quando l'Anguissola – secondo la precisa testimonianza della de Vineux – stava facendo il ritratto della regina per il papa. Poiché però la pensione cremonese, a causa di lungaggini burocratiche, fu trascritta dal Senato di Milano soltanto nel dicembre del '62, può essere che Filippo fosse intervenuto personalmente a sveltire la pratica in segno di apprezzamento per il ritratto fattogli nel frattempo.

Dato per disperso, il dipinto di Sofonisba era invece conservato sotto il nome di Alonso Sanchez Coello: il riconoscimento è stato consentito recentemente da moderne tecnologie che hanno evidenziato un'elaborazione di base meno minuziosa, più veloce e materica di quella dello spagnolo, compatibile invece con la tecnica di Sofonisba, che dipingeva i dettagli sulla superficie della tela. Una radiografia ha permesso poi di appurare un dato curioso: il quadro, che risaliva ai primi anni del soggiorno a Madrid della pittrice, fu accorciato e ridipinto una decina d'anni dopo, con un abito e una posa diversi, per adattarlo a fare da pendant al ritratto della nuova regina.

È l'unico ritratto di Filippo in cui il caratteristico mento sporgente degli Asburgo viene sfruttato per suggerire un'espressione distesa e sorridente, che Sofonisba aveva potuto osservare nel re durante gli anni felici del matrimonio con Isabella di Valois. D'altra parte il prognatismo che contraddistingueva la dinastia imperiale non veniva allora considerato sgradevole, in quanto era associato all'immagine stessa della regalità. Un ambasciatore veneziano disse di Filippo II: «Il labbro di sotto avanza alquanto quello di sopra, come suole essere in tutta la casa d'Austria, ma non causa bruttezza nella faccia, anzi le rende un non so che di grazia».

Aver soddisfatto i regali committenti consacrò la fama della pittrice: «L'eccellenza delle tali et altre sue opere, la resero di alto risuono e fama immortale» afferma il De Ribera «non pure in quella corte ma altresì per tutta la Spagna, Francia et altri remoti paesi».

In patria poi era considerata un'icona. Nel '60 comparve un sonetto in suo onore, di Traiano Dordoni, nel libro *Rime di diversi autori eccellentissimi* edito dallo stampatore Vincenzo Conti, un ebreo che, trasferitosi a Cremona su invito del Vida, ne pubblicò le opere, ed entrò a far parte del circolo d'amici che comprendeva Amilcare Anguissola.

Vede natura, e ne stupisce, e gode
Mentre a gara di lei spirto hanno, e vita
Le degne imprese della vostra mano.

V'inchina il mondo, e l'Occidente invita,
E chiama, e prega con estreme lode
A soggiornar coi Re fin da lontano.

E l'anno dopo lo stesso Vincenzo Conti, nell'opera *Lettere volgari di diversi uomini saggi e bei spiriti, scritte in diverse materie nuovamente stampate*, le indirizzava questo messaggio: «Ha in me più potuto il desiderio di rallegrarmi con Vostra Signoria, come amico e servitore che io sono al signor Amilcare Angosciola, padre suo degnissimo, intendendo con quant'arte, maniere e studio va aumentando, con l'opere sue stupende e buona creanza, la grazia del Serenissimo e Cattolico Re Filippo e Regina, che il timore che ho sempre avuto di scrivere in così basso stile a tant'alto soggetto; pure quale egli sia, umilmente pregarolla di degnarsi leggere queste mal messe parole, quali le saranno segno di quell'allegrezza che tengo nel cuore, nel sentir ricordare, come faccio, le mirabili imprese prodotte dalla leggiadra e dotta mano di Sua Signoria; i frutti della quale si possono non solamente accostare presso quelli degli antichi e moderni pittori, ma di gran lunga avanzandoli, Ella può girsene di pari passo con la Madre Natura camminando, et a gara con essa operando, rimanere invincibile».

Dopo i sovrani, i più alti personaggi della corte si disputavano il privilegio di farsi ritrarre, conquistati dalla sua maestria e dal suo carattere amabile: «Era di cotanto risuono per le sue virtù interne et esterne» racconta il De Ribera «che era in alto credito presso ognuno».

Da un inventario risulta che per il duca d'Alba – cui doveva molta gratitudine perché per primo l'aveva raccomandata al re – dipinse tre opere, di cui due ritratti:

uno poteva essere del duca stesso, l'altro della moglie, che Sofonisba frequentava regolarmente perché era la prima dama della regina e forse l'alloggiava nei suoi appartamenti. Il soggetto del terzo quadro era una Santa Caterina: evidentemente non aveva abbandonato il filone dei quadri sacri da stanza.

Ritrasse anche i giovani della famiglia reale. Uno dei primi a posare per lei (se si accetta un'attribuzione di Maria Kusche, controversa ma che vale la pena di prendere in considerazione) fu Alessandro Farnese, figlio del duca di Parma e di Margherita d'Asburgo, figlia naturale di Carlo V. Destinato a diventare uno dei più grandi strateghi del suo tempo, tra il '59 e il '65 fu educato in Spagna, seguendo alcuni corsi all'Alcalà de Henares insieme al principe ereditario Carlo.

Anche questo ritratto tradizionalmente è attribuito a Sanchez Coello, ma i lineamenti del giovane sono troppo avvenenti per essere nati dall'impietoso pennello del pittore spagnolo; inoltre il gesto di infilarsi il guanto, interrompendo la staticità della posa, rientra nel gusto naturalistico di Sofonisba. Riconosce poi Maria Kusche la mano femminile nell'adozione del formato di tre quarti, che evitava di dover dipingere l'imbarazzante braghetta a forma fallica, dissimulata sotto il mantello.

Ma c'è un altro dato che avvalora l'ipotesi: il ritratto fu trasferito pari pari nell'affresco dei fasti farnesiani dipinto nella villa di Caprarola per volontà dello zio del ragazzo, il cardinale Alessandro Farnese, che aveva quindi avuto modo di vedere il quadro, forse attraverso una replica. Infatti l'autore degli affreschi, Taddeo Zuccari, nel disegno preparatorio non aveva previsto la figura del giovane Alessandro, inserita solo al completamento della sala, nel 1563. L'aggiunta si potrebbe spiegare come un tributo d'ammirazione del cardinale all'opera della pittrice che tempo prima aveva frequentato la corte dei Farnese, dove aveva immortalato Giulio Clovio.

L'intensificarsi della sua attività pittorica fa pensare che la regina lasciasse a Sofonisba più tempo libero. In effetti la maggiore preoccupazione di Isabella in quel periodo era riuscire ad assicurare un erede al trono. Nel luglio del '62 sembrò che fosse rimasta incinta, ma tutta la corte piombò nella delusione quando si rivelò un falso allarme.

Nel '63 Filippo si allontanò per un viaggio di diversi mesi in Aragona, e la suocera impaziente gli scriveva di affrettarsi a «giustificare la nostra opinione che sia un bravo marito».

Rientrato nel maggio del '64, si accinse a dimostrare tutto il suo impegno, conducendo la moglie nella più idilliaca delle residenze reali, il nuovissimo palazzo di Aranjuez, nei dintorni di Madrid, sulla riva del Tago, in un'oasi di lussureggiante vegetazione che sorgeva quasi per magia in una zona arida e brulla.

Era stato Filippo stesso a disegnare il parco secondo le suggestioni estetiche ricevute dal suo primo viaggio nelle Fiandre, nel '51: invece delle piante utili – come olivi e mandorli – che solitamente si coltivavano nei giardini spagnoli, aveva voluto piante ornamentali, sostituendo i muretti con le siepi e creando laghetti artificiali. Quando il re era ripartito, nel '54, i giardinieri avevano lasciato morire quelle piante che non davano frutti e per questo furono licenziati al ritorno di Filippo, che assunse giardinieri fiamminghi e ordinò nuove piante da tutto il mondo.

I giardini più belli rimasero quelli di Aranjuez, ma in ogni residenza reale Filippo esigeva parchi vasti e rigogliosi, come quello del Bosco a Valsaín, vicino a Segovia, e quelli del Pardo e della Casa del Campo, vicini a Madrid. Anche nella nuova reggia-monastero dell'Escorial aveva disposto che ci fossero dodici grandi aiuole che ogni mese dovevano colorarsi di fiori diversi.

La vacanza ad Aranjuez fu una vera luna di miele: Filippo e Isabella erano inseparabili, si appartavano per privati spuntini sulle rive del Tago, scoprivano insieme le gioie dell'intimità coniugale che Filippo nei matrimoni precedenti non aveva mai provato. I risultati non tardarono, perché a luglio la regina restò incinta.

Per l'entusiasmo il re indisse festeggiamenti e luminarie nella capitale, ma ad agosto Isabella incominciò ad accusare disturbi, ebbe abbondanti emorragie dal naso e i medici si accanirono con rimedi controproducenti che non solo provocarono l'aborto, ma la condussero in pericolo di vita; fu un medico italiano a salvarla.

Sofonisba aveva il dono di rendersi gradita anche nei momenti più critici, e appena superato il peggio Isabella le dimostrò la sua riconoscenza: «quando le dava una veste fregiata riccamente d'oro di gran valore, e quando una collana con gioie e vezzi di perle» riferisce il De Ribera «et altre cose reali di maniera che si trovava riccamente vestita et ornata».

Tutta fiera dei doni ricevuti, Sofonisba nel '64 dipinse un autoritratto aggiornato alla sua nuova immagine, indossando un vestito di stoffa preziosa, «alla spagnola», chiuso al collo con la lattuga, l'ampia gorgiera inamidata; alle orecchie esibiva grosse perle, come pure nell'acconciatura, intrecciate ai capelli non più tirati indietro ma, secondo la moda, più gonfi, raccolti a creare con il loro volume una sorta di diadema.

Si sente che è sicura di sé, abituata a un lussuoso stile di vita, anche se il favore reale non la metteva al riparo da sistematici disguidi nei pagamenti dello stipendio: inadempienza abbastanza abituale, perché la mancanza di liquidità, stigma economico dell'epoca, non risparmiava nemmeno la corte.

Nel '60 le fu versata solo la somma relativa al secondo semestre; nel '61 ricevette 17.000 maravedì da parte del duca d'Alba – che evidentemente si sentiva responsabile per la pittrice – come sovvenzione straordinaria, e nel '62 e nel '63 non risultano dai registri pagamenti a suo nome, tanto che nel dicembre del '63 inoltrò un reclamo al tesoriere, il quale peraltro le versò all'inizio del '64 soltanto un anticipo di quanto le era dovuto, mentre per gli arretrati dovette attendere il '65.

Nella primavera del '65 Sofonisba, al seguito di Isabella, affrontò un lungo viaggio attraverso la Spagna. Nella cittadina basca di Bayonne, nei bassi Pirenei, la regina Caterina de' Medici aveva organizzato un incontro tra i sovrani cattolici per presentare ufficialmente il giovane Carlo IX, salito al trono di Francia dopo la morte prematura del fratello Francesco II, e per raccogliere indicazioni su come estirpare l'eresia protestante, in osservanza ai decreti del Concilio di Trento, che si era da poco concluso. Isabella, che insieme al duca d'Alba rappresentava ufficialmente Filippo, aveva il compito di convincere la madre a reprimere con durezza le rivendicazioni degli ugonotti.

Ad accompagnarla nel viaggio designò soltanto le dame francesi, con due eccezioni, registrate da Pierre de Bourdeilles, sire di Branthome, che si univa all'unanime coro di elogi tributati a Sofonisba non solo per il talento ma per le qualità umane: «Di tutte le spagnole che aveva, la regina non ne portò alcuna con le francesi a Bayonne, tranne Maddalena Giron, sua dama d'onore. E portò anche la signora Sofonisba, italiana, damigella cremonese, bella e onesta fanciulla, e dolce, che era piena di virtù, e soprattutto sapeva dipingere bene e ritrarre dal naturale».

Partirono il 9 aprile e arrivarono a Bayonne il 15 giugno: madre e figlia si rivedevano dopo cinque anni.

L'intera cittadina fu trasformata in un palcoscenico. Sulla via principale sfilarono spettacolari carri allegorici: da uno di questi, dedicato alle Virtù, scesero cinque damigelle che rappresentavano la Prudenza, la Costanza, la Giustizia, la Temperanza e la Fortezza, e cantando distribuirono a Isabella e alle sue dame raffinati gioielli ispirati alle virtù donatrici.

È probabile che in occasione di quella riunione familiare sia stato chiesto all'Anguissola di dare un saggio della sua abilità, di cui la regina madre Caterina aveva tanto sentito parlare. Potrebbe in effetti risalire all'incontro di Bayonne un ulteriore ritratto di Isabella, dall'espressione più seria e matura, in cui la regina tiene in mano una miniatura raffigurante il marito, in modo da segnalare che lo rappresentava ufficialmente. L'espediente del ritratto nella mano ricorda lo stesso gesto di Giulio Clovio con la miniatura dell'allieva Lavinia.

In quegli anni di gratificanti successi professionali e mondani non mancarono a Sofonisba momenti di dolore, perché perse due sorelle. Nel '64 morì Minerva, l'unica non pittrice tra le Anguissola, ma «eccellentissima in lettere latine e volgari» come ricordano Antonio Campi e altri biografi.

Sofonisba volle ricordarla con un ritratto postumo: questa ipotesi suggestiva, dovuta a un'intuizione di Angela Ghirardi, risolverebbe gli interrogativi attorno a un quadretto attribuito alla mano di Sofonisba e raffigurante una giovane donna molto somigliante all'artista.

La fanciulla porta sul petto un medaglione con l'immagine della dea Minerva, chiaro richiamo onomastico, che costituirebbe anche un omaggio alle qualità intellettuali della sorella letterata; l'età sembra attorno ai vent'anni, quanti al momento della morte doveva averne la quarta delle sorelle Anguissola.

Ad avvalorare la supposizione che il ritratto sia stato dipinto in Spagna per commemorare la sorella scomparsa è l'intonazione celebrativa, propria della ritrattistica internazionale, che Sofonisba aveva mutuato dallo stile di corte; infatti pur se l'abito è realisticamente di foggia italiana, con il collo della camicia aperto davanti come negli autoritratti cremonesi, la raffigurazione di distintivi sociali come i gioielli e il manicotto di pelliccia proviene da un canone di matrice spagnola che impedisce l'attribuzione alla mano di un'altra delle sorelle Anguissola. La staticità della figura e la fissità dello sguardo, discrepanti dalla vivacità rappresentativa di Sofonisba, si spiegherebbero con l'impossibilità di dipingere «dal naturale», dovendo rievocare l'immagine dell'amata sorella solo attraverso lo specchio evanescente della memoria.

Nel '65 morì Lucia, che era stata allieva della sorella e sua degna emula. Secondo Antonio Campi «dava saggio di riuscire uguale e forse superiore alla Sofonisba nella pittura», e il Vasari confermò: «Una sorella di Sofonisba, chiamata Lucia, morendo ha lasciato di sé non minor fama di quella di Sofonisba, mediante alcune pitture di sua mano non meno belle di quelle della sorella».

Il Vasari aveva raccolto notizie a Cremona, dove si era recato appositamente per saperne di più su Sofonisba, come raccontava il 15 maggio 1566 a un amico fiorentino: «Dopo la mia partenza da Milano, (...) arrivammo l'altro giorno a Cremona, e vedute le meraviglie della Sofonisba e l'altre cose, ce ne andammo a Brescia».

Puntualmente, nella seconda aggiornata edizione delle *Vite*, aggiunse la cronaca della sua visita a casa Anguissola, descrivendo i quadri della *Partita a scacchi* e del *Ritratto di famiglia* che erano piazzati sulle pareti in posizione d'onore.

Il Vasari era anche stato colpito dalle due sorelle rimaste, in particolare da Europa, che doveva essere all'incirca diciottenne ma per la grazia infantile emanata dal volto paffutello e dagli occhioni ingenui, come tutte le Anguissola dimostrava molto meno della sua età: «La sorella chiamata Europa, che ancora è in età puerile e alla quale, che è tutta grazia e virtù, ho parlato quest'anno, non sarà, per quello che si vede nelle sue opere e disegni, inferiore né a Sofonisba né a Lucia sue sorelle. Ha costei fatto molti ritratti di gentiluomini in Cremona, che sono naturali e belli. (...) E poiché Anna, quarta sorella, ancora piccola fanciulletta, attenda anch'ella con molto profitto al disegno, non so che altro mi dire, se non che bisogna avere da natura inclinazione alla virtù e poi a quella aggiungere l'esercizio e lo studio, come hanno fatto queste quattro nobili e virtuose sorelle, tanto innamorate d'ogni più rara virtù e in particolare delle cose del disegno, che la casa del signor Amilcare Angosciola (perciò felicissimo padre d'onesta e onorata famiglia) mi parve l'albergo della pittura, anzi di tutte le virtù».

All'inizio del 1566 la regina Isabella restò nuovamente incinta. La gravidanza questa volta procedeva bene, e ai primi caldi fu deciso che si trasferisse a partorire nel palazzo di Valsaín, circondato dall'immenso parco del Bosco, dove avrebbe potuto godere di un po' di frescura durante l'estate.

Prima di partire Isabella, pervasa da funesti presentimenti – inevitabili data la traumatica esperienza precedente – volle fare testamento. Le stava particolarmente a cuore la sorte delle sue dame, forse perché conosceva l'irregolarità con cui erano versati i loro stipendi, e le affidava con tenerezza alla protezione personale del re: «Supplico il Re mio signore che abbia raccomandate tutte le mie dame e serventi, e che tutte ricevano mercede conforme alla loro qualità e persona, perché ho per tutte un particolare affetto e da tutte ho ricevuto un buon servizio, e meritano che Sua Maestà le abbia in totale favore, aiutandole nelle doti e ad accasarsi, perché io non dispongo di beni sufficienti a dotare le mie damigelle come meritano, come persone e figlie dei loro padri, pertanto torno a supplicare Sua Maestà che io riceva da lui questo favore, e con questa fiducia partirò consolata da questa vita».

Seguiva l'elenco delle dame con i relativi legati; l'italiana, in segno di particolare favore, è nominata per terza, subito dopo la dama d'onore francese e quella spagnola: «Lascio a Sofonisba tremila ducati e una pezza di broccato per il letto». Il lascito non sostituiva, ma integrava la dote, che sarebbe stata a carico del re.

Ai primi di agosto la regina sembrò entrare un po' anticipatamente in travaglio, e subito Filippo accorse al suo capezzale, ma era un falso allarme, che però la indebolì lasciandole qualche strascico febbrile. Il re andava a trovarla cinque volte al giorno, e quando il 12 agosto iniziarono le doglie volle starle vicino, con la mano nella mano, somministrandole personalmente una pozione inviata dalla regina madre allo scopo di facilitare il parto, che forse – data la fama sinistra di Caterina, sempre circondata da astrologi e alchimisti – aveva sollevato la diffidenza dei medici spagnoli. Nacque una bambina, che fu chiamata Isabella Clara.

In quel momento felice, Sofonisba doveva essere molto vicina alla regina, perché ricevette la promessa che sarebbe stata la prima maestra dell'infanta, come si arguisce da un'affermazione del De Ribera: «La Maestà della Regina ebbe una figliola che, dopo alquanti anni di allevamento, fu data in governo e custodia della signora Sofonisba, per ordine delle due Maestà».

Non in grado, per la sua inesperienza, di badare alle necessità di una neonata, l'italiana era designata a occuparsi di lei più avanti; il biografo non specifica in che circostanze fu presa tale decisione, ma poiché l'attribuisce a entrambi i genitori e la regina non sarebbe vissuta abbastanza per concedere quell'onore a tempo debito, possiamo pensare che Isabella l'avesse promesso in uno slancio affettuoso poco dopo la nascita dell'infanta. L'altra alternativa è che affidasse il compito a Sofonisba sul letto di morte. Un impegno così a lungo termine presuppone che la pittrice avesse abbandonato l'idea di sposarsi, pensando di votare la sua vita alla regina e all'infanta.

Il re si dimostrò palesemente felice di essere di nuovo padre – Isabella Clara sarebbe rimasta sempre la prediletta tra i suoi figli – nonostante aspettasse con ansia la nascita di un maschio, perché le condizioni del primogenito Carlo peggioravano costantemente ed era ormai chiaro che non sarebbe stato in grado di regnare.

Ai problemi di ritardo mentale se ne aggiungevano di fisici: soffriva fra l'altro, come del resto il padre, di febbri malariche, ma soprattutto aggravava i suoi disturbi abbandonandosi a stravizi alimentari e alcolici. Nel '62, in seguito a una rovinosa caduta dalle scale, aveva battuto la testa, perdendo la vista e in parte la mobilità, poi recuperate con una trapanazione del cranio, perfettamente riuscita ma che aveva acutizzato i suoi sbalzi d'umore.

«Di norma è così pazzo e furioso che tutti compiangono la povera donna cui toccherà di vivergli accanto» scriveva l'ambasciatore francese, sconsigliando alla regina Caterina di intavolare trattative per fidanzarlo alla sorella minore di Isabella, Margot.

Aggressivo e collerico, il principe Carlo aveva però una rispettosa stima per Sofonisba, che vedeva spesso perché passava molto del suo tempo presso la matrigna sua coetanea, insieme agli altri giovani della famiglia reale. «Il figlio del Re volle essere da lei ritratto in piedi, al naturale» attesta il De Ribera «il quale fece cotanto simile, e pieno del magistero dell'arte, vestito d'una fodera di lupo cerviero et altri ornamenti vaghi sopramodo che rendeva meraviglia. Alla quale diede quel liberalissimo principe un diamante di quattro facce, di valore di millecinquecento scudi.»

Con la megalomania caratteristica della sua personalità disturbata, il giovane Carlo, entusiasta del ritratto fattogli da Sofonisba, pretese che Sanchez Coello, che era pur sempre il pittore ufficiale di corte, ne eseguisse ben tredici copie.

Il quadro, noto appunto grazie a una copia, presenta parecchie affinità con quello di Alessandro Farnese, ad esempio nel dinamismo del gesto istantaneo; ma se il Farnese s'infilava un guanto, il principe Carlo tiene la mano destra sull'elsa della spada e con la sinistra sembra voler sguainare il pugnale che porta alla cintura. Tale atteggiamento iconografico non era inedito – compare anche in un ritratto di Carlo V bambino – però con il suo intuito psicologico Sofonisba inserisce nello sfarzo dell'immagine un'inquietante allusione all'uso avventato delle armi da parte del principe, che effettivamente più volte, convocato dal padre alle riunioni del Consiglio di Stato, aveva brandito il pugnale contro i ministri.

Naturalista meticolosa nei dettagli, nella descrizione fisica Sofonisba deliberatamente abbellì il principe, allargandone la figura per dissimulare gli accentuati difetti fisici – come la gibbosità del dorso e la sproporzione tra una gamba e l'altra – che invece spiccano nei ritratti di Sanchez Coello, sgraditi a Carlo che per questo aveva punito il pittore costringendolo a copiare l'opera dell'italiana.

Anche il re apprezzò che Sofonisba avesse raffigurato suo figlio con l'aspetto di una persona normale, tanto che scelse proprio quel ritratto per la galleria di famiglia del palazzo del Pardo.

Non si faceva però illusioni sulle reali condizioni del figlio: «Se non fosse per quello che ne direbbe la gente» scriveva l'ambasciatore francese nell'agosto del '67 «il re rinchiuderebbe don Carlos in una torre per renderlo più docile».

Il principe ormai era in contrasto aperto col padre, che stava vivendo uno dei momenti più difficili del suo regno: erano in rivolta le province protestanti dei Paesi Bassi, che tentavano di staccarsi dall'impero. Non mancava chi, strumentalizzando le debolezze del principe, lo sobillava contro il padre, tanto che nell'autunno del '67 si sparse la voce che Carlo si preparava a raggiungere i Paesi Bassi del Nord per sostenere i ribelli.

Era più che mai necessario alla Corona un altro erede, per questo subito dopo il parto Isabella – senza nemmeno aspettare di rimettersi completamente dalle febbri puerperali che l'avevano tormentata – affrontò il rischio di una nuova gravidanza. Rimasta incinta nei primi mesi del '67, il 6 ottobre diede alla luce un'altra bambina, Caterina Micaela.

Questa volta il re, che era tornato apposta dalle Fiandre per essere presente alla nascita, non seppe celare la delusione: si rifugiò per due settimane ad Aranjuez, cercando conforto nei floridi giardini colorati dall'autunno mentre il suo braccio armato, il duca d'Alba, si meritava nelle Fiandre la nomea di fanatico sanguinario per i massacri di massa perpetrati sugli eretici riottosi.

Filippo fu di ritorno a Madrid il 19 ottobre per il battesimo, poi si spostò all'Escorial per controllare l'andamento dei lavori. Il gigantesco edificio, dedicato a San Lorenzo, era stato ideato da Filippo come mausoleo di famiglia per ricordare la vittoria di San Quintino, avvenuta il 10 agosto 1557, giorno di San Lorenzo, al cui martirio si era ispirato anche per la configurazione della pianta a forma di graticola, il cui lato maggiore superava i duecento metri.

In parte adibito a reggia e in parte a convento, con un'imponente basilica al centro destinata al Pantheon degli Asburgo, l'Escorial appariva come una metafora del regno di Filippo, in cui potere politico e potere religioso s'intrecciavano in una struttura maestosa ma rigida, opulenta ma opprimente, pervasa da un'ossessione di morte.

Il re vi si ritirò in preghiera, prima di prendere la decisione più difficile della sua vita: il figlio andava neutralizzato perché rischiava di diventare uno strumento in mano ai suoi nemici. Tornò a Madrid il 17 gennaio '68, convocando i consiglieri più fidati e i più ineccepibili teologi per consultarli sui provvedimenti da prendere nei confronti del principe Carlo. Quella notte stessa guidò personalmente un drappello di guardie per arrestare il figlio e rinchiuderlo nella torre del castello di Arévalo.

I potenti del mondo presero atto della deliberazione di Filippo senza stupirsene più di tanto. Scriveva Juan de Zúniga, ambasciatore a Roma: «Il Re non ha fatto conoscere a Sua Santità alcun motivo particolare del suo atto, ma penso che non si sia trattato d'altro che della condizione mentale, a tutti noi ben nota, in cui versa il principe».

Ma l'immaginazione popolare, eccitata dalla fama di crudeltà guadagnata dal re con le spietate persecuzioni contro i protestanti, trasformò la disgrazia di un padre nella turpe macchinazione di un tiranno geloso, assegnando la parte della donna fatale alla giovane regina: uno scabroso triangolo che trasposto in teatro avrebbe nei secoli agghiacciato le platee.

Indubbiamente Isabella fu molto turbata dall'arresto del figliastro, essendo tra le persone che gli erano più vicine. La sera prima, come quasi tutte le sere, Carlo aveva giocato a carte nelle sue sale, perdendo come sempre tutto quello che aveva nella borsa.

Filippo impose alla regina – e di conseguenza a tutto il suo entourage – di evitare qualsiasi commento, per non alimentare i pettegolezzi; attorno al principe doveva chiudersi il silenzio: «È stato rapidamente posto nel dimenticatoio» osservava l'ambasciatore francese «e se ne parla meno che se non fosse mai venuto al mondo».

Costretta a un distacco di facciata, soltanto con Sofonisba, che aveva condiviso l'indulgenza per lo sfortunato principe, la regina poteva abbandonarsi all'impeto delle contrastanti emozioni destate in lei da quel caso orribile.

Con Carlo ufficialmente fuori gioco, l'obbligo di

procreare un erede maschio diventava per Isabella un imperativo improrogabile, che non consentiva di frapporre ai due parti ravvicinati un ragionevole intervallo per consentirle di riprendere le forze. Nella primavera del '68 era nuovamente incinta. Per impetrare la nascita dell'erede maschio, nel mese di maggio volle intraprendere un pellegrinaggio al monastero della Penitenza di Valladolid: una ricerca di conforto che rivela tormentosi presentimenti.

La pittrice come sempre seguiva la sua regina, coprendo almeno in parte il disagevole tragitto a dorso di mulo; da una delibera di pagamento risulta l'affitto di una mula «per Sofonisba dama della regina».

Il viaggio non fece che indebolire Isabella, che deperiva ogni giorno di più. Il declino della salute era aggravato dai dispiaceri, come quello della scomparsa – avvenuta il 24 luglio – del principe Carlo, che nella sua prigione si era lasciato morire d'inedia. «Trascorre le giornate nelle lacrime» diceva di lei l'ambasciatore francese, che peraltro non le aveva risparmiato la notizia di una grave malattia di suo fratello Carlo IX.

Ma l'elemento più funesto erano le dissennate terapie dei medici, che per contrastare i suoi continui deliqui infierivano con clisteri e salassi togliendole ogni energia. Il 3 ottobre, dopo aver abortito una creaturina di sesso femminile, Isabella morì. Il suo corpo fu vestito, per volontà del marito, del saio francescano: Sofonisba fu probabilmente tra le donne che chiesero di compiere quell'estremo gesto d'affetto.

«La signora Sofonisba dice che non vuole più vivere» scriveva il 4 ottobre al duca Francesco Maria della Rovere l'ambasciatore urbinate Bernardo Maschi, il quale aveva raccolto la reazione emotiva della pittrice, confermando il rapporto simbiotico con la regina, che negli ultimi angosciosi mesi doveva aver raggiunto un apice d'intensità.

Se l'Anguissola sentì il bisogno di esprimere il suo dolore attraverso un quadro, lo fece dipingendo una piccola Pietà, in cui la Madonna tiene in braccio il corpo abbandonato del figlio quasi a volerlo nuovamente accogliere dentro di sé. Poiché si tratta di un soggetto mai affrontato, a quanto si sa, da Sofonisba, incline invece ai dolci temi della Sacra Famiglia e della Vergine col Bambino, è probabile che in quell'immagine dolente tentasse di stemperare il proprio lutto imitando la fede amorosa di Maria.

Non si tratta di un'invenzione, ovviamente, ma di una copia da Bernardino Campi che rispondeva perfettamente all'intenzione della pittrice. La pala originale, arricchita da un contorno di figure di santi, fu collocata in una chiesa di Crema nel 1574: è quindi impossibile che Sofonisba l'avesse vista. Sappiamo però della sua corrispondenza con il maestro, che comprendeva anche scambi di disegni e dipinti: non è escluso che il Campi le avesse inviato lo schizzo della Pietà, un modulo da lui stesso riprodotto più volte, e con ogni probabilità già pronto parecchio tempo prima della sua utilizzazione per la pala di Crema. Ogni pittore aveva un suo repertorio di soggetti sacri da riproporre in diverse misure e varianti a seconda delle committenze.

In effetti la piccola Pietà attribuita all'Anguissola per la prima volta da Adolfo Venturi nel 1933, in precedenza era assegnata a Bernardino stesso. Ad appoggiare la sua ipotesi il Venturi sottolineava «l'influsso parmigianinesco nelle mani affilate della Vergine, nella delicatezza del volto a punta», di gusto estraneo al Campi, che Sofonisba avrebbe tratto dal Sojaro.

Al conforto della religione si era rivolto anche Filippo II, distrutto dall'accanimento di un destino che gli strappava anche la terza moglie, e l'unica con la quale avesse costruito un autentico rapporto d'affetto: subito dopo il funerale si rifugiò per due settimane nel monastero madrileno di San Gerolamo e poi, dal 21 ottobre, sempre da solo e sfuggendo ogni compagnia, all'Escorial: ripercorreva il cammino spirituale di suo padre, che dopo l'abdicazione aveva scelto di vivere in un convento.

Rintanato all'Escorial Filippo, pur continuando a regnare, avrebbe condotto un'esistenza monastica, e suo padre gli sarebbe stato vicino: erano passati dieci anni dalla morte di Carlo V, e nell'anniversario l'imperatore fu inumato nella solenne cripta della basilica dell'Escorial, il Pantheon reale a pianta ottagonale appena terminato, rivestito di diaspro e porfido e rilucente di decori bronzei.

Intanto al palazzo reale dell'Alcazar dominava la confusione, perché la corte di Isabella stava per sciogliersi: «La duchessa d'Alba governa le Infante e le dame della Regina fino a quando il Re cattolico avrà deciso le loro sorti, perché ella si vuol ritirare» riferiva l'ambasciatore francese il 30 ottobre a Caterina de' Medici. Lo stesso giorno Bernardo Maschi, che teneva i contatti con Sofonisba, si rivelava più informato: «Le dame francesi che facevano parte della corte della Regina tornano in Francia, delle spagnole si dice che torneranno a casa e la signora Sofonisba si fermerà forse con la Principessa».

La sorella del re, Giovanna, prostrata per le tragedie familiari e politiche che squassavano il regno, in quei giorni era in preda a un attacco febbrile, e Sofonisba si era evidentemente messa a sua disposizione. L'attenzione al concreto, che affiora sempre nei suoi quadri, faceva parte della sua personalità, e la rendeva insostituibile nei momenti di bisogno.

Appena rimessa in piedi, Giovanna dedicò la sua attenzione alle nipotine orfane: «La principessa Giovanna si reca spesso a visitare le Infante oppure la duchessa d'Alba se le fa portare e insieme vanno a trovarla» riferiva l'ambasciatore francese il 18 novembre. È probabile che Sofonisba, essendo legata sia a Giovanna che alla duchessa d'Alba, fosse insieme a loro presso le infante.

Era la duchessa a tenere i collegamenti tra il re, che cominciava a riprendersi, le infante e le dame ancora incerte sul da farsi: «Il Re sta bene, e così pure le Infante, sulle quali vigila con attenzione e cuore la duchessa d'Alba, che governa tutta la casa della Regina loro madre» affermava l'ambasciatore francese, e poiché aggiungeva che la duchessa aveva con sé alcune dame, è facile immaginare che Sofonisba fosse nel numero: «siccome è stata, fin dal primo giorno, prima dama di servizio della Regina, ha sempre ospitato alcune delle dame di Sua Maestà e continua a tenerle con sé a mangiare allo stesso tavolo come una badessa con le sue monache.»

Ma non era soltanto per lo stretto rapporto con le due dame che sovrintendevano alle infante che Sofonisba si dedicava alle bambine: erano per lei immagini viventi dell'amata regina, e non dimenticava il suo impegno nei confronti della primogenita, che le era stata destinata come allieva.

Presso le infante stava spesso anche il re, il quale riversava sulle figlie tutto il sentimento che Isabella aveva saputo suscitare nel suo cuore: «Sono l'unica consolazione che mi resta» scriveva alla suocera «dato che il Signore mi ha privato della compagnia della Regina loro madre».

Caterina de' Medici molto pragmaticamente lo esortava a risposarsi, proponendogli la figlia minore, Margot, ma Filippo tergiversava: «Essendo il mio animo ancora preso da tristezza e da amaro dolore, non desidero altro che rimanere così come sono. Tuttavia il problema della successione è quello che è e (...) dato l'obbligo che noi sovrani abbiamo al riguardo, non posso fare a meno di piegarmi ai suggerimenti che in merito si è incominciato a porgermi».

I suggerimenti puntavano su una moglie scelta in famiglia. Il cardinale Diego de Espinosa, inquisitore generale e presidente del Consiglio di Stato, prese contatti con la corte di Vienna perché al re fosse data in sposa la nipote Anna, figlia di sua sorella Maria e del cugino imperatore Massimiliano II d'Asburgo.

Filippo però era ancora stordito dal dolore: «Non mi dispiace il lento procedere delle vostre trattative in Germania» scriveva al cardinale «perché una cosa è sicura: io non sono fatto per il mondo come è adesso. (...) Vorrei trovarmi in una posizione diversa dalla mia, cioè non così alta come quella che Dio mi ha dato, che a me risulta tanto tremenda».

Prima ancora che al proprio matrimonio, Filippo aveva incominciato a pensare alla sistemazione delle dame della moglie, come lei stessa aveva insistentemente raccomandato.

Se Sofonisba aveva progettato di rinunciare a sposarsi per restare al fianco della sovrana, ora il suo futuro appariva sotto una luce diversa, e Filippo stesso la invitò a pensare alle nozze: «Sua Maestà» racconta il De Ribera «accennò di avere a grado che si maritasse in Spagna, venendole esposto da un Cavaliere segnalato»; il gentiluomo scelto dal re per parlare a Sofonisba del delicato argomento era Diego de Cordoba, in mancanza di Broccardo Persico che era tornato in Italia stabilendosi a Milano. A quel punto ormai, perduta la speranza che il conte potesse ottenere una dispensa per sposarsi, era indispensabile che Sofonisba si trovasse un'onorevole sistemazione, dato che la nuova regina avrebbe cambiato l'organico delle dame.

Con la proposta di accasarla in Spagna, Filippo aveva certo in mente di trattenerla presso di sé destinandola, come era stato previsto, al servizio dell'infanta Isabella Clara, ma la vita di corte senza la sua regina non aveva più attrattive per Sofonisba, la quale rispose che «dovendosi maritare, ciò fosse (con buona grazia di Sua Maestà) in Italia».

La scelta di lasciare la Spagna dimostra che la pittrice non si era mai sentita parte dell'artificioso apparato della corte, con le sue occulte e convulse tensioni. Un gioco di società ideato a Madrid qualche anno dopo, «la Filosofia dell'uomo di corte», riproduce con intenti parodistici le peripezie che attendevano i carrieristi: si seguiva un percorso di sessantasei caselle – la durata di una vita – disseminato di ostacoli e promozioni. Si avanzava velocemente se si capitava su caselle come la «casa dell'adulazione» o la «casa del favorito», ma si retrocedeva se si incappava nel «pozzo dell'oblìo» o nel «cambio dei ministri»; chi poi si fermava al numero 43, «morte del protettore» doveva inesorabilmente ritornare al punto di partenza.

Avere un tal genere di cortigiano per marito era ben lontano dalle aspirazioni di Sofonisba, anche se sarebbe stato effettivamente più facile accasarsi in Spagna, dove l'influenza del re era più diretta ed era più agevole vagliare l'idoneità dei candidati. La sua età piuttosto matura, sopra i trentacinque anni e quindi con scarse speranze di prole, contribuiva a complicare la ricerca.

In compenso in Italia era una celebrità e il suo viso, grazie agli autoritratti in parte forse spediti dalla Spagna e in parte moltiplicati ad opera delle sorelle, compariva in tutte le più importanti collezioni di personaggi illustri.

«Il ritratto della signora Sofonisba ci mostra una gran contesa che in questa signora fanno la bellezza dell'animo con quella del corpo, in modo che la scintillante stella di Venere in cielo, non splende sì chiara e bella come questa in terra.» In questi termini entusiastici il collezionista Sebastiano Erizzo il 2 ottobre 1570 ringraziava il cremonese Pietro Antonio Tolentino (proprietario della galleria di ritratti illustri che le sorelle Anguissola avevano contribuito ad arricchire) per il prezioso dono ricevuto. Esprimendo in chiave neoplatonica la sua valutazione estetica, affermava di sentirsi trasportato dalla bellezza di Sofonisba alle più nobili emozioni: «Tale vivacità si scorge dai rai dei suoi begli occhi, per i quali, come per vivi cristalli, l'anima umana risplende, che io assicuro a Vostra Signoria che non mi posso saziare di mirarla, empiendomi ognora più di meraviglia e di stupore».

Nonostante la sua fama, o forse proprio a causa di essa, ogni trattativa si arenava. Escluso il ritorno a Cremona, sia perché non vi si trovavano partiti all'altezza del suo rango sia per evitarle il disagio di rientrare sotto l'egida paterna, si cercò un pretendente adatto nello Stato di Milano o nelle immediate vicinanze.

Diego de Cordoba, incaricato di risolvere la questione, incontrò non poche difficoltà: «Circa quel negozio che si pretende per la sistemazione di Sofonisba» scriveva al cardinale Espinosa, che faceva da tramite con il re, «quello che posso dire è che Ercole Visconti, che sta qui con Vespasiano Gonzaga ed è primo cugino del suddetto Vespasiano e signore di due feudi nello Stato di Milano e uno in Piacenza, e ha una ragionevole rendita, aveva espresso nei giorni passati volontà di accasarsi con la suddetta signora, ma ora non ne ha più intenzione, in modo che non possono procedere le trattative matrimoniali, come ha inteso anche lo stesso Vespasiano».

L'onere di vagliare i possibili candidati in Italia era stato assunto – non sappiamo in quale stato d'animo – da Broccardo Persico, che riscontrava analoghi intoppi, come riferiva Diego de Cordoba al cardinale: «C'è poi Cesare Casato, nato a Novara, cavaliere di casa illustre, che ha seimila scudi di rendita e gente d'arme, ed è uomo molto importante, per il credito e amici che ha, per il quale nei giorni passati il conte Broccardo mi scrisse che facendogli grazia del governo di Novara sposerebbe Sofonisba, al quale ho fatto rispondere che non è possibile darglielo, e così scrissi al conte Broccardo chiedendogli di trovare qualche alternativa diversa per riuscire a portare felicemente a termine la faccenda ed ella se ne potesse partire, dato che la Regina nostra signora era morta e Sua Maestà desiderava che partisse, al che mi rispose che non dandogli quel governo non avrebbe accettato altro.

«Ora, parlando di ciò con il conte della Somaglia, mi ha confermato che trattando lui e il conte Broccardo con il suddetto Cesare Casato del negozio, la sua ultima risoluzione fu che gli si abbia a dare il governo di Novara, che è vacante da qualche mese, o altri posti vacanti come quello di generale dell'artiglieria nello Stato di Milano, e insiste sapendo che Sua Maestà è solito accasare le sue dame a quel livello. E che quello che principalmente pretende sono gli onori più d'ogni altra cosa e che non è un uomo da accontentarsi di belle speranze, perché preferisce un passero in mano a un avvoltoio in volo».

Filippo II, che aveva evidentemente accettato di buon grado la partenza di Sofonisba, diede disposizioni per la liquidazione delle pendenze economiche. Tre cedole furono rilasciate a suo nome nel 1569. Nella prima, del 6 agosto, il re ordinava di pagare a Sofonisba, dama della serenissima regina defunta, «in soddisfazione e ricompensa del servizio», 3000 ducati «come sovvenzione alla vostra dote e matrimonio», stabilendo che ne sarebbe entrata in possesso al momento delle nozze. Lo stesso giorno venne redatta una seconda cedola riguardante il lascito testamentario della regina, cioè altri 3000 ducati, più 125.000 maravedì come controvalore della promessa pezza di broccato per il paramento da letto.

Infine una terza cedola, del 22 dicembre, ordinava di pagare a Sofonisba la rendita di 70.312 maravedì sui 3000 ducati promessi dal testamento della defunta regina, come pagamento del secondo semestre del '69. Dopo la morte della regina, infatti, Sofonisba non aveva più percepito lo stipendio, quindi gli interessi del 12,5 per cento sul lascito facevano le veci della retribuzione. In questa terza cedola si specificava che da tempo aveva avuto il permesso di lasciare la corte: «dal primo di luglio ultimo scorso di quest'anno le si diede licenza come alle altre dame di tornare a casa». Ma poiché sarebbe partita dalla Spagna soltanto per raggiungere lo sposo, in attesa di trovare un partito adatto rimaneva a Madrid.

All'inizio di novembre del '70 arrivò in Spagna Anna d'Austria, quarta moglie del re. Il matrimonio fu celebrato a Segovia ed è improbabile che Sofonisba presenziasse, dato che le infante rimasero a Madrid.

Anna raggiunse la capitale il 26 novembre. Filippo,

intenzionato a ricreare con lei il clima di confidenza e di affetto che aveva rallegrato gli anni vissuti con Isabella, aveva organizzato divertimenti inusitati, come una battaglia navale nel lago artificiale del parco della Casa del Campo.

La sposa ventunenne, estroversa e non convenzionale, fece subito capire che avrebbe cambiato lo stile di corte, rendendolo meno pretenzioso. Si affrettò ad accettare le dimissioni della duchessa d'Alba, che lasciò anche l'incarico presso le infante.

Il ricambio delle dame attorno alle nipotine impensieriva Caterina de' Medici, ma l'ambasciatore francese la tranquillizzava: «Le nuove dame sono perfettamente adatte al loro ruolo perché le principesse sono vestite, adornate, onorate e rispettate. (...) Sofonisba è vicina alle Infante in attesa che si sappia cosa le accadrà».

L'italiana, duttile e intelligente, piacque subito alla regina Anna, quindi l'allontanamento della duchessa d'Alba, sua protettrice, non mutò la posizione, del resto provvisoria, della pittrice.

Lo conferma Alessandro Lamo, uno dei biografi di Sofonisba, che innalzando per lei, in versi ridondanti del peggior barocchismo, sperticati elogi, sottolinea il suo affettuoso rapporto con entrambe le sovrane spagnole. Nel *Sogno non meno piacevole che morale*, del '72, il Lamo fantastica su una donna invidiata dalla stessa Venere:

Sofonisba Anguissola è, nel cui velo
Scese la più onorata alma dal cielo.
(...)
Virtù, grazie, beltà, senno e valore
Fa ogni altro spirto a questa dea secondo.
(...)
Questa fu, mentre l'alma Hispana visse

Donna a lei cara, come propria figlia
E non meno l'ama quest'altra, che sortisce
Il ciel Reina anch'essa di Castiglia.

Con la nipote Anna al suo fianco, la vita privata di Filippo II conobbe di nuovo una certa serenità, proprio mentre lo scenario internazionale si oscurava per le minacce del crescente espansionismo islamico.

Il sultano Selim II, figlio di Solimano il Grande, aveva inviato la sua formidabile flotta contro l'isola di Cipro, baluardo orientale della potenza veneziana e avamposto della cristianità.

Occupata la capitale Nicosia nell'agosto del 1570, i turchi avevano messo l'assedio a Famagosta. Il papa Pio V promosse una Sacra Lega tra le potenze cattoliche per portare aiuto ai veneziani, che resistevano eroicamente guidati dal governatore Marcantonio Bragadin. Pur tra esitazioni e diffidenze, a Venezia e al papa si unirono Genova, il duca di Savoia, il granduca di Toscana, i cavalieri di Malta e infine anche Filippo II, ma troppo tardi per portare aiuto a Famagosta, che cadde il 4 agosto 1571. Tutto l'Occidente inorridì al racconto delle atrocità commesse dai turchi, in spregio al patto di resa contrattato dal governatore Bragadin, il quale dopo dieci giorni di efferate torture fu scorticato vivo.

Pur non avendo potuto impedire la conquista di Cipro, la flotta cristiana entrò in azione per non lasciare ulteriore spazio all'offensiva ottomana. Erano stati radunati più di duecento legni di varia stazza, in gran parte italiani, fra cui le nuovissime galeazze, arma segreta della flotta veneziana, vere fortezze galleggianti in cui per la prima volta le bocche da fuoco erano piazzate non solo a prua e a poppa, ma anche sulle fiancate, per poter sparare in ogni posizione. Come comandante supremo di una forza complessiva di settantacinquemila uomini – i turchi erano quasi novantamila – Filippo II aveva imposto il suo fratellastro ventiseienne don Giovanni d'Austria, figlio naturale di Carlo V, che si era messo in luce con la cacciata dei Moriscos dalla Spagna.

Le due gigantesche flotte si scontrarono il 7 ottobre 1571 al largo del porto di Lepanto, nel golfo di Patrasso: è considerata la più grande battaglia navale della storia. Ben coadiuvato dall'ammiraglio veneziano Sebastiano Venier e dal generale pontificio Marcantonio Colonna, don Giovanni conseguì una vittoria strepitosa, affondando un centinaio di navi ottomane e catturandone altrettante; ottomila furono i morti da parte cristiana, mentre le perdite turche furono quasi ventimila, fra cui lo stesso comandante in capo, Alì Pascià.

E il valore simbolico di quella vittoria superò anche quello militare, perché sfatava il mito dell'invincibilità dei turchi sul mare, affermandosi nella memoria collettiva come emblema della superiorità cristiana sulla mezzaluna.

A conclusione di quell'anno memorabile, a dicembre la Spagna ebbe finalmente l'erede maschio, Ferdinando.

Pur se il favore dei sovrani non le era venuto meno, la collocazione non più ufficiale di Sofonisba provocò, nella confusione dei cambiamenti subentrati a corte, l'arresto dei versamenti a suo nome; non ricevendo, come disposto dalla cedola reale, gli interessi della rendita assegnatale, Sofonisba si trovò in difficoltà e dovette fare dei debiti.

Non riuscì a pagare gli arretrati a una sua servente, Cornelia Appiani, che era tornata in Italia e nel '70 aveva lasciato per testamento al nipote un suo credito di 250 scudi d'oro «come rimanenza del servizio presso la Magnifica Donna Sofonisba»; inoltre nell'ottobre del '71 suo padre, che viveva con la pensione sul dazio del vino di Cremona, se la vide sequestrare, seppure provvisoriamente, per un non specificato debito di Sofonisba con il defunto marito di una tale Angelica de Caregi.

All'inizio di gennaio del '72 una cedola di Filippo II riconosceva a Sofonisba i 140.625 maravedì degli interessi del '71, ma nemmeno allora le furono pagati, come conferma un'ulteriore cedola dell'8 maggio per lo stesso importo.

Malgrado le traversie economiche causate dalla sua posizione aleatoria e gli anni trascorsi senza che le fosse trovato un marito, Sofonisba non tornò a Cremona, dove pure sarebbe stata onorata come la più insigne concittadina. Forti ragioni devono averla trattenuta.

Da un punto di vista affettivo, Cremona era divenuta per lei la città dell'assenza. Nella casa paterna, dopo la morte di Minerva e Lucia e il matrimonio di Europa, insieme agli anziani genitori restavano solo Asdrubale e Anna Maria, i fratellini che, essendo troppo piccoli al momento della sua partenza, non avevano fondato con lei un rapporto significativo.

Europa, la sua amata modella e allieva, nonostante l'affermazione in campo artistico, aveva dovuto subire umilianti traversie per arrivare a sposarsi, nel 1568. Poiché le ristrettezze economiche di Amilcare non consentivano di dotarla adeguatamente, era stato infine trovato chi era disposto ad accontentarsi: Carlo Schinchinelli, un vedovo con tre figli appartenente a una famiglia della cerchia degli Anguissola. Lo Schinchinelli però, essendo stato padrino di cresima di

Europa, non poteva sposarla senza un'apposita dispensa papale, in quanto il comparatico era ritenuto una sorta di parentela spirituale.

Per ottenere la dispensa fu necessario notificare pubblicamente che Amilcare non era economicamente in grado di trovare un altro partito per la figlia; così, alcuni amici furono condotti davanti a un notaio a firmare testimonianze di questo tenore: «Io conosco la signora Europa Angussola et il signore Amilcare suo padre, il quale ha quattro figliole femmine e un maschio, il quale è nobile della nostra città e secondo la sua nobiltà è povero talmente che non è potente a dare la dote conveniente alla signora Europa, perché non ha se non una casa et un orto a San Sigismondo, di valore in tutto di lire cinquemila circa; e per tale causa detta signora Europa non troverebbe un marito pari a lei, e questo lo so per pratica che ho di questo signore Amilcare da trent'anni in qua, e questo è pubblico per tutta la città; et il signore Carlo io lo conosco similmente da molti anni et è nobile della nostra città e si contenta di pigliare la detta signora Europa con quella poca dote che gli darà suo padre».

Un altro testimone aggiungeva che era a conoscenza di analoghe difficoltà incontrate per Sofonisba, prima che andasse in Spagna, non avendo Amilcare potuto accasarla perché «non aveva roba da darle (...) e così credo che se qualcuno ricercasse Europa sarebbe lo stesso, perché non ha più roba di quella che aveva allora, e le doti sono cresciute in Cremona».

Un'altra assenza, sottaciuta ma non per questo meno pesante per Sofonisba, dovette essere quella di Broccardo Persico. A proposito del loro legame forse erano circolate a Cremona voci tendenziose, capaci anche di incrinare i rapporti con i genitori, al cui perbenismo poteva sembrare disdicevole aver ottenuto l'affermazione sociale della figlia grazie all'intervento non troppo disinteressato del cavaliere gerosolimitano.

Broccardo si era stabilito a Milano: nel 1570 fece donazione dei suoi beni al cremonese Gian Battista Ala, riservandosene l'usufrutto fino alla morte, che sarebbe sopraggiunta l'anno successivo. Nell'inventario di questi beni, consistenti soprattutto nei ricordi della vita militare (padiglioni, cuoiame, gualdrappe e finimenti per cavalli), in arredi dignitosi ma non ricchi e in moltissimi libri, risultano solo tre quadri: «un quadro della principessa di Spagna», cioè il ritratto di Giovanna d'Asburgo opera di Sofonisba, «un altro della signora Sofonisba Anguissola e un altro della signora Europa». Una minuscola galleria monotematica dedicata a un'ossessione sentimentale.

Potrebbe trattarsi di una coincidenza, ma fu soltanto dopo la morte di Broccardo che Sofonisba concretizzò i suoi progetti matrimoniali. L'uomo giusto fu trovato nel 1572, molto lontano dal ducato di Milano, dove forse si erano concentrate le ricerche finché era vivo il Persico.

Il prescelto fu il siciliano Fabrizio de Moncada, secondogenito di un'illustre famiglia italo-spagnola. Il padre, Francesco de Moncada, conte di Caltanissetta e titolare di parecchi altri feudi e benefici, nel 1565 era stato insignito da Filippo II del titolo di principe di Paternò, una terra che la sua famiglia possedeva già da un secolo. Nel 1532 aveva sposato Caterina Pignatelli, che gli aveva dato due maschi, prima Cesare e poi Fabrizio, il quale poteva quindi essere nato intorno al '35 e avere circa tre anni meno di Sofonisba.

Poco dopo essere stato insignito del titolo di princi-

1. *Ritratto di famiglia.*
Amilcare Anguissola con Minerva e Asdrubale. 1558 (?) (p. 11)

2. *Ritratto di monaca.*
Elena Anguissola (?).
1551 (p. 38)

3. *Partita a scacchi.*
Lucia, Europa e Minerva Anguissola. 1555 (p. 51)

4. *Ritratto di dama.*
Bianca Ponzoni Anguissola.
1557 (p. 58)

5. *Fanciullo morso da gambero.*
Asdrubale e Lucia (?) Anguissola. 1554 (p. 55)

6. *Ritratto di Lucia Anguissola alla spinetta.* 1557 (p. 60)

7. *Sacra famiglia.* 1559 (p. 65)

8. *Ritratto di Giulio Clovio.* 1556 (?) (p. 51)

9. *Ritratto del canonico lateranense Ippolito Chizzola.* 1556 (p. 47)

10. *Ritratto di Massimiliano Stampa.*
1557 (p. 57)

11. *Bernardino Campi ritrae Sofonisba.* 1559 (p. 88)

12. *Autoritratto in miniatura.* 1559 (p. 85)

13. *Autoritratto.* 1559 (p. 86)

14. *Ritratto di Isabella di Valois.* 1565 (?) (p. 121)

15. *Ritratto di Filippo II, re di Spagna.* 1573 (p. 115)

16. *Ritratto di Alessandro Farnese.* 1563 (p. 117)

17. *Ritratto di Anna d'Austria.* 1573 (p. 147)

18. *Ritratto dell'infanta Isabella Clara.* 1573 (p. 145)

19. *Ritratto di Giovanna d'Austria.* 1561 (p. 113)

20. *Ritratto dell'infanta Caterina Micaela, duchessa di Savoia.* 1585 (p. 193)

21. *Ritratto di Margherita di Savoia con un nano.* 1595 (?) (p. 208)

22. *Ritratto dell'infanta Isabella Clara, arciduchessa d'Austria.* 1599 (p. 214)

23. *Sacra Famiglia con sant'Anna e san Giovannino.* 1592 (p. 200)

24. *Madonna che allatta il Bambino.* 1588 (p. 199)

25. *Autoritratto.*
1573 (p. 148)

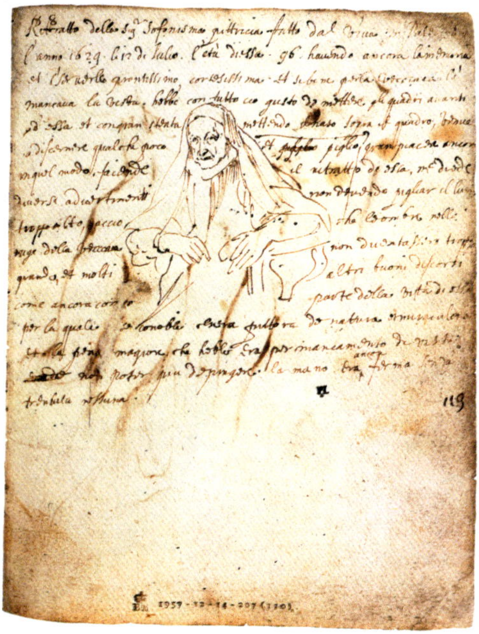

26. Anton Van Dyck,
Quaderno Italiano
e schizzo con l'effigie
di Sofonisba.
1624 (p. 230)

pe, il Moncada padre era morto, lasciando il titolo e l'intero patrimonio, come si usava, al primogenito Cesare. Per il cadetto Fabrizio giungeva quindi provvidenziale la rendita assicurata dalla dote della pittrice cremonese, oltre all'indubbio prestigio portatogli dalla fama di lei; quanto alle attrattive fisiche, l'attestarsi della sposa sulla quarantina non lo induceva a soverchie illusioni: «Per i suoi meriti più che per la sua venustà fu chiesta in sposa», commentava realisticamente l'ambasciatore urbinate Maschi.

Il 23 settembre la trattativa poteva dirsi conclusa: in quella data don Fabrizio conferiva a un suo parente, Fernando Moncada, la procura necessaria per contrarre a suo nome il matrimonio in Spagna. Quanto al motivo che gli impediva di presenziare alle proprie nozze, possiamo pensare che fossero le controversie legali in cui era invischiato per la recente morte del fratello, allo scopo di ottenere la tutela del nipote minorenne, erede del titolo e del patrimonio.

In attesa di abbandonare per sempre la Spagna, dove aveva vissuto i quattordici anni più importanti della sua vita, Sofonisba rimise mano al pennello.

Ritrasse entrambe le infante, perché conservassero un tangibile ricordo della sua devozione.

Il ritratto della primogenita Isabella Clara colpisce per l'insolita gravità: l'infanta aveva solo sette anni, ma in quel quadro «in crescita» viene presentata come una piccola dama dalle vesti abbrunate in segno di lutto, senza alcun attributo adatto alla sua età, concesso sempre anche dai pittori ufficiali. Solo il gesto della manina che gioca con la collana suggerisce una certa impazienza infantile.

La spiegazione fornita da Maria Kusche – che dalla sua caccia appassionata alle opere dell'Anguissola ha riportato un carniere molto ricco anche se a volte contestato – è che il ritratto sia stato eseguito a ridosso della partenza di Sofonisba, tra la primavera e l'inizio dell'estate 1573, durante i preparativi per la traslazione solenne dei corpi della regina Isabella e di don Carlo all'Escorial. Qui, per volere di Filippo II, ammaliato dal mito del macabro, le due salme regali avrebbero atteso il decimo anno dalla loro morte nel piano intermedio del mausoleo, il Putridero, prima di essere inumate nel Pantheon accanto a Carlo V.

I fastosi funerali si svolsero il 7 luglio, quando Sofonisba era già partita, ma in tutta la Spagna già nei mesi precedenti si celebravano funzioni di suffragio, e la corte aveva preso il lutto.

La triste ricorrenza, ridestando nell'animo della pittrice tanti dolorosi ricordi, può aver inibito il suo estro, che invece sembra ridestarsi nel ritratto dell'altra infanta, Caterina Micaela. Pur apparendo anch'essa più matura dei suoi sei anni, la secondogenita presenta connotati più infantili della sorella e stringe al petto una scimmietta: un sorprendente scarto dalla ritrattistica reale, che affiancava ai bambini di solito cani o uccellini, mentre la scimmia era un attributo adatto a nani o buffoni.

Anche in questo caso Sofonisba si era lasciata guidare da criteri affettivi; poiché i suoi non erano ritratti ufficiali, ma privati, realizzati per il godimento personale della famiglia reale, aveva voluto appagare un desiderio della bambina, molto affezionata all'animaletto.

La diversità d'impostazione tra i ritratti delle due infante assume un preciso significato se – accogliendo le osservazioni della Kusche – confrontiamo l'iconografia del primo, quello di Isabella Clara, con un altro ritratto dipinto da Sofonisba nello stesso periodo: anche la regina Anna infatti, a conferma del suo favore, aveva chiesto di essere effigiata dalla pittrice italiana.

Nei ritratti dell'infanta e della matrigna si ritrovano i medesimi tratti stilistici: la luce che si concentra sul viso e sulle mani, i trapassi delicati fra i contorni del vestito e lo sfondo, i dettagli miniaturistici dei capelli e del volto, lo stesso gioco della mano sulla collana; una ripetizione non casuale, che assume il significato di una consegna sentimentale: quasi a voler compensare il vuoto provocato dalla sua partenza, la pittrice suggeriva un processo di identificazione tra Isabella Clara e Anna, che avrebbe facilitato il loro rapporto. Perfino un tratto fisico lo conferma: mentre in tutti gli altri ritratti le sopracciglia dell'infanta Isabella Clara sono dritte, in quello di Sofonisba sono ad arco, uguali a quelle di Anna, accentuando la somiglianza tra le due, che erano cugine prime.

Non avendo il tempo, prima della partenza, di completare la nuova serie di ritratti effigiando Filippo II in un quadro le cui proporzioni si adattassero a fare da pendant a quello della moglie Anna, Sofonisba intervenne sul ritratto realizzato nel '65. Accorciato fino al mezzo busto per ragioni di simmetria, anche se resta un po' più grande del compagno, fu parecchio modificato come confermano gli accertamenti radiografici, e i cambiamenti costituiscono un'utile testimonianza per datarlo allo stesso periodo dei ritratti di Anna e delle infante.

Infatti il re è stato paludato in un mantello nero e gli è stato messo in mano un rosario, un particolare tratto dall'immediata attualità, perché alludeva alla festa del Rosario istituita nel 1573 da Gregorio XIII in memoria della vittoria di Lepanto.

Quegli ultimi ritratti erano destinati a perpetuare il suo ricordo presso la famiglia reale, ma l'Anguissola non volle partire senza lasciare anche un'immagine di sé che la raffigurasse nel ruolo singolare svolto in quegli anni. Eseguì dunque un incredibile autoritratto in cui sul fastoso abito della dama di corte indossava il grembiule da pittore: un connubio che esprime con disinvoltura, fierezza e un guizzo di ironia, l'unicità della sua esperienza umana. Assurta ai vertici della scala sociale, non aveva perso di vista la sua individualità, conservando sempre i propri valori e interessi.

Quest'opera straordinaria ebbe ampia circolazione grazie a un'incisione di Muxel: che risalga all'epoca in cui la pittrice si preparava al matrimonio è dimostrato dall'ampiezza della lattuga e dei polsini di pizzo. La foggia dell'abito conferma l'appartenenza di Sofonisba a due mondi, perché è italiana nelle maniche rigonfie, e spagnola nell'adozione della lattuga. Con il gesto della mano sulla collana richiama l'attenzione sui gioielli preziosi donati dalla regina Isabella che attestano il suo alto rango rendendo più evidente il contrasto con la semplicità del grembiulone.

«La signora Sofonisba vide finalmente quel giorno tanto desiderato da lei di quel suo benedetto casamento» riferiva l'ambasciatore Bernardo Maschi, cogliendo il sollievo della pittrice dopo le ansie di quell'interminabile ricerca.

Il matrimonio civile per procura ebbe luogo il 26 maggio del '73. Sull'entità della dote – una variabile di fondamentale importanza, direttamente proporzionale al rango sociale – il De Ribera è molto preciso: «Il Re le donò una pensione di 1000 ducati d'entrata all'anno, sopra la dogana di Palermo, con facoltà di poterne istituire erede un suo figliolo. Le diede oltre a ciò dodicimila scudi in contanti et altri vari donativi di ricche vestimenta, gioie e paramenti di stanze d'alto pregio».

Diversi documenti costituiscono le pezze d'appoggio di queste informazioni. Il primo è un privilegio reale del 28 aprile – reso esecutivo nel dicembre – con cui Filippo II le concedeva una pensione annuale di 1000 ducati sulle dogane di Palermo e Messina. Il secondo è una cedola riassuntiva e definitiva rilasciata alla pittrice subito dopo il matrimonio: «Alla signora Sofonisba Angussola, Sua Maestà manda la pezza di broccato che la Regina nostra signora le lasciò, o 125.000 maravedì in denaro; inoltre le manda i 3000 ducati che la Regina nostra signora le lasciò in denaro, e una cedola di altri 3000 ducati per maritarsi, che le concesse Sua Maestà e che cesserebbero se non avvenisse il matrimonio. Sua Maestà desidera che tutto sia sistemato in modo che entro quindici giorni, che si compiranno il 6 giugno, possa andarsene a casa».

Nell'atto matrimoniale stipulato il giorno delle nozze per procura – con la formula aggiornata alle «suddette solennità che si ricercano per il santo concilio tridentino secondo uso e costume della sacra Chiesa romana» – viene descritta l'entità della dote, non solo relativamente alla parte pecuniaria, ma anche al corredo, cioè «gioie, oro, argento e vestimenti (...) tanta roba bianca di lino», oltre a «bona mobilia», complessivamente valutato 5811 ducati.

L'elenco dettagliato dei gioielli non presenta molti pezzi, ma di valore: una lunga catena d'oro, una collana di agate incastonate d'oro, una cintura d'oro con quattro perle incastonate, due anelli di diamanti di cui uno piccolo e uno grande (probabilmente quello donato dal principe Carlo) e una quantità di guarnizioni preziose per abiti: settanta bottoni d'oro, settanta bottoni di cristallo grandi e quaranta piccoli, incastonati in oro, trentun bottoni con piccoli diamanti e quattro con perle, trentacinque placchette d'oro smaltato, sette catenelle d'oro e venticinque paia di punte d'oro che si applicavano come rifinitura ai fiocchi.

Non si fa menzione delle «corone d'agata ingioiate» che secondo il De Ribera il papa avrebbe donato a Sofonisba in cambio del quadro di Isabella; forse ne aveva fatto omaggio alle sue regali protettrici, la regina Anna e la principessa Giovanna. Non sono riconoscibili dall'elenco nemmeno i gioielli che compaiono nell'ultimo autoritratto: si può pensare che, essendole stati donati dalla regina Isabella, Sofonisba li avesse lasciati alle amate infanti, in ricordo della loro mamma. In questo caso averli indossati nell'autoritratto costituiva un'ulteriore messaggio affettivo.

L'argenteria che portava con sé consisteva sostanzialmente negli oggetti che usava per le necessità quotidiane: un catino e una brocca, un candeliere, un piatto, una scodella e un cucchiaio. L'uso delle posate in Spagna non era evidentemente ancora molto diffuso.

Delle sue opere non le rimaneva nulla; fra i beni sono annotati un «ritratto di dama incastonato in oro» – potrebbe essere il ritratto della madre mandatole da Europa, ma la cornicetta d'oro fa pensare a una miniatura – e un'altra incastonatura aurea da ritratti, ma vuota, che forse aveva contenuto un ritratto di Broccardo di cui, andando sposa, aveva preferito liberarsi.

Agli oggetti si aggiungevano i 6000 ducati in contanti, per un valore totale di quasi 12.000 ducati, oltre alla rendita annuale di 1000 ducati: la dote di Sofonisba era di tutto rispetto.

L'inventario era seguito dal formulario ufficiale

con gli obblighi contratti dal procuratore dello sposo, che avrebbe dovuto «tradurla matrimonialmente e onorificamente in casa di esso molto illustre Signor sposo, il quale promette detta dote ben reggere e conservare; et in caso si dovrà restituire, promette e si obbliga per sé e per i suoi eredi restituirla alla detta illustre Signora Sofonisba ritrovandosi viva, oppure ai suoi eredi e successori o a chi essa Signora Sofonisba disporrà». Si specificava che Fabrizio si riteneva soddisfatto anche se la dote non proveniva dalla famiglia Anguissola, sollevando quest'ultima da qualsiasi onere nei suoi confronti.

Era stata inserita un'importante clausola sottoscritta direttamente dal procuratore di Fabrizio, «con patto e condizione che il detto Signor sposo non possa disporre dei suddetti seimila scudi né delle suddette gioie, oro, argenti e vestimenti senza licenza della signora Sofonisba fintanto che non sia assicurata sopra tanti beni per le dette somme, valore et extimative delle dette gioie, oro, argenti, vestimenti e robe bianche di lino». Tenendo conto che probabilmente non avrebbe avuto figli, Sofonisba era stata ben consigliata in questa richiesta di garanzie circa le sue proprietà.

La terza parte dell'atto comprende la registrazione relativa alla cerimonia religiosa, svoltasi il 5 giugno a Madrid, dopo che le pubblicazioni erano state affisse per tre volte nella chiesa di San Gil. Fra i testimoni figurano dei cittadini di Paternò, come Silvio Lanfranco ed Evangelista Evangelisti, evidentemente da parte del Moncada, mentre possiamo supporre fosse da parte di Sofonisba un Cesare Brunelli, forse parente del Brunelli cognato di Amilcare Anguissola.

Era privilegio delle dame di corte che il loro matrimonio venisse celebrato nella cappella reale dell'Alcazar. Sofonisba avrà senz'altro indossato l'abito che secondo il De Ribera le aveva regalato la regina, «una veste fregiata di perle, del valore di 900 scudi».

Alla cerimonia assistette la regina Anna con le infante e il principino, raccontò l'ambasciatore Maschi, probabilmente tra gli invitati per la sua amicizia con la pittrice; poiché non nomina la principessa Giovanna, si deve pensare che fosse la salute declinante a impedirle di presenziare.

Sofonisba aveva già lasciato Madrid quando fu raggiunta dalla notizia della morte di suo padre. Dovette subito occuparsi dei dettagli economici: il 2 luglio a Valladolid, di fronte a un notaio, conferì una procura al fratello Asdrubale, ventitreenne, affinché potesse riscuotere il reddito sul dazio del vino di Cremona. Evidentemente sapeva che il fratello, come il padre, non disponeva di altre sostanze e che la rendita era necessaria alla sopravvivenza della famiglia.

Durante il viaggio fu costantemente aggiornata anche sulle vicende della famiglia reale, alla quale sarebbe stata per sempre legata. Già si avviavano nuovi cicli di gioie e dolori: il 12 agosto alla fertilissima regina Anna, che in dieci anni di matrimonio avrebbe dato a Filippo sette figli, nacque l'infante Carlo Lorenzo e il 6 settembre morì la principessa Giovanna, da lungo tempo malata.

Capitolo IV

PALERMO

1573-1579

CHISSÀ SE ANCHE Sofonisba, sbarcando a Palermo, sentì nell'aria quella fragranza di violette che il Falzello, nel suo *De Rebus Siculis* pubblicato nel 1558, assicurava deliziasse tutti i visitatori: un effetto del sale marino scaldato ai raggi del sole cocente.

Dal congestionato traffico del porto, sulle cui banchine si riversavano preziose merci da tutto il mondo, comprese di non essere arrivata in una languida periferia dell'impero, ma nel cuore del Mediterraneo, in un attivo centro di smistamento e di scambi animato da una società colta e raffinata.

Don Fabrizio de Moncada era probabilmente ad attenderla sul molo e Sofonisba, superato l'imbarazzo del primo incontro grazie al suo carattere estroverso e all'esperienza in ogni codice di comportamento, si lasciò guidare, emozionata e curiosa, alla scoperta della sua nuova patria.

La bella città murata si ergeva su mille stratificazioni: a causa della sua posizione strategica sicani, elimi, greci, fenici avevano successivamente popolato quella collina perpendicolare alla linea di costa, situata nella parte più interna di un ampio golfo protetto dai venti, dove gli approdi erano facilitati dalla presenza di due corsi d'acqua, uno a nord, il Papireto, alimentato da numerose sorgenti, l'altro a sud, il Kemonia, a carattere torrentizio.

La prima grande cinta di mura, sulla sommità della collina, era stata cartaginese e risaliva al sesto secolo a.C. La città fu poi conquistata dai romani, dai bizantini e dagli arabi, che ne fecero nel decimo secolo una capitale.

In questo ruolo Palermo aveva vissuto uno sviluppo urbanistico intenso e complesso; all'antico nucleo sulla sommità dell'altura, chiamato dagli arabi al-Kasr, poi il Cassaro, si aggiunsero altri quartieri, costruiti sulle rive dei due corsi d'acqua. L'emiro si era insediato presso il porto, nella cittadella a quattro porte della Kalsa, ma il Cassaro restava il fulcro della città, con la «via marmorea» fiancheggiata dai palazzi delle famiglie più importanti e da moschee, tra cui la stessa cattedrale, trasformata in luogo di culto islamico.

Con la conquista normanna dell'undicesimo secolo il Cassaro era tornato a essere il centro pulsante della città, con il palazzo reale degli Altavilla e le abitazioni della nuova classe dirigente feudale, mentre l'area del porto veniva ripartita tra le varie comunità dei mercanti marittimi, le «nazioni» degli amalfitani, dei pisani, dei genovesi e anche di gruppi stranieri.

Il riassetto del circuito difensivo, tra il dodicesimo e il quattordicesimo secolo, aveva inglobato stabilmente anche le zone abitate oltre il Papireto e il Kemonia. Con la conquista francese dell'Italia meridionale da parte degli angioini, Palermo aveva perso il ruolo di capitale a favore di Napoli, recuperandolo dopo la guerra dei Vespri con l'occupazione aragonese. Sotto la dinastia aragonese furono introdotti in Sicilia criteri di razionalizzazione amministrativa e di trasformazione edilizia.

Il re di Spagna Ferdinando d'Aragona nel 1482 accordò al pretore di Palermo il permesso di demolire case, portici, magazzini, allo scopo di regolarizzare strade e piazze «per ornamento e decorazione» della città, che all'inizio del Cinquecento fruì anche del rifacimento della cinta muraria secondo la nuova tecnica di baluardi e fossati.

In una città che viveva da vicino tutte le vicende militari mediterranee, negli anni di massima tensione tra l'impero spagnolo e quello turco, era necessaria una radicale opera di ristrutturazione urbanistica. L'impegno per il rinnovo della cinta fortificata predominava negli intenti dei vari viceré che si succedevano, a partire da Ferrante Gonzaga che poi, trasferito a Milano, avrebbe portato avanti lo stesso progetto.

La potente cinta bastionata, i cui lavori si sarebbero protratti fino a metà Seicento, avrebbe inglobato la Cittadella realizzata sull'antico Castello a Mare, sconvolgendo l'assetto urbanistico. La funzione di piazzaforte comportava un adeguamento degli spazi pubblici e una diversa dislocazione delle sedi politiche e militari.

Il viceré Giovanni de Vega a metà del Cinquecento installò la sua sede nell'antico palazzo reale normanno, attorno al quale fu creata una spianata, fiancheggiata dal nuovo quartiere militare spagnolo.

Sempre motivazioni di carattere militare spinsero nel 1565 il nuovo viceré Garcia de Toledo a gettare le fondamenta di un grandioso porto verso nordovest, separato dalla città, e nel '67 ad ampliare e rettificare la via del Cassaro, per prolungarla poi in linea retta fino alla Marina, con un corposo sventramento nel tessuto medioevale.

Si era così compiuta una vistosa operazione urbanistica che, in stretta connessione con i lavori di fortificazione, rinnovava profondamente lo spazio centrale della città, creando un asse longitudinale di comunicazione che in onore del viceré si chiamò via Toledo, con funzione anche cerimoniale di alta rappresentanza, lungo il quale si disposero le piazze con le principali istituzioni cittadine e i più prestigiosi edifici nobiliari e religiosi.

Nel 1567 veniva aperta la piazza che prese il nome dalla famiglia Bologni, tra la cattedrale e la piazza del Pretorio, dove a sua volta il governo municipale rinnovò la propria sede, spianando la piazza per rivolgere su via Toledo il fronte del Palazzo senatorio.

La strada rettilinea, nata con chiari requisiti strategici, restò dominante anche quando sotto il viceré successivo, Marcantonio Colonna, insediatosi nel '77, divennero meno impellenti le esigenze militari: dopo la vittoria di Lepanto, alla quale lo stesso Colonna aveva validamente contribuito, la minaccia turca sembrava allentata.

L'intera Sicilia viveva un periodo di prosperità. Se all'inizio del Cinquecento contava poco più di mezzo milione di abitanti, a metà del secolo era arrivata a ottocentomila: solo a Palermo, la popolazione era passata da venticinquemila a centomila anime.

L'assetto sociale cittadino presentava l'incontrastato dominio dell'élite nobiliare che, facendo parte del Parlamento, era costretta a risiedere nella capitale, rinsaldando così i legami tra Palermo e i feudi rurali disseminati in tutta l'isola. La classe baronale viveva con magnificenza, accumulando forti redditi dalle proprietà terriere, la cui produzione agricola era molto richiesta sui mercati internazionali.

La voce principale dell'esportazione era il grano, ma erano in forte espansione anche la coltura della vite, quella del gelso, con un importante commercio di seta greggia, e quasi altrettanto sviluppata quella dello zucchero di canna. I «trapetti» siciliani, cioè le manifatture in cui si bolliva il succo delle cannamele per trasformarlo in zucchero, erano i più antichi d'Europa, impiantati al tempo della dominazione araba, ma stava avanzando la concorrenza estera, soprattutto degli olandesi che, giovandosi del lavoro degli schiavi nelle colonie, producevano zucchero a prezzi imbattibili.

La nobiltà terriera aveva reso fastoso lo stile di vita cittadino, moltiplicando feste e celebrazioni, delle quali la trionfante Chiesa postridentina tendeva, come nel resto dell'Italia, ad assumere l'iniziativa e la guida, coinvolgendo tutta la popolazione. La competitività con cui le corporazioni artigiane e le diverse nazioni dei mercanti costruivano chiese e cappelle dimostra l'influenza delle istituzioni ecclesiastiche nella vita della città.

L'incontro di Sofonisba con la famiglia del marito avvenne probabilmente non a Palermo ma nel feudo dei Moncada a Paternò, l'antica Hybla Gaelatis, un centro agricolo sui cinquemila abitanti disteso sulle pendici sudoccidentali dell'Etna, aperto verso la valle del Simeto e circondato da aranceti a perdita d'occhio, al riparo di una grande rupe basaltica da cui sporgevano la chiesa di Santa Maria dell'Alto e il castello, tracce della dominazione normanna.

Non possedendo Fabrizio una propria dimora, è chiaro che l'appartamento coniugale doveva essere stato allestito nell'imponente Palazzo Moncada di Paternò. A tenere le redini del potere familiare era l'altezzosa cognata, la principessa Luisa de Luna, appartenente a un potente casato di origine spagnola, rimasta vedova di Cesare Moncada nel 1572 e battagliera rivale di Fabrizio per la tutela del nuovo piccolo principe, Francesco II.

La prima traccia della presenza di Sofonisba in Sicilia è registrata in un atto notarile rogato a Paternò il 2 ottobre 1573, contenente quella sorta di controdonazione della dote prevista dal contratto matrimoniale, in cui venivano intestati all'Anguissola i beni mobili del marito, abbastanza modesti visto che vigeva il maggiorasco e ai cadetti toccava solo la legittima dell'eredità materna, oltre ad alcuni pezzi dell'argenteria familiare. Fabrizio viveva probabilmente del soldo ottenuto da alcuni incarichi militari nel feudo di famiglia di Caltanissetta, città nella quale aveva firmato la procura per il matrimonio con Sofonisba.

Nel testo latino dell'atto notarile appaiono sviscerate dichiarazioni di affetto coniugale che rispecchiano però una formula prestabilita. In esso Fabrizio dichiarava che «considerando il sommo amore e (...) predilezione che sempre nutrì e nutre per l'illustrissima signora donna Sofonisba di Moncada e Anguissola sua diletta e amabile moglie» le faceva dono di tutti i beni mobili di casa sua, comprendenti suppellettili, argenterie e ornamenti, con diritto di vendita dopo la propria morte.

Questa donazione aveva un valore puramente teorico, perché in realtà gli oggetti preziosi di Fabrizio stavano finendo nelle tasche dei creditori. Le controversie legali con la cognata acutizzavano la cronica mancanza di liquidità che affliggeva il marito di Sofonisba, una difficoltà molto comune all'epoca, che spesso rendeva necessario, per le transazioni economiche, ricorrere a prestiti.

Già il 17 ottobre, quindi pochi giorni dopo averli donati alla moglie, Fabrizio doveva impegnare alcuni gioielli: «un uffiziolo d'oro adorno di diciotto rubini e una croce d'oro ornata di sette piccoli diamanti e cinque rubini, del valore entrambi di trecentocinquanta scudi e un anello d'oro con un diamante del valore di circa ottocento scudi».

A novembre risultano altri debiti da tre atti notarili con i quali il Moncada, anche a nome della moglie, vendeva al mercante genovese Battista Grimaldi, suo creditore, argenteria per un peso di 90 libbre e 8 once, impegnandosi a rientrare in possesso della sua merce entro un anno e mezzo. Accumulò invece ancora debiti, tanto che Sofonisba tre mesi dopo dovette cedere al Grimaldi un proprio anello d'oro con un diamante quadrato, forse quello, citato dal De Ribera, che le aveva regalato il principe Carlo quando gli aveva fatto il ritratto. Il notaio presente alla consegna dell'anello al Grimaldi l'aveva così descritto: «Un anello d'oro con pietra di diamante fatto a tavola, legato con quattro piedi; l'anello è smaltato di smalto nero e sotto la pietra ci sono lettere smaltate di nero che dicono: "In aeternum presentialiter et manualiter"».

È evidente che la principale fonte di reddito per gli sposi Moncada era la rendita donata da Filippo II sulle dogane di Palermo e Messina, della quale ai primi di febbraio del '74 Sofonisba nominò il marito procuratore e amministratore.

Fabrizio si fregiava del titolo di governatore di Paternò, una carica forse prestigiosa ma senz'altro onerosa, perché con il modesto stipendio annuo di 400 scudi, che oltretutto gli venivano versati solo previa autorizzazione della malevola cognata Luisa, era tenuto a pagare il soldo delle truppe della guarnigione. Per farlo degnamente figurare nell'incarico, Sofonisba concesse al marito la facoltà di riscuotere per cinque anni 800 scudi sulla sua pensione, da destinarsi al pagamento delle milizie di Paternò.

Per incrementare le proprie entrate è possibile che la pittrice pensasse di rivalersi sulla rendita cremonese, ma le condizioni finanziarie degli Anguissola erano più che mai critiche, dopo la morte di Amilcare: Asdrubale non aveva fonti di guadagno e aveva anche dovuto racimolare un po' di dote per far sposare la più piccola delle sorelle, Anna Maria, che aveva trovato un pretendente nel cugino Giacomo Sommi.

Anche in questo caso, come già in occasione del matrimonio di Europa, la parentela tra gli sposi rese necessario richiedere la dispensa papale, motivandola con l'indigenza e la conseguente impossibilità di fornire la dote corrispondente al livello sociale. Un testimone dichiarò: «Io non so che il signor Amilcare abbia lasciati altri beni eccetto che la casa dove abitava e un po' di giardino presso San Sigismondo; detti beni non ascendono alla somma di 4000 scudi. Io non ho veduto il testamento del signor Amilcare, ma tengo per certo che la dote della signora Anna Maria non superi la somma di 4000 lire perché so che altrettanto il signor Amilcare diede in dote alla signora Europa sua figlia, moglie del signor Carlo Schinchinelli».

Un altro testimone, nel ribadire le ristrettezze economiche di Asdrubale Anguissola, nominava le sue sorelle ancora in vita: «Una monaca in un convento di Mantova, Europa sposata con Carlo Schinchinelli e Anna Maria da marito, oltre alla Signora Sofonisba», che gli risultava «maritata in Spagna».

La scarsa liquidità non impedì al Moncada di fare un investimento: acquistò una tenuta nei pressi di Paternò, forse influenzato dall'andamento economico dell'epoca, che vedeva nelle rendite agricole le migliori fonti di reddito, o forse per sottrarre Sofonisba alla necessità di vivere nel palazzo dei Moncada, grande e fastoso ma incupito dall'ingombrante presenza della principessa Luisa.

Ai periodi vissuti dalla coppia a Paternò si alternavano brillanti soggiorni nella capitale, dove Sofonisba poteva nuovamente respirare l'aria di una corte: «Mentre che stette nel Regno, Sofonisba mantenne sempre viva la servitù con quella real Corte, con rispondenza di molti favori, per lo che era favorita in ogni lato dai Viceré e dai principali ministri di Sua Maestà et ella potea altresì favorire altrui, non altrimenti che fece a molti, nell'occasione di uffici et altro. E perché essa Signora era cotanto invaghita della sua Virtù, non lasciò di operarla alcun tanto, non pure in ritratti, ma altresì in alcuni quadretti di devozione, con tanta rarità in quella professione, che non gli si poteva aggiungere».

Anche se di questa attività pittorica non rimangono tracce, non ci sono ragioni per dubitare della sincerità del De Ribera, essendo state suffragate dai riscontri documentari le sue affermazioni riguardo al periodo cremonese e spagnolo. Quanto all'ambiente mondano in cui Sofonisba fu introdotta, è curioso che il canonico spagnolo si soffermi soprattutto sul sistema di raccomandazioni vigente alla corte palermitana, facendo capire che la pittrice si era prontamente adeguata. Eppure non se ne avvantaggiò personalmente, dato che Fabrizio non ottenne, come desiderava, la tutela del nipote.

Forse l'Anguissola sollecitò qualche commissione importante per il suo allievo Anticone, un miniatore di cui non si conosce alcuna opera, ma che è citato dal critico settecentesco Bernardo de Dominici nel suo *Vite dei pittori, scultori e architetti napoletani*: «Giovanni Battista Anticone, come si dice, alla fama delle celebri miniature di Sofonisba Anguissola si portò a Palermo, ove quella virtuosa pittrice dimorava col suo sposo don Fabrizio di Moncada, al quale l'aveva maritata con regale munificenza il generoso Filippo II re delle Spagne, et ivi da quella apprese l'arte del miniare, e servì ancor egli vari Principi per l'Italia».

L'insegnamento era strettamente legato alla pratica della pittura, e Sofonisba vi si era da sempre dedicata, prima con le sorelle e poi con la regina Isabella. La richiesta dell'Anticone, insolita perché la pittrice non aveva una bottega propria, rinnovò in lei il desiderio di trasmettere il suo sapere in una sorta di maternità spirituale.

La sua fama evidentemente circolava non solo nell'ambiente aristocratico, ma anche in quello artistico: è facile immaginare che avesse contatti con i pittori attivi a Palermo in quel periodo, in particolare col cremonese Gian Paolo Fonduli, allievo di Antonio Campi, giunto a Palermo nel 1568 al seguito di Francesco Ferdinando d'Avalos, viceré in Sicilia ma anche, nel cremonese, feudatario di Castelleone, paese natale del Fonduli e di parecchi membri della famiglia Ponzoni, cui apparteneva la madre di Sofonisba.

La vita gaudente dell'alta società siciliana conobbe un brusco arresto nel 1575, per lo scoppio di una devastante pestilenza, che generò inevitabilmente anche una crisi agricola e demografica.

Sofonisba e Fabrizio superarono indenni l'epidemia, che influì tuttavia sulla loro vita a causa della morte di Pedro de Luna, duca di Vibona e padre di Luisa. Era stato proprio lui, con il pretesto che il genero era morto senza testamento, a farsi assegnare, unitamente alla figlia, la tutela del nipotino: in questo modo aveva infranto la consolidata usanza di nominare tutore di un minorenne il fratello cadetto del padre defunto, una sorta di compensazione per il mancato accesso all'eredità, dato che al tutore era affidata l'amministrazione del patrimonio familiare fino alla maggiore età dell'erede.

La morte di don Pedro riapriva uno spiraglio per Fabrizio, che presentò un'istanza per subentrare come tutore, ma la cognata aveva altri progetti, meditando di sposare un titolato vedovo napoletano, Antonio d'Aragona, senza però perdere la ricca tutela dei beni Moncada. Affinché tutto restasse in famiglia, combinò per il proprio figlio Francesco un matrimonio con la figlia di Antonio, Maria d'Aragona: un intreccio di parentele che avrebbe escluso Fabrizio dalla gestione dell'immenso patrimonio del nipote.

Approfittando dell'obbligatorio anno di lutto per la morte del padre, che impediva alla cognata di sposarsi, Fabrizio inviò un appello a Filippo II per impedire quelle duplici nozze, ma l'iter burocratico era lunghissimo alla corte di Madrid. Soltanto il 29 febbraio del '77 dall'Escorial partì una lettera indirizzata al viceré di Sicilia che disponeva un supplemento di indagine attorno a quei subdoli progetti matrimoniali: troppo tardi, perché ormai le nozze erano state celebrate.

Per Fabrizio ottenere quella tutela era tanto importante che decise di esporre personalmente le proprie ragioni recandosi a Madrid, un viaggio che non aveva affrontato nemmeno in occasione delle proprie nozze. Si può immaginare che allora, essendo morto da poco suo fratello Cesare, fosse stato trattenuto in patria proprio dal tentativo, non riuscito, di contrastare le manovre della cognata e del padre di lei per carpirgli la tutela.

Alla trasferta forse Fabrizio fu incoraggiato dalla stessa Sofonisba, che sapeva di avere ancora orecchie amiche alla corte di Madrid. L'appoggio della moglie è provato da un documento che autorizzava la riscossione anticipata, da parte del Moncada, di un'intera annualità della pensione sulle dogane: era evidentemente necessario disporre di un'ingente somma per le spese di viaggio e di mantenimento nell'attesa dell'udienza reale.

Il 25 aprile 1578 Fabrizio s'imbarcò sulla galera *Capitana*, che avrebbe ricondotto in Spagna Carlo d'Aragona, duca di Terranova e principe di Castelvetrano, giunto al termine del suo mandato presidenziale in Sicilia, dove aveva fatto funzione di viceré in attesa dell'arrivo di Marcantonio Colonna, da poco insediato.

Dopo soli due giorni dalla partenza, nel tratto di mare tra Palermo e Napoli, la *Capitana* e la galera che la scortava, la *Sant'Angelo*, furono assalite dai pirati.

La dinamica dell'attacco, che portò alla morte di Fabrizio, è ricostruita nel rapporto compilato per ordine del marchese di Mondéjar, viceré di Napoli: «Trovandosi nel golfo a 50 o 60 miglia da Capri, appena si vedeva la terra, si scoprirono a cinque o sei miglia sottovento otto navi nemiche che venivano verso le galere. (...) Siccome la ciurma iniziava a rallentare e gli schiavi, che erano in numero di centoventi, erano visibilmente provati, fu necessario che lo stesso Duca di Terranova li animasse e facesse loro forza, come già facevano il capitano ed altri con le spade sguainate, ferendo alcuni tra coloro che non volevano remare, ma videro che ciò non serviva ad allontanarsi dai nemici, che si avvicinavano sempre più.

«Il Duca allora si preparò a combattere (...) I marinai avvisarono che si stavano avvicinando al castello di Capri, e che era bene sparare uno o due colpi per chiedere aiuto (...) ma giunti lì si vide che non vi era anima viva e che non vi era alcun modo di proteggersi, essendo il nemico a due tiri di archibugio più o meno, se non girare la prua, mettendo la poppa a terra e dar mostra di voler combattere per vedere se, con la notte e la terra così vicine, si sarebbero fermati, e così si ordinò, (...) ma avendo a questo punto molti iniziato a buttarsi a mare per salvarsi (...), per forza tutti quelli che erano a bordo, compreso lo stesso Duca, dovettero fare lo stesso, perché non vi era più rimedio, e così si fece, affogando solamente don Fabrizio Moncada con altri quattro uomini sconosciuti (...).

«Giunse il nemico e legata la galera la trainarono via, così danneggiata com'era, dopo un inseguimento di cinquanta miglia circa. Di quanto accaduto all'altra galera non si sa nulla fino ad oggi, 30 aprile 1578».

Il rapporto era accompagnato da una lettera dello stesso viceré di Napoli, datata 15 maggio, il quale lamentava la frequenza di simili attacchi, ribadendo che non si era potuta in alcun modo evitare la sciagura. Sia il rapporto che la lettera, inviati al re soltanto il 12 giugno, erano stilati in modo da discolpare il duca di Terranova e non mostravano il minimo cenno formale di rincrescimento per la morte del Moncada; anzi, il marchese di Mondéjar nella sua lettera neanche lo nominava, nonostante dovesse sapere che il re avrebbe provato interesse per la sorte del marito della sua dama italiana.

Dunque il viaggio di don Fabrizio era malvisto, e le ragioni vanno cercate nel suo proposito di attirare l'attenzione di Filippo II sulle strane manovre della principessa di Paternò e di Antonio d'Aragona, che era parente del duca di Terranova. Forse il Moncada recava le prove di malversazioni compiute sotto lo scudo della tutela a lui negata e aveva intenzione di denunciare la cognata, coinvolgendo la sua nuova famiglia? In questo caso potrebbe risultare sospetto che l'unica vittima dell'assalto sia stato proprio lui, oltre ad alcuni marinai sconosciuti e forse aggiunti pretestuosamente nella relazione per confondere le acque.

Non sappiamo se Sofonisba credette alla versione dell'incidente o dubitò che i nemici del marito, nella confusione dell'abbordaggio pirata, lo avessero deliberatamente affogato. È certo che scrisse subito a Filippo II per chiedergli aiuto: la morte improvvisa e intestata di Fabrizio aveva immediatamente scatenato un conflitto con la famiglia Moncada. È del 7 maggio il primo dei numerosi atti notarili che la pittrice dovette farsi rilasciare per attestare la sua vedovanza e il suo stato di usufruttuaria dei beni del marito.

Nonostante fosse un momento di gravi lutti anche per lui – con la perdita del principe ereditario Ferdinando e del suo fratellastro don Giovanni, il glorioso vincitore di Lepanto – Filippo II non abbandonò Sofonisba, offrendole subito la possibilità di ritornare in Spagna. A muoverlo non era soltanto il buon ricordo serbato di lei, ma il desiderio di possedere ancora la rarità di una pittrice alla sua corte: aveva tentato di rimpiazzarla chiedendo al Tintoretto sua figlia Marietta ma il pittore, gelosissimo al punto che faceva vestire la figlia da uomo per tenerla con sé in bottega, aveva inappellabilmente rifiutato di mandarla.

«La Maestà del Re e della Regina accennavano volontà che tornasse in Spagna al loro servigio ma essa, che di già aveva passato molti anni di servitù, assentir non volle all'invito, risolvendo di tornare in Lombardia.»

Una valutazione tanto esplicita non può essere stata raccolta dal De Ribera che dalle stesse labbra di Sofonisba, la quale evidentemente non rimpiangeva il tempo passato alla corte, nell'ingranaggio di quella macchina del potere da cui si manovrava il mondo. I vestiti lussuosi, le feste, i riconoscimenti tributati al suo talento non avevano compensato le costrizioni di una vita minuziosamente regolata, senza alcun margine di libertà personale.

Eppure il ritorno a Cremona costituiva una soluzione di ripiego, trattandosi di un'alternativa già scartata al momento di lasciare la Spagna. Vi si rivolgeva soltanto perché, disorientata e confusa, non vedeva altre vie d'uscita. Rispettando la sua volontà, il re si dimostrò generoso ordinando di inviarle 500 ducati, ma gli inevitabili intoppi burocratici impedirono per lungo tempo che ricevesse il prezioso sussidio.

Alla Sicilia nulla la legava dopo la scomparsa del marito, se non sgradevoli dispute ereditarie, ma prima di andarsene Sofonisba, che elaborava i suoi lutti celebrandoli con la pittura, volle dedicare un quadro alla memoria di Fabrizio: unica ma significativa testimonianza dell'affetto che li aveva uniti.

Con un atto notarile datato 25 giugno 1579 donò al convento di San Francesco, posto sulla collina di Paternò, che custodiva le sepolture di alcuni membri della famiglia Moncada, un «quadro imaginis gloriosissime Virginis Matris Marie sub titolo de Itria constructum et factum in tabula per eandem donatricem et dictum quondam don Fabricium eius virum».

Il dipinto è stato recentemente ritrovato nel vestibolo della chiesa di Santa Maria dell'Annunciata a Paternò, e reso noto da un articolo di Silvano Nigro. Come per gli altri suoi dipinti religiosi, Sofonisba si sarà appoggiata a un modello: Nigro segnala una tavola del 1571 di Giovannello De Brando che si trova a Catania.

Si tratta della composizione più complessa dell'Anguissola, fitta di figure, e anche quella di più grandi dimensioni, oltre due metri per uno e mezzo, essendo un quadro destinato a una cappella e non a una stanza privata come gli altri suoi soggetti sacri. Al centro campeggia un imponente feretro, su cui siede la Madonna con in braccio il Bambino, sovrastata dagli angeli. La cassa è sorretta da monaci basiliani, e alti ecclesiastici si prostrano al suo passaggio. All'orizzonte, due fragili vascelli alludono alle circostanze della morte in mare, mentre un cielo gonfio e minaccioso sembra evidenziare l'indignazione celeste per l'aggressione piratesca. L'Odigitria, cioè la Madonna dell'Itria come si diceva popolarmente, proteggeva il cammino dei viaggiatori, ma le si attribuivano anche doti di combattente: in questo caso, i pirati erano stati messi in fuga e l'equipaggio salvato, nonostante la tragica fine del Moncada.

La tavola di Sofonisba sostituiva l'inumazione, resa impossibile dal mancato recupero del corpo: la donatrice impose che, sull'altare dov'era collocato il quadro, si celebrassero ogni anno due messe di suffragio, il 1° marzo, compleanno di Fabrizio, e il 27 aprile, giorno della sua morte.

Per nulla commossi dal dono di Sofonisba, i Moncada le rendevano tutto difficile. Da sola non riusciva a dirimere i problemi ereditari, complicati dalla mancanza del testamento del marito, il quale aveva evidentemente ritenuto che dal contratto matrimoniale apparisse incontestabile il ritorno alla moglie, in caso di sua morte, della dote e di ogni proprietà.

Poiché era ormai rassegnata a ritornare a Cremona – dove non avrebbe più trovato nemmeno la sorella Europa, morta nel gennaio di quell'anno – chiamò in aiuto il fratello, essendosi resa conto che senza un uomo al fianco non poteva impostare la battaglia legale che poi sarebbe proseguita attraverso i suoi procuratori.

Asdrubale, come il padre poco esperto in campo finanziario, viveva in serie difficoltà economiche: nel

1576 aveva dovuto chiedere l'annullamento di un fitto, «ritrovandosi il poverissimo gentiluomo in grande miseria». Il ritorno della sorella a Cremona dovette sembrargli un vero miracolo: non si fece pregare per raggiungerla in Sicilia, allo scopo di affrettare il disbrigo delle pratiche.

In vista della partenza, Asdrubale dovette provvedere a diversi documenti di identità. Il 5 settembre gli venne rilasciato l'attestato di nobiltà e di parentela con Sofonisba, per poter dimostrare che erano fratelli. Il 6 settembre fece testamento, in previsione di un viaggio che, come aveva dimostrato l'agguato subìto dal Moncada, era piuttosto rischioso. Questo documento consente di appurare quali membri della famiglia erano ancora in vita: nomina suoi eredi, per piccolissime somme, Sofonisba, Anna Maria, moglie di Giacomo Sommi, da poco sposa e già madre, la sorella Elena, suor Minerva, e il nipote Antonio Galeazzo Schinchinelli, figlio di Europa. La madre Bianca risulta ancora viva e usufruttuaria.

Negli stessi giorni Sofonisba affrontava una vertenza con la famiglia Cardanetto, imparentata con i Moncada, che aveva occupato la tenuta detta «La Fata», quella comprata da Fabrizio presumibilmente con i soldi della moglie, la quale comunque avrebbe dovuto almeno godere dell'usufrutto.

Contemporaneamente si vide bloccare le rendite sui dazi siciliani: il 25 settembre è registrata un'istanza di Sofonisba affinché le sia corrisposta la pensione, nonostante l'intervento contrario di un giudice a seguito di una richiesta di sequestro da parte di un mercante fiorentino, probabilmente creditore di Fabrizio.

Arrivato finalmente Asdrubale, che Sofonisba aveva lasciato bambino e rivedeva dopo vent'anni, il 13 novembre gli rilasciò un'ampia procura per dirimere tutte le questioni insorte dopo la morte del marito. All'inizio del '79 Sofonisba tentava affannosamente di procurarsi del denaro, non essendo giunto ancora il promesso aiuto da parte del re: il 4 gennaio risulta da un atto notarile una sua richiesta di riavere 100 ducati e «una pezza d'argento operata» impegnata l'anno prima da Fabrizio. Soltanto ai primi di dicembre del '79 i due fratelli Anguissola poterono salpare da Palermo a bordo di una galera genovese, la *Patrona*.

Matura vedova di quarantasette anni, Sofonisba chiudeva un capitolo difficile della sua vita con un forte senso di delusione: il «benedetto casamento» tanto desiderato si era concluso tragicamente nel giro di cinque anni. Ma non era da lei consegnarsi al declino, nascondendosi nell'angolo di una dignitosa vecchiaia.

Non rimpiangeva i fasti della vita mondana né la frequentazione dell'alta aristocrazia internazionale: a quel punto della vita desiderava spazi di libertà e di scoperta, e per ottenerli si sarebbe fatta tentare dall'imprevisto. Proprio quando l'avvenire appariva ormai scontato, si prese la responsabilità di cambiare il corso della sua storia.

Capitolo V

PISA

1579-1580

«IMBARCATASI SOPRA una galea di Genova, ch'era comandata dal signor Orazio Lomellino, ebbe nel viaggio sì cortesi trattamenti da quel gentiluomo, che si trovò obbligata in ultimo a corrispondergli con la promessa di pigliarlo in consorte.»

La sorprendente notizia è riportata nelle *Vite dei pittori, scultori e architetti genovesi e forestieri che in Genova operarono* di Raffaele Soprani, pubblicate nel 1674. Non si tratta di informazioni ricavate dalla biografia del De Ribera, che scrive semplicemente: «Non passò molto tempo che le venne trattato di rimaritarsi nobilmente in Genova», con un riserbo che dobbiamo attribuire alla stessa Sofonisba, la quale non intendeva divulgare pubblicamente le avventurose circostanze del suo secondo matrimonio.

Ma a Genova di queste insolite nozze si parlò molto, e genovese è sicuramente la fonte del Soprani, poiché soltanto qualcuno che aveva conosciuto direttamente o indirettamente i protagonisti della vicenda (scomparsi da non più di quarant'anni) poteva essere al corrente dei romanzeschi particolari.

Pur senza mettere in dubbio la sostanza delle affermazioni del Soprani, si possono avanzare ipotesi che completino il quadro dell'incontro tra Sofonisba e Orazio Lomellini.

Non è credibile che la pittrice vedesse per la prima volta Orazio a bordo della *Patrona*: probabilmente erano corse tra loro trattative a proposito della tariffa e delle modalità del viaggio, e il capitano era stato messo al corrente della penosa situazione in cui si trovava la vedova Moncada, la quale aveva attirato la sua attenzione con l'intelligenza brillante, la cordialità senza artifici, l'incomparabile garbo, doti che non appassiscono con l'età.

E il Lomellini colpì Sofonisba forse perché tanto diverso dagli uomini d'apparato che era abituata a frequentare: era libero, fuori dagli schemi, portato all'avventura. Rappresentava tutto quello che le era mancato nel convenzionale ambiente della corte.

Tra loro c'erano forti disparità: lui era nettamente inferiore di rango, perché pur portando il cognome di una importantissima famiglia genovese, apparteneva a un ramo secondario e per di più era un figlio illegittimo. Lei era svantaggiata dall'età, perché Orazio – nato tra il 1545 e il 1547 – era più giovane di circa quindici anni.

Una coppia improbabile, ma unita dagli stessi obiettivi: una vita indipendente, la libertà di coltivare i propri interessi nell'agio di un certo benessere. Stando al Soprani, il Lomellini avrebbe approfittato dell'atmosfera informale che si stabiliva a bordo per prendere l'iniziativa del corteggiamento, ma è difficile credere che Sofonisba si sentisse «obbligata a corrispondergli»: prima di aderire a quel progetto di vita in comune, doveva averne valutato i vantaggi.

Cremona in fondo era per lei un rifugio estremo: il

ruolo di gloria locale non avrebbe comportato soltanto onori, ma una serie di obblighi; e non le sorrideva la convivenza con la madre anziana e dispotica – se ricordiamo le allusioni del Vida – e con il fratello scapolo di indole parassitaria, di cui forse aveva constatato in Sicilia l'insipienza.

Orazio capitava al momento giusto per interpretare la parte del deus ex machina, salvandola da quella situazione cui s'era assoggettata in un momento di sconforto e di solitudine. In cambio gli avrebbe dato il prestigio di una moglie celebre: per un capitano mercantile, il matrimonio con una ex dama di corte oltre che rinomatissima artista costituiva una promozione sociale non indifferente. Inoltre, una volta risolte le sue questioni ereditarie, Sofonisba sarebbe stata piuttosto ricca.

Rimaneva il problema della differenza d'età: sposando una donna quasi cinquantenne, Orazio avrebbe dovuto rinunciare a una discendenza legittima, tuttavia aveva già un figlio naturale, e quella paternità evidentemente gli bastava.

Possiamo comunque essere abbastanza certi che, al di là delle considerazioni pratiche, fu un impulso del cuore ad avvicinarli. Ne fa fede non solo la testimonianza del Soprani, ma anche un breve carteggio tra la pittrice e il granduca di Firenze, Francesco I de' Medici.

La *Patrona* gettò le ancore a Livorno, territorio mediceo. Sofonisba sbarcò, con il pretesto di essere stata disturbata dal mare in burrasca. In realtà doveva trattarsi di una burrasca d'altro genere: l'improvvisa sterzata che voleva imprimere alla sua vita aveva suscitato il furore di Asdrubale, che non sopportava di vedersi strappare la preziosa sorella, e forse in buona fede disapprovava quella scelta precipitosa di cui pensava avrebbe dovuto pentirsi.

Per sfuggirgli, e per concedersi una pausa di riflessione al riparo dai pettegolezzi, Sofonisba si rifugiò nel monastero pisano di San Matteo.

La scelta di dirigersi a Pisa fa pensare a un desiderio di guadagnare qualche giorno di tranquillità per risolvere la sua situazione personale standosene appartata: infatti la città era da tempo decaduta dalla sua prestigiosa posizione di emporio marittimo e commerciale, vedendo ridursi la sua popolazione a poco più di ottomila anime.

Alloggiando dalle monache, Sofonisba salvaguardava la sua reputazione e nello stesso tempo eludeva il controllo del fratello, per procedere indisturbata alla realizzazione del suo progetto matrimoniale.

Portava con sé numerosi effetti personali, in pratica tutto il suo corredo e gli arredi domestici, per i quali avrebbe dovuto pagare le tasse doganali; ma pensò di risparmiarsele rispolverando la sua vecchia conoscenza con il granduca, incontrato alla corte di Madrid. Non erano soltanto considerazioni di ordine economico a spingerla a contattare Francesco de' Medici: voleva sondare la disponibilità di lui ad accoglierla per qualche tempo nel suo Stato, se vi si fosse stabilita nei primi tempi del matrimonio, in attesa che si calmassero le acque.

Gli scrisse il 18 dicembre 1579: «Serenissimo Signore, sono alcuni dì ch'io mi partii di Sicilia per andarmene a Cremona a casa mia, e sbarcai a Livorno di dove pigliai il cammino per terra, e per essere io travagliata dal mare e dal viaggio lungo, ho pigliata risoluzione di riposarmi un poco qua, e per ciò mi sono messa in questo monastero di Santo Matteo e poiché ho fatto introdurre alcune robe per servizio mio in questa città, le quali sono tutte usate, vengo a supplicare Vostra Altezza Serenissima sia servita di far ordinare che non sia pagato alla Dogana cosa alcuna per conto di dette robe, et essendo io servitrice di molto tempo a Vostra Altezza Serenissima non ho dubbio alcuno che di ciò mi farà grazia, sì come per un mio memoriale le sarà supplicato, restandone di questo obbligatissima a Vostra Altezza Serenissima». Si firmava: Sofonisba de Moncada et Anguissola.

Il significato di questa lettera appare più da quello che tace che non da quello che dice.

È abbastanza chiaro che la donna non è in cerca di consigli, infatti esclude ogni argomento personale, non accennando né alla vedovanza né al nuovo progetto matrimoniale; non precisa nemmeno che le sue «robe» – di cui promette un elenco in un successivo memorandum – costituiscono un vero trasloco da Palermo. Tra le righe infila però l'informazione di essersi sistemata in un convento, temendo che al granduca possano essere riferite voci tendenziose, lesive della sua reputazione.

Naturalmente Francesco de' Medici non tardò ad accertare le vere circostanze che avevano condotto Sofonisba a Pisa: il suo informatore doveva essere stato imbeccato da Asdrubale, che tentava ogni via per ricondurre la sorella alla ragione.

Desiderando conoscere le versioni dei diretti interessati, il 24 dicembre il granduca scrisse al commissario di Pisa affidandogli il compito di indagare sulla faccenda e allegando un suo messaggio personale da recapitare alla pittrice.

«Si trova dalle monache di San Matteo la signora Sofonisba Anguissola, stata dama della regina Isabella di Spagna, la quale, essendo venuta dalla Sicilia sulle galere di Genova, pare che si sia innamorata d'un

Orazio Palavicino (*sic*) Capitano della Patrona di esse, e che contro la volontà del fratello e degli altri suoi disegni, voglia maritarsi seco. Onde noi che la conoscemmo alla corte di Spagna, e desideriamo ogni suo beneficio, vi scriviamo l'allegata nostra del tenore che vedrete per la copia, che vogliamo che le presentiate voi di persona, et informandovi di tutto il caso dal fratello, la confortiate per parte nostra con quelle più vive ragioni che vi sovverranno, a considerare alla qualità di casa sua, alla servitù del Re et anche alla reputazione che le può portare il cercarsi un miglior soggetto, facendo questo ufficio in maniera che non paia mendicato, ma fatto da noi con quello zelo che ricerca l'affezione che abbiamo portato sempre a questa signora e a tutta casa sua, avvisandoci del seguito.»

L'accluso messaggio per Sofonisba era scritto con la stessa franchezza. Non accennando neppure alla questione doganale, il granduca affrontava direttamente il punto delicato del matrimonio e dell'opposizione della famiglia, su cui si mostrava perfettamente informato: «Avendo inteso che Vostra Signoria si trova in Pisa con intenzione di maritarsi fuor del gusto dei suoi parenti e della condizione di casa sua, mosso dalla conoscenza che ebbi di lei quando fui nella corte del Re di Spagna e dall'affezione che le ho portato sempre, non ho voluto tralasciare di metterle in considerazione che, come creata di Sua Maestà, non solo dovrebbe dargli parte di ogni suo pensiero, ma anche scegliersi un soggetto degno di lei e della casa sua e della servitù che ha fatto a così supremo principe, perché molte volte i sensi ci propongono quel che ci pare utile et onorevole, che ricondotto poi dalla ragione si trova tutto il contrario, e spesso con pentimento invano.

«Perciò consideri molto bene quel che ella fa, che

come savia che l'ho tenuta sempre, sono certo che non vorrà perdersi quel buon nome che con tanta servitù s'è acquistato, et io mi offro con ogni prontezza a fare quanto che giudicherà di comodo e beneficio, e Dio vi conceda ogni contento».

Il predicozzo mostra un benevolo interesse del granduca per la pittrice, ma anche preoccupazione per il suo comportamento irriguardoso nei confronti del re, il cui corruccio per lo sgradito matrimonio avrebbe potuto riverberarsi pure su di lui, se non avesse dimostrato di aver fatto tutto il possibile per scongiurarlo.

Sofonisba però, nelle sue scelte, non si lasciava condizionare da obiezioni di forma, procedendo senza tentennamenti: quando ricevette la lettera del granduca era già sposata, o almeno glielo faceva credere nella risposta, poiché forse proprio quell'intervento l'aveva spronata a sposarsi subito, per mettere il de' Medici davanti al fatto compiuto. Nello stesso modo si era probabilmente regolata anche con Filippo II, annunciandogli il matrimonio ma non attendendo la regale approvazione per metterlo in atto.

«Ho ricevuto una lettera di Vostra Altezza Serenissima, con la quale ho sentito grandissima consolazione in questi miei travagli – rispondeva al granduca Francesco il 27 dicembre, facendo sfoggio di tutta la sua diplomazia – vedendo con quanta amorevolezza Vostra Altezza Serenissima mi favorisce nell'aver memoria di me in cose di tanta importanza e ricordarmi quanto io sono obbligata, assicurandola che, ancorché non mi fossero anteposti tutti i rispetti che da Vostra Altezza Serenissima mi vengono detti, non dico in cosa di che abbia avuto così mala informazione, ma che fosse stata di assai mio vantaggio, sarebbe bastato non esserci la volontà di Vostra Altezza Serenissima, a cui sono tanto affezionata serva da molti anni, per aver sottoposto ogni mio parere a quanto Vostra Altezza Serenissima mi avesse comandato; però, poiché i matrimoni prima si fanno in cielo e poi in terra, la lettera mi capitò tardi, per donde io non ho potuto dimostrare l'affezionatissima servitù mia a Vostra Altezza Serenissima, alla quale supplico quanto più posso mi perdoni, e da qui innanzi mi voglia favorire e tenere nel numero dei suoi vassalli.»

Con questa risposta Sofonisba dava ragione all'appellativo di «savia» attribuitole dal granduca. Disarmante nella sua semplicità, rivendicava il diritto alla tardiva felicità che le veniva offerta: sentiva che l'unione con Orazio era veramente stabilita «in cielo», quasi un risarcimento del destino dopo il primo matrimonio frutto di trattative fin troppo terrene. Il mare, strumento della volontà divina, le aveva strappato un marito per poi portargliene un altro, un nuovo compagno per una vita nuova.

Trovava anche il modo di difendere la dignità dello sposo, rammaricandosi che il de' Medici avesse ricevuto di lui «così mala informazione», a causa degli inveleniti pregiudizi di suo fratello. Implicitamente si difendeva quindi anche dall'accusa di aver seguito, come una fanciulla sventata, «ciò che i sensi propongono» invece della ragione: alla sua età, sapeva bene quando allentare la briglia alle emozioni, senza per questo dimenticarsi di sé.

Nella conclusiva richiesta di essere accettata come suddita, annunciava l'intenzione di trattenersi per qualche tempo a Pisa; doveva regolare gli aspetti economici del matrimonio, provvedendo alla stesura dell'atto dotale, e preparare convenientemente l'arrivo a Genova. Del fratello si era liberata: dopo le nozze Asdrubale non aveva motivo di restare.

L'intromissione del granduca nella vita privata di Sofonisba aveva relegato in secondo piano la questione dei suoi beni da sdoganare, ma avendo i coniugi Lomellini intenzione di trovare casa a Pisa, era necessario poter disporre al più presto dei mobili e degli arredi. La pratica fu affidata a un segretario del duca, Belisario Vinta, che scrisse alla coppia per avere delucidazioni.

Fu Orazio a rispondergli, allegando il 30 dicembre l'annunciato promemoria di Sofonisba al granduca sulle merci in questione e confermando le notizie che lo riguardavano, in parte per facilitare l'iter burocratico della pratica, in parte per modificare, attraverso l'intercessione del Vinta, il giudizio negativo che il de' Medici poteva essersi fatto su di lui: «Col dispaccio passato scrissi a Vostra Signoria in risposta all'amorevol sua, e di nuovo non mancherò replicarle, con farle parte delle cose mie, di essermi congiunto in matrimonio con la signora Sofonisba Anguissola già dama di Sua Maestà Cattolica e moglie del signor don Fabrizio di Moncada, et essendo risoluto a fermarmi per qualche mese in questa città, prego Vostra Signoria si degni comandarmi e valersi di me come cosa sua, della qual signora mando a Vostra Signoria la lettera inclusa per Sua Altezza Serenissima che le piacerà fargli avere, con anche favorire una sua supplica, come la vedrà, di avere grazia della gabella di certe robe et arnesi di casa sua».

Ecco il breve testo del memorandum: «Sofonisba Anguissola servitrice di Vostra Altezza Serenissima ritrovandosi in Pisa venuta di Sicilia con le galere della Signoria Illustrissima di Genova, da dove ha portato per suo uso alquanti argenti, vesti et altri pochi mobili, et essendo state riviste in questa dogana et essendo costretta a pagare la gabella, supplica come dama di

Sua Maestà Cattolica che Vostra Altezza Serenissima sia servita di farle grazia di detta gabella, che il tutto riceverà dalla molta amorevolezza e cortesia sua».

Il granduca non solo acconsentì a sgravarla dalle tasse, ma fece sapere, forse attraverso il Vinta, che avrebbe volentieri ricevuto gli sposi. Fu soltanto il Lomellini a recarsi a corte, munito di una lettera di presentazione della moglie datata 14 gennaio 1580: «Il signor Orazio mio viene a far riverenza a Vostra Altezza Serenissima et a baciarle le mani come farà anche a mio nome, et a offrirsi come creato di Vostra Altezza Serenissima, così come siamo obbligati; supplico, tra le altre grazie che da Vostra Altezza Serenissima ha ricevuto, lo voglia accettare e come tale favorirlo, che il tutto riceverò in persona propria, così come nella benignità di Vostra Altezza Serenissima confido».

Perché Sofonisba si tirò indietro, lasciando che il marito comparisse da solo davanti a Francesco de' Medici? Volle evitare di metterlo in ombra con la sua presenza, attestando piena fiducia nella capacità di Orazio di farsi benvolere e apprezzare; ma forse il suo atteggiamento fu motivato anche da un certo dispetto nei confronti del signore di Firenze, delle sue critiche e dei consigli non richiesti.

Trovato alloggio a Pisa in via Santa Maria, i Lomellini si organizzarono per la riscossione delle rendite siciliane: il 21 gennaio Sofonisba rilasciava una procura a un collega del marito, il genovese Filippo Spinola, in partenza per Palermo, affinché ritirasse la pensione a suo nome.

L'atto più importante, quello relativo alla dote, ancora non era stato stipulato. Su questo punto Orazio aveva dato a Sofonisba il massimo segno di fiducia, sposandola prima dell'accordo legale; questa inversione dell'uso consolidato che faceva precedere il conferimento della dote alla celebrazione del matrimonio dimostra la volontà della coppia di affrettare le nozze per troncare tutte le obiezioni e gli attacchi mossi da più parti.

Passarono quasi tre mesi fra il matrimonio e la stipulazione del contratto dotale, forse perché il capitano aveva dovuto riprendere il mare e Sofonisba stava definendo alcune pendenze per procurarsi una somma da porre sul tavolo davanti al notaio. Il 17 marzo 1580, nella casa coniugale in via Santa Maria, fu rogato l'atto di elargizione della dote di Sofonisba a Orazio di Niccolò Lomellini.

La dote consisteva in 5000 scudi, cui si sarebbero aggiunti i proventi delle due eredità ancora non riscosse, perché oltre a quella del primo marito, le spettava una parte, seppure modestissima, dell'eredità paterna. Parte integrante della dote risultava anche la rendita annuale erogata dalle dogane di Palermo e Messina, che in caso di scioglimento del matrimonio sarebbe rimasta a lei, e il cui introito – era specificato – doveva essere speso per il benessere comune dei due sposi.

Dopo la lettura dell'atto da parte del notaio, Sofonisba consegnò a Orazio i 5000 scudi, «parte in contanti e parte in argenteria e arredi stimati e valutati tra le parti di comune accordo», con la precisazione che i gioielli sarebbero rimasti proprietà esclusiva della sposa. Da parte sua, Sofonisba nominava il marito suo procuratore con amplissimo mandato.

È probabile che dopo questa transazione Orazio sia ripartito, sia per preparare a Genova una dimora confacente, sia per i suoi impegni professionali. Sofonisba sapeva che sposando un uomo di mare non avrebbe potuto contare su un'assidua compagnia, ma non le dispiaceva la prospettiva di potersi finalmente organizzare un'esistenza autonoma.

Durante la giovinezza era passata dall'autorità paterna a quella dei sovrani spagnoli, e anche da sposata, in Sicilia, si era dovuta assoggettare allo spocchioso sussiego della famiglia Moncada. Ora poteva sperare di vivere a modo suo l'ultima parte della vita: una parte che sarebbe stata lunga oltre ogni aspettativa.

Capitolo VI

GENOVA

1580-1615

Trasferendosi dalla Sicilia in Liguria, Sofonisba non usciva sostanzialmente dal sistema politico instaurato in Italia dall'impero spagnolo. Con uno statuto del 1528 Genova si era costituita in repubblica oligarchica, controllata da Andrea Doria, principe occulto che, pur non assumendo ufficialmente il potere, aveva pilotato una clamorosa inversione di tendenza, abbandonando l'alleanza francese per fiancheggiare la Spagna e ottenendo in cambio da Carlo V il riconoscimento contrattuale dell'indipendenza della città.

La realistica opzione del Doria per il prevedibile vincitore dell'interminabile guerra europea rispondeva anche a considerazioni economiche: avendo l'avanzata ottomana creato difficoltà alle rotte commerciali d'Oriente, gli interessi genovesi dovevano orientarsi verso i nuovi mercati atlantici, aperti grazie a Colombo e ai suoi finanziatori, i sovrani spagnoli.

I patrimoni accumulati con i traffici intercontinentali furono impiegati soprattutto per sovvenzionare la macchina militare asburgica su cui Genova aveva puntato, arrivando a un regime quasi monopolistico dell'alta finanza, tanto che correva il detto: «L'oro e l'argento americani nascono oltre oceano, muoiono in Spagna e sono sepolti a Genova». Ed è chiamato «secolo dei genovesi» il periodo tra il 1528 e i primi decenni del Seicento.

La preminenza dei banchieri suscitava polemiche tra la popolazione, perché si addossava loro la colpa dell'aumentato costo del denaro, con la conseguente crisi delle imprese artigianali, nonché della decadenza dei traffici mercantili. In realtà, l'arricchimento della classe egemone non incrementava i commerci perché era in atto quella trasformazione della società che distaccava l'aristocrazia dalle attività imprenditoriali, orientandola agli investimenti fondiari: poiché i titoli nobiliari erano legati al possesso della terra, si acquistavano feudi. Ma la rifeudalizzazione non era affatto remunerativa in Liguria, dove la terra era poco propizia all'agricoltura.

Le diverse concezioni di nobiltà, tra un patriziato ancora propenso alla mercatura e più aperto alla parità civile, e posizioni signorili fortemente gerarchizzate, si riflettevano anche sugli stili di vita: in città cominciarono a sorgere – immobilizzando immensi capitali – palazzi privati paragonabili a dimore di principi, una tendenza che impresse una svolta anche in campo artistico, con l'importazione di architetti in grado di disegnare il nuovo fastoso volto di Genova.

Anticamente l'abitato si era sviluppato ad anfiteatro attorno al porto e le prime dimore patrizie, in epoca medioevale, si allineavano lungo le strade confluenti al mare; ma la spinta rinnovatrice della metà del Cinquecento impose rettifiche al tracciato urbano, aprendo la Strada Nuova, che avviò lo spostamento delle case dell'aristocrazia fuori dalle strettoie del tessuto medioevale. La domanda di più adeguati spazi residenziali, proveniente dalle maggiori famiglie, segnalava tangibilmente il progressivo allontanamento della classe dominante dalla vita del mare.

Strada Nuova, priva di ogni funzione viaria se non quella di dare accesso alle residenze aristocratiche, venne tracciata delimitando a nord il denso agglomerato cittadino, con andamento parallelo alla costa. Grimaldi, Pallavicini, Spinola e Doria furono i titolari dei primi palazzi di quel quartiere esclusivo, che costituiva una soluzione inedita nell'urbanistica italiana del tempo.

Nel clima concorrenziale instaurato dall'asta pubblica dei lotti, i nobili committenti e i loro architetti ingaggiarono un'ardua sfida su terreni contrapposti, il cui andamento in declivio imponeva la creazione di un linguaggio originale per scalare i dislivelli attraverso spazi continui, dalla strada alle logge e ai terrazzi pensili, in uno sfoggio creativo che inaugurava la stagione più esaltante dell'architettura genovese.

Determinante fu l'arrivo in città dell'architetto perugino Galeazzo Alessi, che vi lavorò dal 1548 al 1570, chiamato da Roma dove era stato aiuto del Sangallo. Massimo esponente del rinnovamento urbanistico, fu il creatore del palazzo cittadino genovese, derivato dalla maniera michelangiolesca, caratterizzato da facciate tripartite, dove le finestre assumono una funzione coordinativa, con il centro rientrante in cui s'incava sovente una loggia.

Sullo stesso stile classicista ideò anche il modello della villa suburbana, ma senza cortile interno, perché preferì creare uno spazio antistante con l'avanzamento delle ali laterali. Questi luoghi di delizie ideati dall'Alessi e dai suoi abili interpreti locali si disposero in schiere monumentali lungo la costa o sul mosso paesaggio delle colline retrostanti. Gli interni, affacciati su giardini sorprendenti per la fantasia della decorazione vegetale e dei meccanismi idraulici, illustravano con stucchi e cicli affrescati i fasti di una società che cominciava a essere sensibile all'autocelebrazione, soprattutto nella fascia della nobiltà «nuova», desiderosa di far dimenticare le origini mercantili.

Tra gli interpreti di questa fioritura artistica spiccano i pittori Giovanni Battista Castello detto il Bergamasco e Luca Cambiaso, antesignani della grande stagione barocca dell'affresco genovese: quest'ultimo figura tra gli interlocutori di Sofonisba, giunta a Genova in uno stimolante clima di rinnovamento.

Non conosciamo la data precisa del suo arrivo, ma dovette essere entro il 1580, dato che Orazio nella lettera al Vinta aveva prospettato un soggiorno a Pisa di qualche mese soltanto. I coniugi Lomellini non potevano permettersi dimore lussuose: abitarono in case d'affitto nella congestionata città medioevale, un labirinto irregolare di vicoli ripidi e bui dove si stipavano edifici che per la penuria di spazio gareggiavano in altezza.

Il territorio cittadino era suddiviso in sestieri: Maddalena, Prè, Molo, Portoria, San Vincenzo e San Teodoro. Sofonisba, pur traslocando ripetutamente, si spostò all'interno del sestiere della Maddalena, dove erano situate le dimore dei vari rami dei Lomellini: la Maddalena sfociava a sud sul mare, e a nord lambiva la Strada Nuova. Svariati indirizzi si avvicendano negli atti notarili stipulati a domicilio, come i «Fides Vitae» di Sofonisba, cioè i certificati attestanti che la pittrice era ancora in vita, necessari per la riscossione delle rendite palermitane.

Possiamo pensare che i coniugi Lomellini cambiassero casa a seconda dell'andamento delle loro finanze: vuoi per il blocco dell'eredità di Sofonisba, vuoi per gli incerti del commercio marittimo, che non consentivano a Orazio introiti regolari, le loro dimore dovettero rispecchiare un tenore di vita altalenante.

Il primo domicilio conosciuto, registrato nel 1589, si trovava in contrada dei nobili De Franchi, prestigiosa famiglia che apparteneva a uno dei ventotto «Alberghi» della vecchia nobiltà: questa fu la casa in cui restarono più a lungo. Nel 1595 abitavano in piazza Santa Maria della Vigna, una delle parrocchie più estese e popolate, sorta dove un tempo crescevano le viti. Nel gennaio del 1597 risultano domiciliati in contrada di Porta Nuova, una zona prediletta dai pittori: vi avevano abitato artisti locali di spicco, come Giovanni Barbagelata, Andrea Semino e Giambattista Piaggi, paladino della nobiltà dell'arte, che si oppose all'entrata dei pittori nelle corporazioni artigiane.

Nello stesso anno ci fu però un nuovo trasloco. A giugno si erano spostati in contrada San Francesco: la chiesa era tra le più importanti della città, dove il culto francescano era fortemente radicato fin dai tempi del Santo, che la tradizione voleva passato per Genova. Nel 1599 avevano trovato alloggio in piazza dei nobili Salvago, appartenenti a uno degli Alberghi originari; nel 1603 stavano in carruggio dell'Oro, il cui nome lo fa ritenere abitato dai filatori d'oro, così come esistevano anche i carruggi dell'Argento, del Piombo e del Ferro; nel settembre 1604 li troviamo in contrada di San Siro, la più antica cattedrale di Genova, dedicata al vescovo del sesto secolo e divenuta una chiesa di punta della Controriforma, essendo stata affidata nel 1575 al nuovo ordine religioso dei teatini, che la stavano ricostruendo; ma a novembre i Lomellini erano ritornati in carruggio dell'Oro, dove sembra restassero fino a quando abitarono nel capoluogo ligure.

L'insediamento a Genova, a causa degli impicci burocratici che bloccavano le rendite di Sofonisba, non fu probabilmente all'altezza delle sue speranze; non le era ancora giunto il promesso aiuto pecuniario dalla corte spagnola, ma non era il momento di angustiare con nuove richieste Filippo II, che nell'ottobre del 1580 era rimasto vedovo per la quarta volta.

La regina Anna era morta mentre accompagnava il marito in Portogallo, dove sarebbero stati incoronati sovrani: il trono era rimasto infatti vacante per la morte senza eredi del re Sebastiano, unico figlio di Giovanna, sorella di Filippo II. L'incoronazione si svolse sotto le insegne del lutto, ormai familiari al re, condannato alla perdita dei più cari affetti: il matrimonio con la nipote Anna era stato allietato dalla nascita di sette figli, tra i quali, però, era sopravvissuto un solo maschio.

L'anno dopo si presentò a Sofonisba un'occasione per riallacciare i rapporti con la famiglia reale: passò da Genova l'imperatrice Maria d'Austria, sorella di Filippo e madre della sfortunata Anna, che essendo rimasta vedova di Massimiliano II aveva lasciato Vienna per raggiungere il fratello e affiancarlo nella cura dei nipotini orfani: «Nel tempo in cui la Maestà dell'Imperatrice passò in Genova andando in Spagna» è il De Ribera a segnalarlo «la signora Sofonisba andò a farle riverenza, presentandole un quadretto della Madonna, fatto con ogni eccellenza desiderabile, che l'Imperatrice gradì sopramodo, facendole favori in pubblico e in privato straordinari».

La testimonianza è interessante per varie ragioni; innanzi tutto dimostra che Sofonisba, nonostante non avesse sottoposto preventivamente il suo secondo matrimonio all'approvazione reale, non era caduta in disgrazia: anzi, l'imperatrice Maria, attestando pubblicamente il suo favore, innalzava presso l'alta società genovese la posizione gerarchica della pittrice. Inoltre il dono fatto da Sofonisba permette di appurare che non solo non aveva interrotto la sua attività artistica, ma si applicava con crescente interesse ai quadri sacri confermando la sua preferenza, come soggetto, per la Vergine Maria.

All'imperatrice, Sofonisba consegnò una supplica per il sovrano, in cui gli chiedeva aiuto per risolvere le sue difficoltà economiche, poiché la pensione siciliana, la cui riscossione era stata devoluta al defunto Fabrizio, era bloccata, come il resto dell'eredità.

Finalmente il 16 maggio dell'81 il viceré Marcantonio Colonna emanò l'ordine di ricominciare a versare a Sofonisba la rendita che le era dovuta, essendo chiaramente espressa la volontà del Moncada in questo senso al momento di ricevere la procura.

Un'altra buona notizia arrivò nel gennaio del 1583. Dopo un iter burocratico durato cinque anni, fu emesso a nome di Sofonisba un ordine di pagamento di 500 ducati «una tantum», che Filippo II aveva stanziato per sovvenirla nel momento della vedovanza. Forse la spinta decisiva venne dall'imperatrice Maria, che aveva recato al fratello il desolato appello della pittrice: il decreto reale che rendeva operativo il pagamento risulta infatti firmato a Lisbona, dove Maria aveva raggiunto Filippo, ancora in Portogallo per avviare l'amministrazione del nuovo regno.

La somma, pur provvidenziale, non poteva risolvere

le difficoltà finanziarie dei Lomellini. La vita a Genova doveva essere piuttosto cara e le rendite siciliane non erano sufficienti a garantire il tenore di vita che avrebbero desiderato. Inoltre il modesto status sociale di Orazio li teneva ai margini dell'alta società.

Decisero allora di rivolgersi di nuovo a Filippo II per ottenere sia un aumento della pensione, sia un pubblico segno di favore nei confronti del Lomellini.

«Con Orazio Lomellino mio marito scrissi a Vostra Maestà supplicando mi facesse grazia di averlo raccomandato nelle sue pretensioni, tanto per esso, quanto per essermi marito» scriveva Sofonisba al re il 14 ottobre dell'83. «Di nuovo replico, per dare a Vostra Maestà memoria, voglia favorirmi del suddetto, con essere servito ordinare che sia expedito con brevità, confidando nella solita benignità e liberalità di Vostra Maestà con i suoi creati, tra i quali io sono affezionatissima, non mi debba mancare che sia in bene, come dalle reali mani di Vostra Maestà non posso sperare altrimenti, dalle quali dopo che da Iddio dipende ogni mio bene, e metterò quest'obbligo con i tanti altri che tengo con Vostra Maestà, alla quale con ogni riverenza et umiltà bacio le mani.»

La risposta favorevole di Filippo non si fece attendere troppo: il 21 luglio 1584 dall'Escorial fu emessa la concessione di una nuova rendita di 300 ducati, da erogare sulle dogane siciliane, motivata dal nuovo matrimonio di Sofonisba, da aggiungersi a quella di 1000 ducati già concessa per le nozze precedenti. Nel documento Filippo motivava la concessione dicendo di aver molto apprezzato «l'abilità, l'ingegno e la premura della diletta e a noi sinceramente devota Sofonisba, dama della Serenissima Regina Isabella nostra carissima defunta moglie, la quale per le sue grandi virtù fu da noi molto ben accetta, e non lo è meno ora che si è da poco unita in matrimonio col diletto e a noi devoto Orazio Lomellini».

Era una consacrazione importantissima, un'approvazione ufficiale che non solo metteva a tacere le critiche velenose che avevano tanto amareggiato Sofonisba, ma le apriva le porte della buona società genovese, come si deduce dal compiaciuto commento di Antonio Campi nella sua opera *Cremona fedelissima città*: «Sofonisba si è rimaritata con un gentiluomo genovese, e di presente vive in quella nobilissima città honoratissimamente e con grandissima reputazione, essendo non solamente famosa, ma ancor per le rare sue virtù ammirata dalle principali gentildonne di quell'inclita città».

Godere di entrature nel mondo femminile era particolarmente importante in una città come Genova, chiamata «Il paradiso delle donne». La definizione è dell'umanista quattrocentesco Enea Silvio Piccolomini – poi diventato papa Pio II – e parecchi testi successivi confermano la libertà di cui godevano le donne genovesi, magari per criticarla, come un visitatore apostolico che nel 1582 sottolineava la necessità di «moderare la troppo larga libertà delle donne».

L'anno successivo in un *Dialogo* del Paschetti si trova l'affermazione che Genova «sarebbe tra tutte le altre città d'Italia rara di continenza, se la soverchia libertà che alle nostre donne per antica consuetudine viene concessa, non la facesse altrimenti reputare». E una raccolta di disegni di abiti femminili di Cesare Vecellio reca didascalie che confermano quest'emancipazione: «Le genovesi sono le più affabili e piacevoli donne nel conversare di tutta Italia, poiché negoziano pubblicamente con tanta pratica et amorevolezza, che par che siano sorelle di tutti quelli con i quali negoziano traffici o mercanzie; loro vanno a comperare e vendere senza troppa reputazione, tenendosi più onorate quelle che con maggior vantaggio comprano o vendono; (...) il simile usano le donzelle, le quali vanno dove a loro piace, e si lasciano vedere dovunque, e vanno due o tre in compagnia, dandosi la mano l'una con l'altra».

In questo clima socievole e disinibito – così piacevolmente diverso dalla rigidità spagnolesca – Sofonisba dovette sentirsi molto a suo agio e non patì la solitudine, nonostante le lunghe assenze del marito, che fino all'ottobre dell'85 fu sempre per mare, al comando della *Patrona*, spostandosi tra la Corsica, Nizza, Livorno, Napoli e la Sicilia.

È documentato che fu lui a trasportare sulla sua nave, nel giugno dell'85, le autorità della repubblica genovese che si recavano a Savona per rendere onore al passaggio di un'illustre personalità: l'infanta Caterina Micaela.

La secondogenita di Filippo II e Isabella di Valois, ormai diciottenne, si era maritata a Saragozza con il duca di Savoia Carlo Emanuele I, figlio di Emanuele Filiberto, l'artefice della vittoria di San Quintino; i due sposi, sbarcati a Savona, erano diretti a Torino. La sorella maggiore, Isabella Clara, non era ancora sposata, perché dedita a consolare la solitudine del padre, del quale era sempre stata la figlia prediletta.

A bordo della nave di Orazio quasi certamente si trovava anche Sofonisba, che a nessun costo si sarebbe persa l'incontro con l'infanta, che non rivedeva da quando, dodici anni prima, l'aveva dipinta abbracciata alla scimmietta.

La delegazione genovese fu accolta con una ieratica compostezza da mosaico bizantino, che suscitò qualche sconcerto: «I legati si avviarono a visitare la Duchessa, che aveva le sue stanze poco discoste, et entrati nella sala trovarono Sua Altezza in piedi sopra un tavolato con dodici sue damigelle che la circondavano. Ella non si mosse mai niente» scriveva Giulio Pallavicini nella relazione inviata al Senato cittadino il 26 giugno. «Le si accostarono gli ambasciatori e fecero l'ambasciata loro in italiano, finita la quale vollero replicarla in spagnolo, ma ella disse che aveva molto bene inteso, e poi rispose con ringraziar la repubblica nostra per quell'ufficio che le faceva per mezzo loro; e poi finito presero essi licenza, non essendosi mossa mai niente, neanche della vita».

La sistemazione sulla predella – emblema dell'inaccessibile superiorità dei sovrani – e l'immobilità indotta dall'involucro dell'abito di gala, un bozzolo per occultare la forma del corpo, facevano parte del rituale celebrativo del protocollo spagnolo, volto a suscitare la venerazione dei sudditi; ma il garbato rifiuto della traduzione fu un'iniziativa di Caterina Micaela, che forse proprio da Sofonisba aveva ricevuto i primi rudimenti della lingua italiana.

La presenza dell'Anguissola a Savona è testimoniata da una lettera scritta nel 1595 dal poeta Gabriello Chiabrera, che si rammaricava di non aver conosciuto allora la pittrice: «Sono dodici e più anni che questa celebratissima signora fece stanza qui in Savona». L'occasione non poteva essere che il passaggio dell'infanta, e la sfasatura di due anni della data è attribuibile a una svista del poeta.

Ma c'è anche un'altra prova dell'incontro tra la pittrice e la giovane duchessa di Savoia: un ritratto di Caterina Micaela che recentemente Maria Kusche, grazie anche a riscontri radiografici, ha potuto assegnare a Sofonisba correggendo la tradizionale attribuzione a Sanchez Coello.

Poiché il dipinto appartiene alle collezioni reali spagnole, è probabile che Sofonisba stessa lo inviasse a Filippo II, in segno di riconoscenza per la nuova pensione che le aveva concesso. Soltanto la sensibilità dell'Anguissola avrebbe potuto accentuare la somiglianza tra l'infanta e sua madre Isabella, quasi per restituire al sovrano, attraverso le sembianze della figlia, l'immagine della moglie perduta.

Al contrario Sanchez Coello, nel suo ritratto ufficiale di Caterina Micaela, aveva evidenziato l'asimmetria tutta asburgica del viso, dissimulata da Sofonisba grazie all'altissimo bordo inamidato della lattuga, che ridisegna i contorni delle mascelle. Con una tecnica resa matura dal trascorrere degli anni, la pittrice cremonese si compiace di effetti di luce più concentrati e di dettagli che sottolineano la femminilità: la delicata piuma sul cappellino, la lucidità dei ricci neri, gli impertinenti fiocchetti dell'abito, i corruschi barbagli rossi delle gemme che costituiscono anche un suo tratto stilistico inconfondibile.

Probabilmente Sofonisba si prese il tempo di fissare alcuni schizzi durante il breve soggiorno dell'infanta, per eseguire il ritratto con più agio dopo il ritorno a Genova. Maria Kusche ipotizza che l'Anguissola abbia accompagnato il corteo ducale fino alla meta, ma non esistono riscontri, anche perché Caterina Micaela, nella descrizione inviata al padre sulle peripezie del viaggio – che proseguì a cavallo e in lettiga per i passi montani, in carrozza attraverso la pianura e poi in barca sul Po fino a Torino – non fece menzione della presenza della pittrice. Sono invece più probabili, come vedremo, successivi viaggi di Sofonisba a Torino.

Poco dopo il breve ma prestigioso trasporto della delegazione ufficiale a Savona, Orazio perse il comando della *Patrona*, a causa di una sfortunata spedizione contro i pirati, che rischiò di lasciare Sofonisba nuovamente vedova. Da allora il Lomellini si dedicò soprattutto agli affari, facendo regolarmente la spola tra la Liguria e la Sicilia su navi mercantili, sia a titolo personale che come incaricato ufficiale della nazione genovese. Rimangono numerosi documenti che attestano da parte sua l'acquisto di partite di grano, di pasta di semola e di forme di caciocavallo.

Durante le lunghe assenze del marito Sofonisba non restava inoperosa, anzi i suoi dipinti dovettero essere molto richiesti nell'alta società. Baldinucci parla di «opere in pittura segnalatissime per principi e cavalieri» e il Soprani, confermando le sue «molte eccellenti pitture» le suddivideva in due filoni: «molti ritratti dal naturale», ma anche opere «di propria idea», alludendo evidentemente ai soggetti sacri da stanza che già rientravano nei cimenti di Sofonisba e dei quali la religiosità controriformistica aveva incrementato la diffusione, incoraggiando la devozione a livello privato e individuale. Il Soprani però non poggia le sue asserzioni su basi concrete, perché di Sofonisba ammette di aver visto personalmente soltanto un autoritratto, in casa di Girolamo Lomellini.

Non è questa l'unica testimonianza del rapporto tra la pittrice e il ramo più altolocato della famiglia del marito. Il poeta Angelo Grillo racconta a margine di una sua opera del 1589: «Essendo un giorno ito l'autore a visitare il signor Pietro Lomellini, signore di quella nobiltà e valore e gentilezza che prova ognuno che lo tratta, gli fece grazia di lasciargli vedere il suo ritratto, fatto per mano dell'Eccellentissima Signora

Sofonisba Angosciola Lomellina, miracolo di natura ai nostri tempi nell'arte del dipingere e del trarre dal naturale; di dove egli prese occasione di comporre il seguente sonetto:

Muta imago sei tu: ma nel loquace
Silenzio tuo mille concetti esprimi.
(...)
E m'offri agli occhi il mio signor verace
che mercé d'un pennel (...)
(...) del suo cuor veggio anche i sublimi
Affetti e i bei costumi, ond'ei sì piace.
(...)
Tanto può donna con le grazie sue.

Il Grillo ha ben individuato la chiave psicologica della ritrattistica anguissoliana, che portava alla luce le qualità migliori dei personaggi effigiati.

Un approccio, questo, apprezzato anche dal Lomazzo, che nel suo *Trattato dell'arte della pittura* del 1584 affermava fosse compito del ritrattista «coprire il difetto del naturale», e conferire all'effigiato «gli ornamenti, gli atti e i gesti convenienti» al suo ruolo. Anzi «conviene che sempre accresca nelle facce grandezza e maestà» perché la persona raffigurata dovrebbe «avere un'aria a tanto grado conforme, sì che spiri nobiltà e gravità, ancorché naturalmente non fosse tale».

A differenza di chi giudicava il ritratto un genere inferiore di pittura per la mancanza d'invenzione, il Lomazzo – che inseriva Sofonisba nella triade dei più grandi ritrattisti, insieme a Mor e a Sanchez Coello – gli attribuiva un grande valore, intuendo che per la ritrattistica stava avviandosi una stagione d'oro.

La specializzazione della cremonese capitava a proposito nell'ambiente aristocratico genovese, che desiderava giustificare il potere oligarchico attraverso l'esaltazione della propria magnificenza. Le famiglie patrizie, dopo aver contrassegnato la città con sontuose residenze, le decoravano con gallerie d'arte in cui i ritratti assumevano un importante ruolo celebrativo, ispirandosi al modello della corte spagnola: e proprio a Genova ne trovavano un autorevole e accreditato artefice.

È stato giustamente osservato da Rossana Sacchi che Sofonisba aprì la via a una moda che avrebbe avuto la sua consacrazione con i grandi fiamminghi Rubens e Van Dyck, non a caso molto interessati all'attività e all'opera dell'Anguissola.

Purtroppo di tutta la più che trentennale attività genovese di Sofonisba rimangono solo tre opere firmate: un ritratto e due quadri di soggetto sacro, a conferma del duplice indirizzo dei suoi interessi.

Qualche citazione di dipinti scomparsi si trova poi in alcuni inventari secenteschi: la perdita di tante opere non è inspiegabile, perché la fine del regime oligarchico e i connessi rovesci finanziari portarono alla dispersione di intere collezioni. Nel giro di pochi decenni Genova restò priva di un immenso patrimonio d'arte, condannando all'oblio una stagione artistica eccezionale.

L'unico ritratto «genovese» superstite di Sofonisba ripropone l'immagine di Isabella di Valois: anche se non è datato, la firma «Sofonisba Lomellina Anguissola» lo colloca con sicurezza in questo periodo. Il dipinto combina alcuni elementi di entrambi i ritratti eseguiti da Sofonisba per la regina. Da quello a figura intera – tramandatoci attraverso la copia di Rubens – riprende l'acconciatura e il modello della lattuga a raggiera fitta e arricciata; della variante di tre quarti utilizza la collana e la foggia dell'abito, ma con una piccola innovazione che, sulla scorta del Soprani, potremmo definire «di propria idea»: della stoffa ricamata della veste, infatti, non si conoscono precedenti.

Il ritratto, oggi a Vienna, proviene dalle collezioni reali, ma è da escludere che l'autrice lo destinasse a qualche membro della famiglia asburgica, perché in tal caso non l'avrebbe firmato: anche il ritratto di Caterina Micaela, pure appartenente agli anni genovesi, non porta la sua firma. Dunque le fu probabilmente richiesto da un collezionista, forse uno di quelli che possedevano altri suoi quadri.

Alcuni nomi di questi personaggi sono giunti fino a noi. Sappiamo da un testamento del 26 luglio 1594 che padre Gerolamo Bordoni, cerimoniere della repubblica, possedeva un suo autoritratto: «pictura imaginis Sofonisbae»; nell'elenco dei quadri appartenuti al defunto Giovanni Luca Doria – datato 27 ottobre 1678 – figura «una testa con collare piccolo, di Sofonisba», valutata 30 lire; tra i dipinti di Alessandro Grimaldi (doge di Genova nel biennio 1571-72) sono registrati, con una valutazione ragguardevole, «un ritratto di una fanciulla di Sofonisba Lomellina, L.400» e un «altro ritratto di Sofonisba Lomellina, L.200».

È attestato anche «un ritratto di Amilcare Anguissola di mano della signora Sofonisba sua figlia», probabilmente un'opera giovanile, nell'inventario del 1630 dei quadri di Desiderio Segno, un mercante genovese trasferito in Sicilia la cui famiglia possedeva una cappella nella chiesa di San Giorgio dei Genovesi.

La rilevanza dei nomi citati permette di appurare che le pur scarse tracce dell'attività di Sofonisba sono segnalate in un ambiente sociale molto elevato, nel quale la pittrice dovette essere ben inserita, perché si possedeva una sua opera solo a titolo d'amicizia.

Ma essendo una persona che non si lasciava ingabbiare da schemi e convenzioni, l'Anguissola apparteneva contemporaneamente a due mondi: se le porte dell'alta società le erano aperte grazie al suo passato di dama di corte, nella comunità degli artisti trovava una maggiore corrispondenza d'interessi. Attesta il Soprani che Sofonisba «godeva di conversare con i pittori, discorrendo sempre delle difficoltà che nell'arte s'incontrano, porgendo loro molto rari e profittevoli documenti». Possiamo immaginare una sorta di cenacolo riunito attorno alla pittrice, e non è difficile identificare il maestro con cui l'Anguissola s'intese meglio al suo arrivo a Genova: si trattò senz'altro del pittore che prese a modello per le opere «d'invenzione». Entrambi i quadri superstiti di soggetto sacro firmati da Sofonisba negli anni genovesi sono copie da Luca Cambiaso, che vantava una produzione religiosa rinomatissima in quegli anni in cui la trionfante Controriforma colmava anche Genova di chiese e conventi.

Cambiaso fu chiamato in Spagna da Filippo II che lo nominò pittore di corte nel 1583. Anche se è consentito pensare che può essere stata Sofonisba a segnalarlo all'attenzione del sovrano, bisogna ricordare che gli artisti genovesi erano già apprezzati a Madrid: nel 1567 era stato invitato Giovanni Battista Castello il Bergamasco, che col Cambiaso era tra i capiscuola dell'affresco ligure. Purtroppo la prestigiosa trasferta fu funesta al Cambiaso, che morì all'Escorial due anni dopo.

Il primo dei due quadri di soggetto sacro firmati «Sofonisba Lomellina Anguissola», datato 1588 e copia di una giovanile *Madonna che allatta il Bambino* del Cambiaso è probabilmente lo stesso «quadro di Nostra Signora di Sofonisba Lomellina» che compare nell'inventario dei beni del defunto Francesco Maria Lomellini, stilato il 23 aprile 1678.

La pittrice aveva già trattato quel soggetto negli anni cremonesi, sul modello di un non identificato maestro primitivo: qui la mano è del tutto diversa, per l'evoluzione di Sofonisba ma soprattutto per la raffinata maniera del pittore imitato. La scelta del modello testimonia una lunga catena di riferimenti a valori estetici e affettivi forti nel mondo interiore di Sofonisba. Le citazioni che il genovese aveva dedicato nella propria tela giovanile al Correggio nella Madonna e a Michelangelo nel Bambino, risvegliavano echi profondi nella memoria di lei, vicina alla pittura parmigiana dai tempi del suo apprendistato col Sojaro, e fedelmente grata a Michelangelo per gli incoraggiamenti da lui ricevuti in gioventù.

Il secondo soggetto religioso firmato da Sofonisba col doppio cognome – datato 1592 e suo ultimo quadro autografo – è una *Sacra Famiglia con sant'Anna e san Giovannino*: in questo caso l'originale è perduto, ma a testimoniarne l'esistenza rimangono altre copie di quest'opera matura del Cambiaso, che attrasse l'Anguissola non soltanto per il tema a lei caro della Sacra Famiglia (già utilizzato nella giovanile copia del *Riposo dalla fuga in Egitto* del Boccaccino) ma anche per gli avanzati effetti luministici, notturni, in sintonia con i suoi studi dal naturale, che la portavano a sperimentare le proiezioni delle fonti di luce – in questo caso una candela – sui volti umani: un argomento di cui discetterà con passione e competenza fino a tardissima età.

Un terzo quadro di soggetto sacro di Sofonisba è stato in circolazione fino all'inizio del Novecento. Si trattava di un *Matrimonio mistico di santa Caterina*, sempre copiato dal Cambiaso, di cui rimane soltanto una fotografia in cattive condizioni, che rende difficile riconoscere l'ultima cifra romana della data: MDLXXX...; si tratterebbe comunque di un'opera degli anni '80, ma stranamente è firmata «Sofonisba Anguissola», senza il cognome del secondo marito, presente negli altri tre dipinti dello stesso periodo.

Questo quadro ci permette di inserire un tassello importante nella storia dell'Anguissola: una pala d'altare dello stesso soggetto, ripreso dal medesimo dipinto del Cambiaso, è infatti l'unica opera conosciuta di Pietro Francesco Piola, che secondo il Soprani fu allievo di Sofonisba, la quale l'avrebbe educato presso di sé amandolo come un figlio.

L'insegnamento era sempre stato vissuto dalla pittrice in una dimensione anche affettiva – non per niente le prime allieve erano state le sorelline – segno della sua cordiale capacità di relazionarsi, di comunicare e condividere. Con l'allieva più illustre, la regina Isabella, il comune amore per il disegno aveva annullato le distanze sociali; e anche l'Anticone, il discepolo napoletano venuto apposta per lei a Palermo, dovette divulgare elogi entusiastici della sua maestra, se ne raccolse l'eco il De Dominici, quasi due secoli dopo.

Il giovanissimo Piola capitò nella vita di Sofonisba quando l'età matura le faceva sentire l'urgenza di trasmettere il proprio sapere, e non è difficile credere all'affermazione del Soprani in merito alla tenerezza materna che ebbe per quell'ultimo discepolo. Poiché non era in grado di avviarlo alla tecnica dell'invenzione, gli insegnò a imitare i grandi maestri. Il Soprani racconta che lo iniziò al disegno facendogli copiare i fogli della sua collezione personale, in particolare i disegni di Perin del Vaga, allievo di Raffaello, che era stato per molti anni attivo a Genova, affrescando fra l'altro la villa suburbana di Andrea Doria.

A dare una sorta di conferma alle notizie del Soprani sul rapporto tra Sofonisba e il Piola restano soltanto i loro due quadri su santa Caterina derivati dal Cambiaso: come a Cremona, in gioventù, la pittrice aveva gareggiato con le sorelle dipingendo gli stessi soggetti, così faceva ancora con l'allievo, impegnandosi anche a trovargli delle commissioni. Non sembra casuale infatti che la pala del *Matrimonio mistico di santa Caterina* del Piola si trovi in una chiesa di Multedo, il paese dove una delle potenti ramificazioni dei Lomellini possedeva una villa.

Gli interni di questa villa Lomellini a Multedo alla metà degli anni Ottanta del Cinquecento furono affrescati da un altro artista legato a Sofonisba, Bernardo Castello, con scene ispirate alla *Gerusalemme liberata*, in omaggio al Tasso di cui il colto pittore era ammiratore ed amico.

Allievo di Andrea Semino e Luca Cambiaso, Bernardo Castello faceva parte degli intimi di Sofonisba, tanto da designarla, il 1° dicembre 1584, madrina di battesimo di suo figlio Giacomo Maria, un legame che era considerato come una parentela. Due anni dopo l'Anguissola tenne a battesimo anche un figlio del fratello di Bernardo, il miniatore Giovanni Battista Castello detto il Genovese (per distinguerlo dal Bergamasco), da poco tornato dalla corte di Madrid, dov'era stato ingaggiato come copista, partendosene dopo la morte di Cambiaso.

Nel 1583 una pala d'altare di Bernardo Castello, una *Lapidazione di santo Stefano* ricalcata da Giulio Romano – a conferma delle preferenze classicheggianti che accomunavano il Castello e Sofonisba – aveva trovato posto in una cappella della chiesa palermitana di San Giorgio dei Genovesi: come la commissione per la villa Lomellini, anche questa per la chiesa della nazione genovese che vedeva un Lomellini tra i suoi fondatori potrebbe essere stata caldeggiata dall'Anguissola per favorire l'amico.

Il Castello e l'Anguissola avevano in comune la passione per la letteratura, oltre che per la pittura. Che Sofonisba amasse scrivere è testimoniato non solo dalla definizione di «letterata» attribuitale dal De Ribera, ma da un'opera pubblicata nel 1620 a Mondovì, *Teatro delle donne letterate,* di Francesco Agostino Della Chiesa, che afferma: «Sofonisba non solo ha col pennello fatto cose rarissime e bellissime, ma ha voluto anche con la penna (come quella che era dottissima) scriver alcune cose, che sono molto lodate e tenute in conto dai virtuosi».

Dal canto suo, Bernardo Castello frequentava i più noti circoli intellettuali: nel 1595 un suo incontro con il poeta savonese Gabriello Chiabrera mosse quest'ultimo alla caccia di un disegno dell'Anguissola da inserire nella propria raccolta artistica di firme celebri, irrinunciabile vanto di ogni uomo di cultura.

A Savona si erano ritrovati tra amici, mostrandosi l'un l'altro i disegni in loro possesso: Bernardo Castello aveva inferto al Chiabrera una cocente delusione, dichiarando falsi i due disegni più prestigiosi della sua collezione, e per consolare il poeta aveva promesso di procurargli qualche altra opera valida; quando poi era venuto il turno del pittore di esibire il proprio album, il cui pezzo forte era un disegno a colori di Sofonisba, allo smacco era subentrata l'invidia: «Dovete sapere che al signor Ferrero è entrata una smania alla vista di quello schizzo della Signora Sofonisba, che non si quieta, per il desiderio d'alcuna cosa colorata per mano di lei» scriveva il Chiabrera al Castello il 14 settembre, trincerandosi dietro il pretesto dell'amico comune «onde io che desidero e debbo desiderare di far ciò che si può per suo piacere, smanio di trovare modo di contentarlo. Perciò io vi prego che mi mettiate per la via, e mi avvisiate qual persona può con Sua Signoria, che sarebbe buono; insomma come io possa aver grazia seco di avere qualcosa; bastami che mi mettiate in cammino, io poi correrò per ogni verso. Il signor Ferrero non sa nulla che io tenti, né glielo dico, per fargli un caro dono all'improvviso. Io so che la Signora Sofonisba ha alcune cosette fatte, la minore mi basta, e se posso trovare un mezzo che sia amico a Sua Signoria, spero ch'ella ne farà grazia. Questo mezzo a voi sarà noto, e in caso che no, pregovi a domandar ai vostri amici e informarvene».

Bernardo aveva evidentemente minimizzato il suo rapporto con la pittrice, per non essere immischiato nelle petizioni che sapeva non gradite a Sofonisba, sempre assillata da ammiratori insistenti.

In realtà il Chiabrera sondava il terreno col Castello per il suo personale interesse, perché avrebbe voluto che tra i disegni destinati a rimpiazzare i due eliminati dalla sua collezione, ce ne fosse uno dell'Anguissola: «Ricordatevi che di Perino e Parmigiano mi avete tolti i disegni dal libro come non buoni né originali» aggiungeva per far sentire in colpa il Castello, che con la sua perizia sfavorevole gli aveva sottratto la gloria di possedere schizzi di grandi firme come Perin del Vaga e Parmigianino. E per stimolarlo a trovargli delle sostituzioni illustri gli prometteva di contraccambiare con dei versi: «Ogni volta che volete il pagamento dei disegni promessimi, io lo sborserò avanti, ma bisogna che sappia la qualità del prezzo che voi desiderate: volete cose fatte, o che ne faccia di nuove? Insomma vi pagherò della moneta di Parnaso».

Generosamente, il Castello inviò subito dei disegni per l'album del Chiabrera, il quale, pur dichiarandosi soddisfattissimo, non dava segno di aver compreso che il silenzio del pittore a proposito dell'Anguissola era un invito a desistere.

«Voi mi avete fatto non dico ricco, ma beato (...) ho obbligo infinito a Vostra Signoria e certo due luoghi del mio libro ho bene riempiti. Da me non può, né dalle mie muse, venir ugual dono» gli rispondeva il poeta il 22 settembre. In questa lettera, testimonianza del soggiorno a Savona di Sofonisba, tornava alla carica con tale impeto da far pensare si augurasse che la lettera fosse mostrata direttamente alla pittrice, per commuoverla: «Vostra Signoria sa quanto io desidero di mettere insieme un libro dove siano disegni d'uomini famosi per virtù di dipingere; ora tra alcuni che io desidero sarebbe uno della Signora Sofonisba, né mai penso a questo, che io non mi peli la barba; sono dodici e più anni che questa celebratissima Signora fece stanza qui a Savona, e mille opportunità avrei avute di farle servizio, o almeno di mostrare buon animo e desiderio di servirla; e fui tanto insensato e tanto bestia che non lo feci; e se Dio mi dia sua grazia, avvampo di vergogna quando ci penso; ma io ero pieno di mille affanni, (...) né pensai a questo mio desiderio, perché quasi non pensavo neanche a me stesso.

«Ma quando sono cessati questi miei fastidi, e ho sentito parlare ad uomini, e ho letto libri che trattano di pitture, e ho conosciuto quanto è il valore e la meraviglia della signora Sofonisba, io mi sono lasciato condurre in tanto desiderio di avere alcuna cosa di sua mano, che non cambierei una tal grazia con qualunque altra. E perciò ricorro a voi. Ella dimora costì; non può essere che voi non siate servitore di Sua Signoria. Per amor di

Dio fate sì che io possa essere fra i suoi conosciuti servitori. Si dovrebbe fare un lungo viaggio per conoscere tanta virtù, ora io che vivo vicino, sono indegno di vivere se non procuro di onorarmi di tanta conoscenza».

Per invogliare l'Anguissola a concedere un suo disegno, faceva notare che ogni pittore presente nell'album avrebbe avuto l'onore di un suo elogio in versi: «Poiché sono in ragionamento del mio libro, sappiate che io acconcio un disegno, e avanti scrivo alcuna cosa della vita del disegnatore, e ai piedi pongo alcuni versi in sua lode».

Non sappiamo se la vicenda ebbe un seguito, ma è probabile che in quel periodo Sofonisba fosse assente da Genova: secondo Maria Kusche, la pittrice avrebbe approfittato di un lungo soggiorno a Palermo del marito per rispondere a un invito della duchessa di Savoia raggiungendola a Torino.

La capitale sabauda stava uscendo dal suo provincialismo grazie all'ambiziosa magnificenza del duca Carlo Emanuele I, ben coadiuvato dalla moglie spagnola che aveva modellato la corte sui fasti dell'assolutismo europeo. Artisti famosi – come il Chiabrera, il Tassoni, il Marino – venivano invitati a celebrare la dinastia a scopi propagandistici, mentre sorgevano residenze lussuose a ingentilire gli ozi dell'aristocrazia guerriera che stava scoprendo il culto del piacere.

Dovendo il Lomellini fermarsi parecchi mesi in Sicilia sia come incaricato d'affari della nazione genovese che per dirimere personalmente le irrisolte contestazioni ereditarie della moglie, prima di partire, il 17 luglio 1595, firmò un'ampia procura intestata a Sofonisba. La formula notarile era molto circostanziata, come appunto quelle stipulate in previsione di lunghe assenze: dava mandato per ogni tipo di vendita, acquisto e incasso, comprendendo anche la facoltà di arbitrare e comparire al cospetto di uffici pubblici e privati per qualsiasi ragione. Una dimostrazione della fiducia assoluta che Orazio riponeva non solo nella lealtà, ma anche nella ponderatezza e competenza di Sofonisba, abile nel destreggiarsi in ogni circostanza.

A indurre la Kusche a ipotizzare il viaggio dell'Anguissola a Torino – anzi i viaggi, perché ce ne sarebbe stato un altro precedente – sono due ritratti che la studiosa le attribuisce in modo convincente, anche se non inoppugnabile.

Il primo quadro – e quindi il primo viaggio – dovrebbe risalire all'inizio degli anni Novanta, e sembra senza dubbio un nuovo ritratto della duchessa Caterina Micaela, se lo si confronta con quello realizzato cinque anni prima: i due volti sono addirittura sovrapponibili, a riprova che sono opera della stessa mano d'artista. Sotto il titolo di *Dama con l'ermellino* – titolo incongruo perché la pelliccia indossata è di lince, che veniva chiamata «lupo cerviero» – il quadro a un certo punto fu addirittura attribuito a El Greco, ma senza alcun fondamento, tanto che in seguito è passato sotto il nome di Sanchez Coello.

Ma le dimensioni ridotte della tela, e la conseguente tecnica adottata, vicina alla miniatura, appartengono piuttosto allo stile dei ritratti «privati» eseguiti da Sofonisba, così come l'abbigliamento dell'infanta, che porta un velo bianco avvolto intorno al viso – a nascondere la mascella sporgente – e una pelliccia dall'ampio collo, quasi una tenuta da viaggio, forse per dissimulare la deformazione del corpo sottoposto a tre gravidanze ravvicinate. La scelta di non delineare il profilo dell'abito, assorbito dallo sfondo scuro, costituisce l'estremizzazione di una tendenza già osservata nelle ultime opere spagnole di Sofonisba. La figura è circonfusa dal biancore del velo e della pelliccia come in un magico alone, ma non manca la sequenza di leggeri tocchi di colore – il nastrino rosso, le labbra, il rubino dell'anello – quasi una firma cromatica di Sofonisba.

Il velo lascia scoperti i capelli crespi che si alzano in una specie di rigonfiamento, detto «copete», un tipo di acconciatura usato all'inizio degli anni Novanta, che permette di datare l'opera. E poiché sappiamo che nell'aprile del 1591 il duca di Savoia si recò in Spagna dal suocero per chiedergli appoggio nelle sue mire espansionistiche, è probabile che in questa occasione gli abbia portato in omaggio il ritratto della figlia.

Il secondo ritratto è quello della terzogenita della duchessa, Margherita di Savoia: poiché la bambina era nata nell'89 e nel quadro dimostra circa sei anni, il dipinto è datato dalla Kusche al 1595, quando Sofonisba, approfittando della lontananza del marito, si sarebbe concessa una seconda vacanza presso la diletta infanta.

Sembra molto verosimile che anche questo ritratto appartenga alla mano dell'Anguissola, come è abbastanza certa l'identità della bambina raffigurata: la collana, la cintura e i bottoni sono a forma di margheritine, in allusione al suo nome. Un'ulteriore conferma viene dal confronto tra madre e figlia: stessa piega delle palpebre, stesso sguardo intenso e vivace, stessa bocca con il labbro superiore un po' all'insù. L'innegabile somiglianza attesta anche che i due ritratti sono dello stesso pittore, come del resto riconosce chi li attribuisce entrambi a Sanchez Coello. Per spiegare l'arrivo di questo dipinto nelle collezioni reali, basta pensare a un omaggio inviato a Filippo II in ricordo della nipotina e della affezionata «creata», che non aveva mai cessato di tenersi in contatto col suo benefattore.

Questo quadro contiene una particolarità che compariva per la prima volta in Spagna: accanto alla bambina si trova un nanetto. Si erano già visti nella pittura spagnola dei nani accanto a personaggi adulti, ma la nota grottesca della loro presenza non era mai stata accostata all'ingenuità dell'infanzia.

Sofonisba, con sensibilità tutta femminile, raffigura un nano bambino, più tenero che caricaturale, scattante contrappunto all'immobilità della fanciulletta in posa: una conferma della sua divertita propensione, anche in età matura, a sperimentare scene dal naturale vivacizzate da elementi di contrasto.

Poiché nella galleria sabauda si trova un ritratto di Carlo Emanuele bambino con un nano, è plausibile l'ipotesi di Maria Kusche che Sofonisba, avendo visto il quadro a Torino, se ne servisse come spunto per il ritratto della piccola Margherita che, inviato in Spagna e collocato nella galleria reale, vi rimase anche sotto i successori di Filippo II. L'opera divenne qui motivo di stimolo per la sua novità, tanto da essere poi citata da Velázquez nel suo ritratto del principino Baltasar Carlos con un nano e nel celeberrimo *Las Meninas*, dove la damigella inginocchiata davanti all'infanta porge lo stesso vasetto di coccio su un vassoio che il nanetto porge a Margherita.

Se poche sono le tracce dell'attività artistica di Sofonisba rispetto alla mole di lavoro che dovette produrre, e scarse le testimonianze di una vita sociale che fu senz'altro brillante e intensa, resta invece una copiosa certificazione delle difficoltà economiche che sempre la perseguitarono.

L'irregolarità nell'erogazione delle sue rendite e le

spese inerenti allo stile di vita d'alto profilo che si era abituata a condurre spiegano in parte il gravame dei debiti che l'afflissero, ma bisogna sottolineare che ricorrere ai prestiti era un espediente comune in quel tipo di economia, caratterizzata da scarsa liquidità.

La lunga storia dei debiti della pittrice, che ingombrò le cancellerie di Genova e Palermo con una montagna di documenti, prolungandosi per più di trent'anni, prende avvio in un atto rogato a Genova il 4 marzo 1589, con il quale l'Anguissola cedeva ai fratelli Fabrizio, Giovanni Battista e Giorgio Bargagli, mercanti genovesi attivi su Palermo, i frutti delle sue rendite palermitane dal 1° maggio '89 al 1° gennaio '90, in cambio del corrispettivo anticipo di contanti.

Il fascicolo aumentò rapidamente di volume per gli incalzanti solleciti depositati da Fabrizio Bargagli, il principale creditore, al quale non arrivavano restituzioni che compensassero i suoi prestiti; anzi, i debiti si accrebbero esponenzialmente.

Per tacitarlo Sofonisba pensò a ogni possibile scappatoia, anche a quella di recuperare, almeno in parte, la pensione cremonese, di cui non aveva mai toccato un soldo, essendo stata riscossa prima dal padre e poi dal fratello. Il suo tentativo dovette gettare Asdrubale nel panico, tanto che si recò a Genova per farle cambiare idea. Il fratello risulta infatti presente a casa di Sofonisba nel '91 come testimone – insieme al parente Sigismondo Ponzoni che doveva averlo accompagnato – di tre atti notarili rogati il 3 luglio, relativi a cessioni di procure in favore di Fabrizio Bargagli. Forse Sofonisba meditava di dare garanzie al Bargagli sulla rendita cremonese, ma il fratello seppe dissuaderla con l'allarmante quadro delle misere condizioni economiche in cui versava. Aveva una nuova famiglia a cui pensare:

intorno alla metà degli anni Ottanta si era sposato con la nobile Margherita Mariani, trasferendosi insieme alla vecchia madre in casa della moglie, probabilmente per ricavare un affitto dalla casa paterna. Nel 1591 c'era anche stato il matrimonio di Bianca Schinchinelli, la figlia di Europa, che doveva aver causato qualche spesa in famiglia: con tali argomenti evidentemente Asdrubale riuscì a convincere la sorella, conservando nelle sue mani la pensione cremonese.

E i debiti di Sofonisba continuarono a lievitare. Nell'incartamento compare qualche specifica dei prestiti: si trattava singolarmente di piccole somme, necessarie all'acquisto di legna, di grano, di generi alimentari, cui solo di rado si aggiungevano importi più consistenti, per pagare una gabella o fare fronte a necessità improvvise. Anche se è attestata qualche sporadica restituzione, ogni anno Fabrizio Bargagli concedeva ulteriori prestiti, ottenendo per lo più in cambio solo ammissioni di debito autografe, alle quali peraltro doveva attribuire un certo valore.

Il Bargagli sperava forse che i debiti sarebbero stati pagati quando finalmente si fossero appianate le contestazioni sull'eredità Moncada. La vicenda sembrò risolversi il 1° settembre 1593, quando fu rogata a Genova, alla presenza dei coniugi Lomellini, una transazione che sanciva la restituzione della dote portata da Sofonisba a Fabrizio Moncada, e la conseguente corresponsione della stessa a Orazio Lomellini. Oltre alla dote, anche se Fabrizio era morto intestato, veniva riconosciuto alla vedova il diritto all'eredità, che si riduceva alla tenuta agricola della Fata, indebitamente occupata dalla famiglia Cardanetto di Paternò, che avrebbe dovuto sgomberare entro quattro mesi, oltre a dover rimborsare le spese legali resesi necessarie per l'azione di recupero. In realtà sarebbero passati ancora due anni prima che Sofonisba potesse entrare in possesso del fondo: fu probabilmente risolutore l'intervento diretto di Orazio. Recuperata la tenuta, con un atto siglato a Palermo il 3 ottobre 1595, il Lomellini affidò a un procuratore l'incarico di affittarla.

Pur rientrata in possesso dei suoi beni, Sofonisba non mise tra le sue priorità la chiusura dei debiti col Bargagli, anzi continuò a farsi prestare denaro: la sua scelta non dipendeva quindi da un'emergenza finanziaria, ma da un costume dell'economia domestica del sedicesimo secolo. Ricorrere a prestiti garantiti per ottenere denaro contante era una prassi comune anche per le famiglie di elevato ceto sociale.

Sofonisba poi doveva aver imparato a destreggiarsi con disinvoltura, giocando la carta dell'ascendente di cui ancora godeva; ad esempio, a un atto del 3 agosto '94 in cui riconosceva di dovere al Bargagli 1190 scudi, faceva riscontro una sua supplica personale al Magistrato Straordinario per ottenere alcune facilitazioni legali.

Con la certezza della protezione reale sempre aleggiante, Sofonisba cercava scampo nei cavilli: poiché i debiti erano a suo nome, ecco che il 19 maggio '97 – quando la somma dovuta, rispetto a tre anni prima, era più che raddoppiata, raggiungendo i 2497 scudi – cercò di eluderli chiedendo a Filippo II il trasferimento della pensione palermitana a nome del marito. La richiesta dimostra l'assoluta fiducia della pittrice nei riguardi di Orazio, perché il cambiamento d'intestazione l'avrebbe tagliata fuori da ogni possibilità di rivendicazione.

La pratica non fu evasa, per la scomparsa del re nel settembre del '98. Fino all'ultimo Filippo II aveva coltivato la sua macabra attrazione per la morte: accanto al letto aveva voluto un teschio per posarvi la sua corona d'oro, memento della vanità del potere.

La richiesta inoltrata da Sofonisba continuò il suo iter sotto il successore, Filippo III, debole e svagato, che lasciò il potere in mano al favorito, il duca di Lerna. Non deve stupire che la pittrice si aspettasse dal nuovo re – che non era ancora nato quando lei aveva lasciato la Spagna – la stessa protezione accordatale dal padre: diventando «creata» di Filippo II aveva instaurato un vincolo che superava le generazioni.

Se il suo servizio a corte aveva fatto di lei un'icona della pittura femminile, aveva però cristallizzato la sua immagine al periodo spagnolo; lo dimostra un elogio in versi pubblicato nel 1597 a Treviso, del poeta Giulio Cornelio Graziani:

Ecco la bella e saggia dipintrice
la nobil Sofonisba da Cremona
che ben oggi si può chiamar felice
sendo nell'arte sol perfetta e buona;
se'l dir di lei, se'l ragionar me lice
dirò che ora non veggio alcun persona
né pittor che l'avanzi nel pennello,
sì vago ha il colorito fresco e bello.
E sì giovane tal'oggi la corte
del sacro re Filippo orna e rischiara
come ha voluto la benigna sorte.
Per la beltà, per la virtute rara,
meraviglia non è ch'anco la morte
che fassi contra noi cotanto avara,
vinta sarà dai suoi costumi illustri
e vivrà ben più di mille lustri.

All'iperbolico poeta che le pronosticava cinque millenni di vita, non era sembrato eccessivo cancellare d'un tratto gli ultimi venticinque anni, passati da Sofonisba, a quanto pare, a sopravvivere alla sua leggenda.

Progressivamente scomparivano le figure a lei care della famiglia reale – nel 1597 era morta anche la duchessa Caterina Micaela – entrando a far parte di un'ideale galleria della memoria, ma ebbe ancora la gioia di riabbracciare l'altra figlia di Filippo II e Isabella di Valois.

Isabella Clara, rimasta accanto al padre, soltanto alla morte di lui aveva acconsentito a sposarsi. Trentacinquenne andò sposa al cugino, l'arciduca Alberto d'Asburgo, con il quale avrebbe governato i Paesi Bassi. Durante il viaggio verso Bruxelles si fermò a Genova.

L'attracco delle quaranta galee reali nella città della Lanterna, il 18 giugno 1599, dovette costituire uno spettacolo grandioso e indimenticabile, come pure il sontuoso ricevimento che seguì. Gli arciduchi restarono in città circa dieci giorni, installandosi a due leghe da Genova, nella principesca villa dei Doria a Perdese.

«Quando passò da Genova l'Infanta maritata nel Serenissimo Arciduca Alberto, andò a farle riverenza, la cui Altezza la vide sì volentieri, che volle seco trattenersi i giorni che in Genova stette, giornalmente lunghe ore in ragionamenti domestici, con quella rimembranza delle cose che passarono con essa, nei teneri suoi anni.» Sono state sicuramente le emozioni rievocate a viva voce dalla pittrice a ispirare il racconto del De Ribera.

Incuranti delle formalità protocollari e dei tanti anni di lontananza, Sofonisba e Isabella Clara allacciarono ricordi e confidenze sul filo della nostalgia, e nacque un grande quadro.

«Le disse le farebbe cosa gradita facendole il suo

ritratto; il quale non potendolo finire mentre costì starebbe, glielo mandasse nel viaggio, come fece, et in segno del molto affetto diedele una collana d'oro fatta con bellissima invenzione in Spagna, arricchita di gioie di gran pregio.»

L'affermazione del De Ribera a proposito del lungo lavoro richiesto dal dipinto fa pensare che si trattasse di un ritratto ufficiale, e Maria Kusche l'ha riconosciuto in uno a figura intera attribuito immancabilmente, dai critici spagnoli, a Sanchez Coello. Questo quadro è descritto nel 1603 tra quelli custoditi da Filippo III a Valladolid: «Un ritratto intero dell'infanta donna Isabel, vestita di nero, con la mano sopra una sedia e nella sinistra un fazzoletto ricamato, con collana e cintura di diamanti e perle e una collana di perle e una catenina d'oro al collo, a cui è appesa una figura d'oro di sant'Antonio di Padova».

È probabile che l'arciduchessa lo inviasse in omaggio al fratellastro: forse un suggerimento della stessa Sofonisba, che aveva tutto l'interesse a farsi conoscere dal nuovo re, presso la cancelleria del quale giaceva la sua richiesta di trasferimento d'intestazione della pensione palermitana al marito.

La datazione del ritratto può essere conciliabile con l'incontro tra la pittrice e l'infanta: poiché l'ampio collare a lattuga lascia in vista le orecchie, mentre negli anni precedenti le ricopriva, si può affermare che il dipinto risalga all'ultimo decennio del Cinquecento. Sono soltanto i piccoli particolari, infatti, a denunciare il passaggio del tempo attraverso la moda spagnola, che si impose in tutta Europa mantenendo un immobilismo difficilmente paragonabile ad altre epoche. Rispetto ai ritratti dipinti da Sofonisba in Spagna quasi quarant'anni prima, la linea degli abiti femminili rimane sostanzialmente la stessa: il corpetto parte rigidamente dalla linea del collo, dove si apre la corolla della lattuga, scendendo a punta, come una corazza, fin sotto la vita, al centro dell'ampia gonna. Alle spalle sono applicate scenografiche sovramaniche che si aprono a sipario sulle maniche aderenti. Lo stile spagnolo, improntato al costrittivo spirito controriformistico, racchiudendo il corpo in un rigido astuccio indicava l'intenzione di condizionare anche la mente.

A differenza degli altri ritratti ufficiali spagnoli, il fulcro di questo quadro è nel viso dell'infanta, che solo la tenerezza di Sofonisba poteva rendere aggraziato, riprendendolo frontalmente per nascondere la curva e le dimensioni del naso. L'abbellimento esteriore aveva lo scopo di trasmettere visivamente l'intima dolcezza di Isabella Clara, un'interpretazione psicologica possibile soltanto a chi conosceva bene l'animo dell'arciduchessa.

Un indizio tecnico della mano dell'Anguissola si trova nei tocchi di colore che accendono di rosso l'acconciatura, così come è inconfondibilmente suo il gusto per l'aneddotica, espresso qui nell'effigie di sant'Antonio appuntata sull'abito. Si tratta di un dettaglio personale che attinge ai ricordi familiari dell'infanta, riaffiorati nello scambio di confidenze dell'incontro genovese: l'adesione alla spiritualità francescana costituiva un legame con la madre perduta, e anche con la zia Giovanna, che l'aveva educata nel collegio delle clarisse, Las Descalzas Reales; a questa religiosità dell'infanzia, Isabella Clara sarebbe rimasta sempre fedele, vestendo, dopo la morte del marito, l'abito della terziaria francescana.

Un ultimo particolare parla della palpabile presenza,

nel rapporto affettivo tra Sofonisba e l'infanta, dell'indimenticabile regina Isabella: la cintura indossata dalla figlia è la stessa che portava la regina nel ritratto ufficiale eseguito a Bayonne. Non può essere un caso che l'accessorio ereditato dalla madre compaia nel ritratto della primogenita: è un pegno strappato al passato dalla forza amorosa della memoria.

Anche questo quadro – il più tardo finora riconosciuto di Sofonisba – prese la via della Spagna, condannando all'oblio, per la mancanza di firma, il nome dell'autrice. Paradossalmente, l'Anguissola era celebre in tutta Italia pur essendo qui in circolazione soltanto le sue opere giovanili, perché le altre rimanevano chiuse nei palazzi reali spagnoli e in quelli nobiliari di Palermo e di Genova.

Una prova di questa mancata circolazione si trova nell'inventario dei quadri del cardinale Fulvio Orsini, morto il 14 giugno del 1600, la cui collezione d'arte, passata a Edoardo Farnese, comprendeva quattro opere dell'Anguissola, tutte però risalenti agli anni cremonesi, quando la diffusione del suo talento era affidata all'accorta propaganda del padre.

Il primo dipinto elencato è un autoritratto: «Quadro incorniciato di noce tocca d'oro, col ritratto della Sofonisba, di mano sua»; il secondo è quella *Partita a scacchi* che il Vasari vide nel '66 in casa Anguissola, probabilmente venduto per sopperire alle necessità economiche della famiglia: «Quadro corniciato di noce, di giuochi di scacchi, di mano della Sofonisba». Seguivano due disegni a colori della serie dedicata alle scene dal naturale basate sui contrasti; in uno la pittrice si era raffigurata accanto all'anziana fantesca: «Quadretto corniciato di noce col ritratto di Sofonisba et una vecchia, di lapis e biacca, di mano sua»; l'altro – che stando all'inventario proveniva «dal signor Bernardo pittore» ed era quindi stato ceduto al cardinale da uno dei maestri di Sofonisba – era una variante del disegno inviato a Michelangelo: «Quadretto corniciato di noce, di mano di Sofonisba, col ritratto suo et una putta che piange».

Non essendo state aggiunte alla collezione opere recenti, è evidente che non ne circolavano più, forse per scelta della stessa Sofonisba, che non cercava visibilità. Una volta raggiunto il massimo livello sociale, non era motivata a coltivare la sua fama pubblica di pittrice; la pittura era pur sempre la sua ragione di vita, ma da coltivare per sé e per gli amici, senza inviare i suoi quadri ai potenti, come aveva fatto il padre con intenti promozionali.

Il ritratto dell'arciduchessa Isabella Clara è l'ultimo quadro menzionato dai documenti. Il successivo silenzio delle fonti conferma l'asserzione del Soprani, secondo il quale Sofonisba dovette deporre i pennelli, colpita dall'infermità più crudele, la perdita progressiva e inesorabile della vista. Aggiunge che continuò ad assecondare la sua passione per l'arte attraverso il cenacolo di amici che l'attorniava.

Anche gli interessi del marito la coinvolgevano in consulenze di carattere artistico. All'inizio del nuovo secolo, Orazio Lomellini aveva sempre più orientato i suoi traffici verso Palermo, dove spesso i documenti ne registrano la presenza. Le frequenti trasferte gli offrivano la possibilità di seguire gli interessi della nazione genovese, gruppo tra i più influenti nel capoluogo siciliano, includendo anche il settore artistico, nel quale la moglie poteva fornirgli utili indicazioni. Nel 1608 ad esempio, in qualità di «massaro della nazione genovese» fu impegnato in alcune transazioni riguardanti l'eredità lasciata da Andrea Lomellini alla chiesa palermitana di San Giorgio dei Genovesi, di cui era tra i fondatori.

La chiesa della propria nazione costituiva, per i diversi gruppi rappresentati nelle città di grande interesse commerciale, un manifesto di dovizia e prestigio da esibire con orgoglio. I genovesi avevano avviato la costruzione della loro chiesa nel 1576 e continuamente l'arricchivano. Gran parte dei dipinti conservati nella chiesa di San Giorgio dei Genovesi rispecchiano un indirizzo classicistico in carattere con i gusti e le frequentazioni di Sofonisba, come la già citata pala di Bernardo Castello.

Anche se alla corte di Spagna non sopravviveva più nessuno dei suoi antichi protettori, l'Anguissola non era dimenticata. Lo prova un privilegio rilasciato da Filippo III il 17 febbraio 1604 in cui le si concedeva di nominare un erede a sua scelta a cui poter lasciare 400 dei 1000 scudi annui delle pensioni sulle dogane di Palermo e Messina. Di solito le pensioni si estinguevano in mancanza di eredi diretti: l'eccezione fu concessa in seguito a una precisa richiesta di Sofonisba, che forse cercava di tacitare il suo cronico creditore Bargagli con la promessa di nominarlo erede.

L'aspetto più interessante del documento riguarda la dichiarazione, da parte del sovrano, delle benemerenze acquistate dalla pittrice: «Noi riconosciamo e rendiamo noto che sono tali i suoi meriti presso i membri della famiglia reale che non solo ci rende memori dei servizi da lei prestati, per cui è di esempio a chiunque, ma rende degni di gratitudine anche i suoi eredi; perciò concediamo alla nostra diletta donna Sofonisba Anguissola ciò che chiede riguardo alla sua pensione, in ricordo dei suoi servizi verso la Serenissima Regina Isabella di felice memoria e il Serenissimo Re Filippo mio padre il cui nome vivrà in eterno».

La reputazione di cui ancora godeva Sofonisba in Spagna rende plausibile l'ipotesi che si recasse a visitarla un grande pittore giunto a Genova da Madrid: Rubens.

Nel 1603 il maestro fiammingo, pittore alla corte di Vincenzo Gonzaga, era stato inviato dal duca di Mantova presso Filippo III per presentargli una collezione di opere d'arte e gioielli, e aveva avuto modo di misurarsi con i pittori di corte facendo il ritratto al duca di Lerna, il potentissimo favorito del re. Aveva certamente visto e apprezzato, nelle gallerie reali, i quadri di Sofonisba – fra cui il ritratto della regina Isabella che avrebbe copiato – ed è probabile che passando da Genova fosse preso dal desiderio di incontrarla, se non in quell'occasione, almeno nel suo successivo prolungato soggiorno genovese tra il 1607 e il 1608.

Poiché molti anni dopo il suo allievo Anton Van Dyck avrebbe fatto visita alla pittrice rimanendone incantato, si può immaginare che fosse stato il maestro stesso a suggerirgli l'idea, parlando dell'Anguissola con grande ammirazione. Rubens prese a bottega il Van Dyck quando tornò ad Anversa, divenendo pittore ufficiale dei governatori, gli arciduchi Alberto e Isabella Clara. Quest'ultima predilesse Rubens tanto da affidargli anche missioni diplomatiche, e avrà sicuramente parlato al pittore del suo rapporto con Sofonisba, che l'aveva fin da piccola indirizzata all'amore per l'arte.

La svolta del nuovo secolo aveva trovato la pittrice impelagata in controversie ereditarie con il fratello, createsi alla morte di Bianca Ponzoni. Mancata nel 1600 la madre, usufruttuaria dei beni di Amilcare Anguissola, Sofonisba chiese la sua parte dell'eredità paterna, ma Asdrubale non se ne diede per inteso, tanto che nel settembre del 1603 la pittrice nominava un sacerdote cremonese suo procuratore, con ampio mandato «per richiedere ed esigere dal magnifico signor Asdrubale Anguissola suo fratello, e figlio ed erede del defunto Amilcare, la sua dote o legittima in luogo della dote a lei dovuta dai beni ed eredità del suddetto padre».

Per ottenere giustizia, forse Sofonisba minacciò Asdrubale di riprendersi la pensione cremonese sul dazio del vino, ma in seguito trovarono un accordo: la buona fede della pittrice è attestata da un documento del marzo 1605, con cui inoltrava al re Filippo III la richiesta di trasferimento dell'intestazione della pensione cremonese a nome di Asdrubale. Fino ad allora il fratello l'aveva riscossa in quanto erede di Amilcare, ma una volta che la pensione fosse stata intestata direttamente a lui sarebbero stati impossibili ulteriori tentativi di rivendicazione da parte della sorella. Si sarebbero evitate anche complicazioni ereditarie, che potevano considerarsi abbastanza prossime: dopotutto Sofonisba aveva ormai settantatré anni, un'età veneranda per l'epoca, e avrebbe potuto mancare da un momento all'altro, anche se la sua salute era salda, come si può arguire dai frequenti traslochi che si sobbarcava.

Asdrubale dovette attendere il giugno del 1606 per ricevere da Filippo III l'intestazione della pensione cremonese; il re motivava il suo assenso ricordando nuovamente i meriti di Sofonisba, ma questa volta riferiti al servizio della regina Anna, non più di Isabella: «Facciamo noto il tenore dell'esposto che abbiamo ricevuto da parte della nostra fedele e diletta donna Sofonisba Anguissola, che fu una delle nobili ancelle della Serenissima Regina Anna mia madre sempre veneratissima, in cui rinuncia alla pensione annua ricevuta per grazia regia nel nostro Stato di Milano, in favore di suo fratello Asdrubale Anguissola per i grati ossequi e benefici che essa ricevette da lui (...) e consentiamo per la nostra liberalità al suddetto trasferimento».

L'arrivo della concessione regale non pose fine alla disputa tra i fratelli, anzi la riaprì, forse perché Asdrubale non aveva soddisfatto le condizioni avanzate dalla sorella quando aveva inoltrato la richiesta. Il 20 maggio 1607 Sofonisba affidava un nuovo mandato al suo procuratore cremonese per dirimere la spiacevole questione.

Sicuramente la pittrice pretendeva qualcosa dal fratello in cambio della cessione, perché nel frattempo i debiti col Bargagli crescevano a dismisura, e perfino Orazio dava segni d'impazienza. È quello che si può arguire da un atto registrato il 30 luglio 1605, con il quale il Bargagli imponeva alla debitrice di revocare una sua procura, incompatibile con quanto stabilito nelle convenzioni precedentemente stipulate tra lui e il Lomellini: in presenza del notaio, però, «la Magnifica Signora Sofonisba disse di non voler revocare la procura per timore del marito». Si trattava di un pretesto per prendere tempo, dato che Orazio era assente, oppure effettivamente il marito la accusava di non saper gestire l'economia familiare?

Propendiamo per la prima ipotesi, perché i debiti continuarono impunemente ad aumentare. Nel 1607 Sofonisba dovette dare in pegno a Fabrizio Bargagli un gioiello valutato 500 scudi d'oro, una «catena d'oro ornata di gemme», forse quella che l'arciduchessa Isabella Clara le aveva donato in cambio del ritratto.

In quello stesso anno una nuova procura di Sofonisba, che risulta rogata in casa di una sorellastra di Orazio, Gerolama Lomellini, annovera tra i testimoni il pittore Castellino Castello, parente e seguace di Bernardo, che potrebbe essere stato un allievo dell'Anguissola, dato che negli anni seguenti acquistò fama come ritrattista. Secondo il Soprani, Castellino avrebbe ritratto Van Dyck e ne sarebbe stato a sua volta ritratto: un ulteriore possibile punto di contatto tra il fiammingo e Sofonisba.

Bernardo Castello rimaneva tra gli amici più fedeli della pittrice, tanto che proprio a lui fu richiesto nel 1614, da parte dell'accademia romana di San Luca, un ritratto di Sofonisba. Bernardo però non dipinse dal vero l'ottantaduenne pittrice ma copiò, probabilmente su richiesta di lei, un autoritratto risalente al suo periodo di maggior fulgore, quello spagnolo. Era quella, evidentemente, l'immagine che voleva tramandare di sé: o forse non faceva che prendere atto del desiderio del pubblico di continuare a vederla così. Dieci anni dopo avrebbe accettato di essere ritratta da Van Dyck, ma solo in uno schizzo su un taccuino privato, lasciando prevalere la vanità della vecchiaia avanzata, fiera di condurre una guerra vittoriosa contro la crudele legge della natura.

A quanto pare, Sofonisba affrontava impavida il peso crescente degli anni, ma dovette imporsi una revisione delle abitudini di vita. Orazio che, pur molto più giovane di lei, si avvicinava alla settantina, incominciava a sentire il disagio dei continui spostamenti tra Genova e Palermo, dove i suoi impegni lo chiamavano sempre più spesso; e la pittrice, ultraottantenne e con gravi problemi di vista, non era più in grado di affrontare lunghi periodi di solitudine.

Così, nel 1615, maturò la decisione di lasciare Genova per trasferirsi a Palermo con il marito.

Capitolo VII

PALERMO

1615-1625

Tornando a Palermo dopo trentacinque anni, Sofonisba trovava una città rinnovata e cosmopolita. Su centoventimila abitanti c'erano almeno un migliaio di mercanti forestieri residenti, tra cui più della metà, precisamente 592, erano genovesi. Anche l'arcivescovo, Giannettino Doria, era genovese, a conferma del rapporto privilegiato tra le due città.

Palermo si stava rivestendo di eleganza barocca, opulenta e ricercata.

Il trionfo dell'oligarchia neofeudale aveva solennizzato l'inizio del nuovo secolo con l'apertura di via Maqueda, ortogonale al Cassaro: l'operazione urbanistica era dettata da motivazioni sociali simili a quelle che avevano portato all'apertura della Strada Nuova a Genova, ma in questo caso il tessuto cittadino veniva spezzato con l'innesto di un secondo asse direzionale. Nel punto d'incrocio con il Cassaro si era formata la nuova piazza cerimoniale dell'Ottagono, poi detta dei Quattro Canti.

La nuova quadripartizione urbana, attuazione letterale dello stemma municipale, raffigurante una croce che unisce e separa gli emblemi dei quattro quartieri, trovava la sua rappresentazione nel vasto apparato simbolico della piazza, ornata dalle statue delle sante protettrici dei quartieri (Oliva, Agata, Cristina, Ninfa), dei re di Spagna (Carlo V, Filippo II, Filippo III e dal 1621 Filippo IV), e delle quattro stagioni.

La simbologia dell'impianto a croce costituiva anche un riconoscimento del ruolo della Chiesa: a Palermo l'impulso architettonico del trionfalismo controriformistico ebbe una funzione trainante, assolvendo nel contempo un compito di coinvolgimento sociale. I grandi ordini religiosi promuovevano con fervore l'incisivo mutamento del quadro ambientale, monopolizzando la cultura (soprattutto grazie ai gesuiti, che controllavano l'istruzione superiore), gli investimenti immobiliari, l'organizzazione delle corporazioni artigiane.

La nobiltà, che si era rafforzata partecipando alla valorizzazione delle terre feudali, convergeva nella capitale per celebrare i fastosi riti del potere, attestandosi nelle grandi vie residenziali.

I coniugi Lomellini non potevano permettersi di vivere nei quartieri più eleganti, ma erano comunque in cerca di una sistemazione stabile; dopo i decenni trascorsi a Genova da una casa d'affitto all'altra, approfittarono dei prezzi più accessibili di Palermo per comprarsi un'abitazione dove trascorrere gli ultimi anni in tranquillità. Acquistarono dalla vedova Francesca Spinelli una «domus magna» – la registrazione è del 27 novembre 1615 – sita nell'antico quartiere arabo di Seralcadii, in «strada Pilerij», a ridosso delle mura cittadine. Da allora, negli atti notarili Sofonisba e il marito saranno definiti «cives Panormi», cittadini di Palermo.

Nell'agosto 1617 il trasferimento a nome di Orazio

di una delle pensioni siciliane diventò operativo, e quindi i periodici certificati di «Fides Vitae» di Sofonisba dovettero essere completati dall'attestazione di convivenza dei coniugi Lomellini. Già dal 1607 una parte della pensione era stata assegnata d'ufficio al Bargagli, senza che però gli venisse effettivamente versata. Il creditore si era rivolto direttamente a Madrid, ma ci sarebbero voluti ancora molti anni e molti influenti appoggi per ottenere qualche risarcimento: è del 1624 un ordine di pagamento per il Bargagli da detrarre sulla pensione di Sofonisba firmato dall'arcivescovo Giannettino Doria, che aveva provvisoriamente assunto la carica di viceré.

I debiti accumulati non impedivano ai Lomellini di vivere con una certa larghezza, come si deduce dall'acquisto di una «domus magna» nonostante fossero solo in due; intendevano evidentemente mantenere certe funzioni di rappresentanza, connesse con il ruolo ufficiale di Orazio come «massaro» della nazione genovese.

Che frequentassero soprattutto connazionali si appura dall'elenco dei testimoni citati nei vari atti notarili stipulati a Palermo: sono sempre nomi genovesi. Fra loro compare anche il figlio naturale di Orazio, Giulio Lomellini, che aveva instaurato con la straordinaria matrigna, e non stupisce, un rapporto affettuoso, tanto da chiamare la propria figlia Sofonisba.

I documenti notarili, con i ricorrenti nomi dei testimoni, sono una vera miniera di informazioni per ricostruire le coordinate della vita siciliana di Sofonisba.

In diverse transazioni appare la firma di uno dei figliocci della pittrice, Giovanni Gregorio Castello – figlio del miniatore Giovanni Battista detto il Genovese – che era stato tenuto a battesimo dall'Anguissola nel 1586; trasferitosi a Palermo, aveva ammassato una fortuna, ottenendo anche il titolo di principe di Torremuzza.

È verosimile che il rapporto del principe con la madrina, attestato incidentalmente dalle firme sugli atti notarili, fosse molto stretto: la generosità del ricchissimo figlioccio può aver alleviato le difficoltà economiche di Sofonisba, della cui gratitudine si troverebbe traccia in un prezioso ricordo rimasto nella famiglia Castello: un album di disegni forse appartenuto all'Anguissola.

Custodita nel palermitano Palazzo Abatellis, la raccolta fu pubblicata nel Settecento da Lancillotto Castello, discendente di Giovanni Gregorio: la prevalenza dei pittori genovesi legati sia all'Anguissola che alla famiglia Castello fa pensare che la pittrice abbia donato al figlioccio i disegni che rievocavano, anche in senso affettivo, i ricordi comuni.

Questa «collezione di Sofonisba» contiene fogli originali di Luca Cambiaso, alternati a copie derivate dallo stesso Luca, da Gianbattista Paggi e dal Bergamasco, e i disegni preparatori di Bernardo Castello – zio di Giovanni Gregorio – per le incisioni da lui curate della *Gerusalemme liberata.* Quanto ai soggetti, predomina il tema della Sacra Famiglia ed è assente la mitologia, coerentemente ai gusti dell'Anguissola, la cui formazione letteraria, ben nota all'amico Bernardo, potrebbe averle meritato il dono dei disegni della *Gerusalemme liberata.*

Il costante rapporto tra quest'ultimo e Sofonisba, proseguito anche dopo il trasferimento di lei a Palermo, valse al pittore la commissione per una nuova pala d'altare sul tema del martirio di santo Stefano, collocata nel 1619 nel secondo importante monumento religioso della nazione genovese a Palermo, l'oratorio di Santo Stefano. Il Castello era esponente di uno stile conservatore, di stampo manieristico, orientato ai canoni del classicismo rinascimentale e in aperto contrasto col modernismo barocco che si andava affermando in quegli anni: si arguisce che fu l'influenza di Sofonisba a indirizzare la scelta dei committenti su un pittore dalle tendenze tanto aderenti a quelle di lei.

Oltrepassata la soglia dei novant'anni, Sofonisba rimase l'unica superstite della sua numerosa famiglia. Nel 1623 morì a Cremona Asdrubale Anguissola; nel 1611 era scomparsa anche la più giovane delle sorelle, Anna Maria: celebrata da Antonio Campi come pittrice, aveva avuto poco tempo da dedicare all'arte, essendo madre di dodici figli.

L'arrivo a Palermo nel 1623, come nuovo viceré, di Emanuele Filiberto di Savoia, riaccese probabilmente un clima di attenzione attorno alla pittrice, poiché il Savoia – nipote e omonimo del celebre «Testa di ferro» eroe della battaglia di San Quintino – era un figlio cadetto dell'infanta Caterina Micaela. Se Sofonisba, per visitare l'illustre pupilla, si era effettivamente recata a Torino, aveva conosciuto il viceré da bambino.

Fu Emanuele Filiberto a convocare a Palermo, nella primavera del 1624, il pittore fiammingo Anton Van Dyck, commissionandogli un ritratto e una grande pala della Madonna del Rosario. Van Dyck era ormai un artista molto affermato: a ventidue anni, nel 1621, aveva lasciato Anversa per compiere un viaggio di studio in Italia, fermandosi a Genova sulle orme del suo maestro Rubens, e diventando un disputato ritrattista. Sicuramente aveva sentito parlare dell'Anguissola – ammirata anche da Rubens – e aveva potuto vederne alcune opere nelle quadrerie dei suoi committenti genovesi. Dopo aver proseguito il suo giro con tappe a Roma e a Venezia per arricchirsi a contatto con i capolavori dell'arte rinascimentale, aveva risposto all'invito del viceré arrivando a Palermo per mettersi al lavoro sul ritratto. La sua prima richiesta fu di poter incontrare Sofonisba Anguissola.

La venuta di Van Dyck coincideva con lo scatenarsi di una devastante pestilenza: i primi casi furono registrati in maggio ma non si presero seri provvedimenti fino a giugno. Le autorità, dimentiche della rovinosa epidemia del 1575, tergiversavano, mentre la malattia, presa alla leggera, dilagava vertiginosamente.

La stessa visita di Van Dyck a Sofonisba, avvenuta il 12 luglio, quando a Palermo si contavano già milletrecento morti di peste, dimostra che non erano sospesi i ritmi della vita quotidiana in città. Anzi il pittore, nell'accurata descrizione che fa dell'incontro in una pagina del suo *Quaderno italiano*, non accenna neppure alla tragedia che stava decimando l'intera popolazione.

Per i due artisti, incontrarsi volle dire riconoscersi adepti della stessa magia, che li isolava dal corrosivo scorrere dei giorni. L'età decrepita non aveva affievolito l'aura di energia vitale che ammantava Sofonisba, e Van Dyck si sentì immediatamente spronato a prendere in mano la matita.

Sul foglio del suo taccuino, il fiammingo per prima cosa tracciò uno schizzo della vecchia dama che gli sedeva di fronte: fragile e minuta, con le guance cascanti e la bocca ridotta a una fessura vuota , manteneva tuttavia un atteggiamento fiero, alzando la fronte e gli occhi quasi spenti e allargando i gomiti sui braccioli della poltrona, per dilatare lo spazio occupato dalla sua figura e far ricadere maestosamente sulle spalle i lembi dell'ampio velo che le fasciava la testa.

Niente in quella posa era stato lasciato al caso: Sofonisba aveva addirittura indicato il più favorevole posizionamento della fonte di luce per dissimulare i solchi delle rughe, come ricordò con ammirazione Van Dyck, riassumendo brevemente in italiano sullo stesso foglio, tutto attorno al ritratto, quell'incontro che gli era parso straordinariamente commovente: «Ritratto della signora Sofonisba pittrice, fatto dal vivo a Palermo l'anno 1624 il 12 luglio. L'età di essa è 96, avendo ancora la memoria et il cervello prontissimo, cortesissima, sebbene per la vecchiaia le mancava la vista. Ebbe con tutto ciò gusto di mettere i quadri davanti ad essa, e con gran stento mettendo il naso sopra il quadro veniva a discernere qualche poco, e pigliò gran piacere anche in quel modo; facendo il ritratto di essa, mi diede preziosi avvertimenti, non dovendo pigliar il lume troppo alto, acciocché le ombre nelle rughe della vecchiaia non diventassero troppo grandi, e molti altri buoni discorsi; come ancora raccontò parte della sua vita, per la quale si conobbe essere pittora dal naturale e miracolosa, e la pena maggiore che ebbe era per mancamento di vista non poter più dipingere. La mano era ancora ferma senza nessuna tremula».

A parte la svista sull'età – la pittrice non poteva avere più di novantadue anni – dovuta a un comprensibile fraintendimento, la paginetta di Van Dyck fa rivivere la vera Sofonisba più di qualsiasi altro stralcio biografico. Con la sua sensibilità d'artista sa cogliere le emozioni di lei, le gioie e le sofferenze che le venivano dalla sua ragione di vita, la pittura. Era rimasto affascinato a guardarla mentre faticosamente accostava il viso alle tele per carpire, con un barlume di colore, un attimo di piacere.

Il giovane collega le aveva forse sottoposto i suoi schizzi preparatori per il ritratto del viceré e Sofonisba, comprendendo il valore del fiammingo malgrado l'impedimento della vista oscurata, accettò di posare per lui, fornendogli consigli sul campo, in parte perché la sua cordiale ed estroversa inclinazione didascalica non era sopita, in parte per un lampo di vanità, per apparire al meglio nel disegno.

In un certo senso fu Van Dyck l'ultimo allievo di Sofonisba: poiché è considerato uno dei massimi esponenti del ritratto psicologico, per la capacità di penetrare nelle pieghe più intime dei personaggi raffigurati, possiamo essere certi che i «preziosi avvertimenti» della vecchia pittrice non andarono sprecati.

Secondo il Soprani, il rapporto fra Van Dyck e l'Anguissola non si esaurì in un unico incontro, perché la pittrice prese il giovane sotto la sua protezione: «Fu da quella molto cortesemente aiutato nei suoi bisogni e sollevato in alcuni travagli che gli sopraggiunsero e gli diedero motivo di fermarsi molto poco in quell'isola».

In realtà fu la recrudescenza della peste ad allontanare il fiammingo dalla Sicilia: in agosto morì lo stesso viceré, suo committente. Sofonisba invece, nonostante il fisico debilitato dall'età, schivò la malattia, dalla quale era rimasta indenne anche nel 1575. In quell'epidemia morirono circa trentamila persone, un quarto dell'intera popolazione: per Palermo fu l'inizio di un'inarrestabile decadenza.

Quel funesto 1624 in compenso donò miracolosamente alla città le reliquie della sua santa protettrice, Rosalia, fino ad allora avvolte in un oblio secolare.

Secondo la tradizione orale popolare, Rosalia era vissuta a Palermo attorno alla metà del dodicesimo secolo alla corte del re normanno Guglielmo I; avuto in dono dalla moglie di lui, la regina Margherita, il monte Pellegrino – un promontorio che chiude a ponente il golfo di Palermo – vi si era ritirata vivendo come un anacoreta, ma della sua esistenza terrena non rimanevano tracce.

Nel maggio del 1624, proprio all'inizio dell'epidemia, la santa apparve a una donna ammalata, prescrivendole di andare in pellegrinaggio alla chiesetta votiva sul monte Pellegrino, presso la quale si sarebbe dovuto scavare per ritrovare i suoi resti mortali. Le ricerche si protrassero a lungo, finché il 15 luglio, in una grotta, furono effettivamente ritrovate delle ossa, anche se tanto deteriorate da far dubitare che fossero umane. La città, squassata dalla peste, aveva bisogno di un simbolo sul quale dirigere le proprie speranze, ma l'arcivescovo Giannettino Doria, cautamente, istituì una commissione di esperti per accertare la verità. Soltanto l'11 febbraio 1625, quando l'epidemia era molto regredita, giunse il verdetto ufficiale dell'autenticità delle reliquie.

Fu deciso di celebrare trionfalmente l'anniversario del ritrovamento delle spoglie della santa, il 15 luglio del 1625. Ogni comunità forestiera rappresentata a Palermo avrebbe contribuito agli addobbi cittadini, e l'8 aprile Orazio Lomellini, come console e massaro della propria nazione, stipulò accordi con diversi maestri locali per il grande arco trionfale dei genovesi.

Sono documentati i contratti per la realizzazione a guazzo dei pannelli da collocarsi sull'arco, e per sette statue di stucco a grandezza naturale da installare nelle nicchie e sulla sommità dell'arco stesso, seguendo le istruzioni dell'ideatore generale del progetto, l'architetto e pittore Vincenzo La Barbera, siciliano ma di cultura manieristico-toscana gradita ai committenti.

Sofonisba, sempre attenta a ogni manifestazione artistica, partecipò ai preparativi e ai festeggiamenti, se la salute glielo consentì: ma fu il suo ultimo impegno, perché a novembre morì.

«Nell'anno del Signore 1625, nel giorno decimosesto di novembre, fu sepolta nella chiesa di San Giorgio dei Genovesi la signora Sofonisba Lomellina» è annotato in un registro trovato nella chiesa palermitana di Santa Croce.

Della tomba non c'è traccia, ma rimane una lapide commemorativa in latino, fatta installare nel 1632 in San Giorgio dei Genovesi dal marito, anch'egli straordinariamente longevo, dato che riscosse la pensione di Sofonisba fino al 1637, quando doveva essere almeno novantenne. L'occasione per la lapide fu fornita dal centenario della nascita di Sofonisba, anche se non viene in alcun modo specificato: la data coincide perfettamente, essendosi i suoi genitori sposati nel 1531.

L'iscrizione, decorata con lo stemma degli Anguissola a due fasce, gialla e rossa, mette in risalto le straordinarie doti artistiche della defunta. Mentre gli elogi funebri delle donne esaltavano tradizionalmente il loro ruolo di mogli e di madri, Sofonisba riscatta la conculcata identità femminile segnalandosi per il suo personale talento:

«Sophonisbae uxori ab anguissolae / combitus ducenti originem / nobilitate, forma extraordinariisque / natura dotibus in illustres mundi mulieres / relatae ac in exprimendis hominum / imaginibus adeo insigni / ut parem aetatis suae / neminem habuisse sit aestimata / Horatius Lomellinus / ingenti affectus maerore decus / hoc extremum et si tantae mulieri exiguum / mortalibus viro maximum dicavit 1632».

(Alla moglie Sofonisba, del nobile casato degli Anguissola, posta tra le donne illustri del mondo per la bellezza e le straordinarie doti di natura, e tanto insigne nel ritrarre le immagini umane che nessuno del suo tempo poté esserle pari, Orazio Lomellini, colpito da immenso dolore, pose questo estremo segno di onore, esiguo per tale donna, ma il massimo per i comuni mortali.)

Nessuno meglio dell'uomo che le era vissuto accanto per tanti anni poteva valutare la sua genialità «nel ritrarre le immagini umane», che consisteva nell'associare in modo ineguagliabile il naturalismo all'idealizzazione. Sofonisba conosceva il modo di entrare in relazione con la persona che posava per lei, facendo trasparire le più nobili qualità morali: era una pittrice di anime, ma senza perdere nulla della fragile provvisorietà della dimensione umana, trasferita in quei movimenti istantanei che sembrano voler sfuggire alla gabbia dei secoli.

Solo questa appassionata ma privata celebrazione accompagnò la fine di una personalità eccezionale il cui influsso fu chiaramente percepito dai contemporanei, ma la cui memoria andò riducendosi in quanto fenomeno unico e dunque avulso dalle grandi correnti culturali. Le convenzioni storiche e sociali favorirono la dispersione delle sue opere relegandole in un circuito prestigioso ma quasi clandestino: una lampada sotto il moggio di cui percepiamo oggi solo incostanti, lontani riflessi.

Bibliografia

Un'esaustiva bibliografia su Sofonisba Anguissola, compresi gli estratti da riviste internazionali, è riportata nel catalogo della mostra *Sofonisba Anguissola e le sue sorelle.* Ci limitiamo a fornire qui le opere più recenti e di facile accesso.

AA.VV., Catalogo della mostra *Sofonisba Anguissola e le sue sorelle*, Milano 1994

AA.VV., Catalogo della mostra *I Campi e la cultura artistica cremonese nel '500*, Milano 1985

AA.VV., Catalogo della mostra documentaria *La città di Sofonisba – Vita urbana a Cremona tra XVI e XVII secolo*, Milano 1994

AA.VV., Catalogo della mostra *Van Dyck a Genova*, Milano 1997

AA.VV., *Rinascimento al femminile*, Roma-Bari 1991

BARTOLENA S., *Arte al femminile*, Milano 2003

CAROLI F., *Sofonisba Anguissola e le sue sorelle*, Milano 1987

DE MAIO R., *Donna e Rinascimento*, Milano 1987

MALIGNAGGI D., *Sofonisba Anguissola a Palermo*, Palermo 1981

NIGRO S., *Un quadro per marito*, suppl. «Il Sole-24 ore», 21 aprile 2002

PINESSI O., *Sofonisba Anguissola: un pittore alla corte di Filippo II*, Milano 1998

POLITI G., *La società cremonese nella prima età spagnola*, Milano 2002

Referenze fotografiche

1. *Ritratto di famiglia*: Nivaa, Nivaagaards; Malerisamling
2. *Ritratto di monaca*: Southampton, City Art Gallery
3. *Partita a scacchi*: Poznań, Museum Narodowe
4. *Ritratto di dama*: Berlino, Staatliche Museen
5. *Fanciullo morso da un gambero*: Napoli, Museo di Capodimonte
6. *Ritratto di Lucia Anguissola alla spinetta*: Goodwood, Goodwood House
7. *Sacra famiglia*: Bergamo, Accademia Carrara
8. *Ritratto di Giulio Clovio*: Mentana, collezione Federico Zeri
9. *Ritratto del canonico lateranense Ippolito Chizzola*: Brescia, Pinacoteca Tosio Martinengo
10. *Ritratto di Massimiliano Stampa*: Baltimora, Walters Art Gallery
11. *Bernardino Campi ritrae Sofonisba*: Siena, Pinacoteca Nazionale
12. *Autoritratto in miniatura*: Firenze, Galleria degli Uffizi
13. *Autoritratto*: Milano, collezione privata

14. *Ritratto di Isabella di Valois*: Madrid, Museo del Prado
15. *Ritratto di Filippo II, re di Spagna*: Madrid, Museo del Prado
16. *Ritratto di Alessandro Farnese*: Dublino, National Gallery of Ireland
17. *Ritratto di Anna d'Austria*: Madrid, Museo del Prado
18. *Ritratto dell'infanta Isabella Clara*: Torino, Galleria Sabauda
19. *Ritratto di Giovanna d'Austria*: Boston, Isabella Stewart Gardner Museum
20. *Ritratto dell'infanta Caterina Micaela, duchessa di Savoia*: Madrid, Museo del Prado
21. *Ritratto di Margherita di Savoia con un nano*: Madrid, collezione privata
22. *Ritratto dell'infanta Isabella Clara, arciduchessa d'Austria*: Madrid, Museo del Prado
23. *Sacra Famiglia con sant'Anna e san Giovannino*: Coral Gables, Lowe Art Museum
24. *Madonna che allatta il Bambino*: Budapest, Szépmüvészeti Muzeum
25. *Autoritratto*: Catalogo de la Galeria Leuchtenberg, Monaco-Francoforte 1851
26. Anton Van Dyck, schizzo con l'effigie di Sofonisba, *Quaderno Italiano*: Londra, British Museum

Ringraziamenti

Questo libro basa la maggior parte della sua documentazione sul ricchissimo catalogo, a cura di Mina Gregori, della grande mostra *Sofonisba Anguissola e le sue sorelle* svoltasi a Cremona nel 1994. Il catalogo comprende saggi di eccellenti studiosi che vorrei nominare qui in ordine alfabetico: Giulio Bora, Flavio Caroli, Anastasia Gilardi, Mina Gregori, Valerio Guazzoni, Maria Kusche, Giovanni Muto, Rossana Sacchi.

Un ringraziamento speciale e cordialissimo va a Rossana Sacchi, ricercatrice di Storia dell'Arte dell'Università di Milano, che con competenza e generosità mi ha fornito materiale e consigli preziosi.

Ringrazio con affetto mia madre per le traduzioni del latino, mio zio Carlo Piazza per le traduzioni dallo spagnolo, le amiche Letizia Schubert Castelli e Iaia Barzani per avermi dato accesso alle loro biblioteche.

INDICE

Finito di stampare
nel mese di ottobre 2003
presso il Nuovo Istituto Italiano
d'Arti Grafiche - Bergamo
Printed in Italy

HH 08502955
S 00003533
LA SIGNORA
DELLA PITTURA
1°EDIZIONE
DANIELA
PIZZAGALLI

RIZZOLI
MILANO